U0146329

癌症链

贾鲁生 著

作家出版社

如果把我们这个星球比作浩瀚宇宙中的一个小细胞，那么人类中的每一个个体都是地球细胞里的一个基因片段，紧密相连，构成了一条奇妙的染色体长链。在这条长链上，谁都有发生“突变”的可能，谁都有成为一个“致癌因素”的趋向，可能给他人“致癌”，也可能被他人“致癌”。

目录

第五章

第六章

第七章

第一章

一、来自反生命世界的幽灵

红色警报。天地间的雾霾蠕动成一条灰色巨虫，贪婪地吞噬了整座城市，连阳光和肿瘤医院也没有放过。肿瘤医院花园里，雾霾紧紧裹住了一个小女孩。似乎是为了抵抗某种古老郁闷思想的重压，女孩倔强地挺直身子，昂起头，大口大口地呼吸着。雾霾中的灰尘、硫酸、硝酸，致命病毒、超级细菌，一群群肉眼看不见的微米、亚微米小颗粒，像飘浮在天空的癌细胞，带着各自的毒素，涌入女孩的鼻腔、口腔，沿着呼吸道潜入她娇嫩的肺，她开始憋气，尽力憋着，憋得肺部的压力让胸口疼痛，才缓缓呵气，她呵出来的气体凝成白雾，像一股弱小的清流汇入浑浊的大河，在灰蒙蒙的空中抹出一小片洁白，她脸上闪现出一丝笑容，只是一瞬间，那一小片洁白连同她的笑容就被浓重的雾霾吞噬了……

女孩脚下，开着一片风雨花。从韭菜状的叶片里伸出细长的花茎，抗拒着雾霾的重压，顽强地举起了花朵。花朵很小，只有 6 片简单的花瓣，原本的粉红被雾霾涂抹成灰黄，淡淡清香淹没在刺鼻的烟尘气味中。一朵朵风雨花，仰脸望着女孩，喃喃诵念着它们的花语：勇敢坚强的面对。

女孩叫铃铃，只有 6 岁，儿童肺腺癌第一人。在所有的癌症中，肺癌属于“老年癌”，喜欢在 55 岁以上人群中寻找猎物，虽说近年来肺癌阴沉的目光逐渐盯上了中青年，但儿童肺癌仍属少见，仅占肺癌发病率的0.25%—0.5%。在铃铃之前，临床肿瘤学从未有过儿童肺腺癌的报告。铃铃的肺腺癌超越了肿瘤学的逻辑，让医生们目瞪口呆。院长唐恒国说，这没有什么奇怪的，古老的癌症总是不断地在人类身上创造新的奇迹。看着铃铃的CT影像图片，他感慨叹息，为什么肿瘤学的认知总是滞后于肿瘤的变化？从1869年瑞士医生弗雷德里希·米歇尔在绷带残留的脓液中找到了DNA，直到1976年人们才证实了癌症与基因突变的关系。整整一个世纪，所有科学都在迅猛奔跑，唯独肿瘤医学缓慢爬行。这期间，1921是最晦暗的一年：爱因斯坦获得了诺贝尔奖，医学和心理学却意外缺席，因为没有配得上诺贝尔奖的成果。唐恒国在临床一线和癌症拼斗了30年，6岁孩子的肺腺癌对他是一次新的挑战。他亲自担任铃铃的主治医生，迎接这场前所未有的挑战。

在患癌症之前，铃铃的生命机理，一直遵循着普世的生物法则有序地运行。心脏愉快地跳动着，血液向四面八方流淌。肝脏沉稳地运转着它的生化反应功能，肠胃蠕动着把食物分解成营养物质，胆囊里储存着黄绿色的胆汁，脾脏蓄积了血液，胰腺悄无声息地分泌出消化酶，两枚蚕豆状的肾不辞劳苦地过滤掉血液中的杂质，还有那棵生命之树——支气管，伸展开两根树杈，支撑着树冠状的左肺和右肺，肺叶上的7亿个肺泡和数不清的毛细血管组成了近百平方米的呼吸膜，用来承接大自然恩赐的空气。铃铃体内所有的组织、器官都发育良好，生机盎然，她是一个健康的孩子。健康是生命文明最高的表现形态。一个健康的肌体犹如一个文明的世界。生命的文明源于细胞的活力。铃铃是一个由40万亿—60万亿个细胞组成的生命体，在细胞的世界里，染色体是最为亮丽的风景线。染色体盘曲在细胞核内，它是DNA的载体，DNA是一种高分子化合物，双螺旋结构，像一架旋转的梯子，上面排列着许多带有遗传信息的基因（DNA片段）。人体有200多种细胞，形态千差万别，机能多种多样，除了生殖细胞，所有细胞都有相同的基因，总共2万多个。正是这些基因，支撑着生命文明的基本构造和运行法则。种族、血型、繁衍、生长、疾病、衰老和死亡，演绎生命运动的所有信息，全都储存在小小的基因中。基因的信息构成简单到了极致，只有四个字母：G、A、T、C，分别代表了四种碱基物质（鸟嘌呤、腺嘌呤、胸腺嘧啶、胞嘧啶）。相邻的三个碱基字母组成一个密码子，也被称为遗传密码。四个简单的碱基字母，在人类基因组图谱上排序成31亿个组合，这就是人类的生命，由31亿个“字母”组成的生命。而掌管这套密码的，就是基因。虽然拥有创造和管理生命的最高权力，但决不庞杂臃肿，决不挥霍能量，决不傲慢狂妄，决不自以为是；简单而高效，节俭而卓越，谦卑而伟大，以严谨的态度遵循着自然的法则，在生命文明中，在铃铃的机体内，基因显示了无与伦比的核心作用。

这个世界上总有一些异类的东西，对人类的生命文明充满了敌意。如果循着铃铃的癌症向过往追溯，我们可以发现一个幽灵，在天地间游荡，你可以说它来自物理或化学的世界（某种辐射能量或化学物质），也可以说它来自一个变态的灵魂，它发现了铃铃，这个东方女孩健康的身体里有着田园般的宁静和神秘，这正是它要寻找的地方，适于开辟新的领地。它潜入了铃铃的肺，沿着支气管树的一段细枝，钻进一个细胞，进入细胞核，攀上染色体，用冷冷的目光注视着排列在DNA上的一个个分子片段。它是来制造癌症的。它妒忌健康的生理，仇恨生命的秩序。它要用癌症的力量颠覆自然的进化法则。它的造癌行动从激活原癌基因开始。原癌基因不是一个基因，而是一个基因群体。这个群体把守着细胞的信号通路中枢，分管细胞的生长和增殖。在细胞的正常生理活动中，它们经常处于低表达（或不表达）的平静状态。这种平静似乎是一种无奈的隐忍。它们先天具有反叛意识，性格冲动，行为激进，一旦被激活，就会产生致癌活性，成为致命的癌基因。这种激进的特性，使原癌基因很容易成为反生命力量的追随者。外来幽灵随机选择了它们中的Ras基因，启动造癌程序。Ras像一个精妙的分子开关，控制着细胞的生长与分化。幽灵修改了Ras的核苷酸字母排序，如同植入一种信仰，把它改造成了“细胞叛乱”的引领者——仅仅一个字母序列的改变，就足以在整个细胞世界掀起一场狂热的造癌运动。Ras 分子开关失灵，进入无休止的活化状态，不停发出“分裂、增殖、扩张”的信号，细胞的分裂和凋亡周期被打乱，器官组织动荡不安，整个生命系统一片混乱。（Ras 基因突变存在于 30%—50% 的人类肿瘤中，尤其对肺癌、胰脏癌、大肠癌的发生影响极大。）

分子生物世界和人类社会一样，任何一种势力都存在着与其相互制约的另一种势力。能够制约原癌基因的是抑癌基因。这是一个信仰生命秩序的群体，担负着监管原癌基因的责任。一旦发现原癌基因出现异常，就会启动 DNA 的自我修复程序，让细胞恢复正常。如果修复失败，便及时发出死亡信号，引爆细胞核内的“分子炸弹”，把细胞炸成碎片，潜在的恶性肿瘤就此消失。侵入者似乎很精通分子生物学，它知道要让铃铃得一种癌症不仅要激活原癌基因，还要灭活抑癌基因。它从抑癌基因群体中选择了一个重要成员：p53 基因。巧妙地修改了 p53 的空间构象（核苷酸序列），毁掉了 p53 修复 DNA 和引爆“分子炸弹”的能力，为大规模的细胞癌变清除了障碍。（与 p53 突变关联密切的癌症有肝癌、胃癌、肺癌、脑瘤、食道癌等等，占人类肿瘤的 50%。）

生命是一场化学事件。在这场事件中，每个基因都有发生自然突变（蛋白编码程序复制、转录错误）或被致癌因子诱导发生突变的概率。突变，突变，突变是癌症的灵魂。在多种基因多次突变的作用下，正常细胞才有可能畸变为癌细胞。癌症的生成，这里面有必然的规律，也有偶然的劫数。铃铃最终未能逃过这一劫：一个腺癌细胞诞生了。这个癌细胞被称为“祖细胞”。从反生命的幽灵潜入到染色体上修改基因编码程序，到“祖细胞”的诞生，整个过程犹如撒旦降临到酆都城，外来的和内在的致癌因素在铃铃体内孕育出了一个细胞怪物：它体积很大，如同细胞中的巨人，面目狰狞，有一个扭曲的核，分泌黏液，生性嗜酸，更可怕的是它拥有无限裂变的狂热思想，它用癌蛋白来表达自己的信仰，它把“细胞来自细胞”（魏尔啸）的机理转化为激进的“倍增”生长模式，分裂出子细胞，子细胞又分裂出子子细胞……

“祖细胞”的子孙后裔，在铃铃的左肺上叶聚合成了一个直径2厘米的肿瘤。它很弱小，但野心很大，不甘心永远蛰伏于一片肺叶。它的目光向四面八方扫视，开始选择下一个目标器官。它的目的不是占领一个器官，而是攻陷整个机体。和所有的肿瘤一样，它还有一个终极目的：改变人类的生命文明。

铃铃住进了医院。她的生命保卫战，过早地打响了。仿佛和癌症属于同一个阵营的盟友，雾霾铺天盖地笼罩了肿瘤医院。铃铃冲进雾霾，倔强地挺直身体，昂起头，张开嘴，大口大口地吸气、呵气，把浑浊的雾霾吸入体内，经过肺泡过滤，沉淀下那些脏兮兮的微粒物，呵出一缕缕洁白的雾气……

二、擦天的女孩

就在这个雾霾天，铃铃趴在病床上，拿着油画棒在纸上画画。她不时地抬起头，凝神望着窗外的雾霾思索，好像要创作一幅了不起的画作。病房门外，传来了妈妈李嘉怡和院长唐恒国的声音。他们在谈论她的病情。她知道癌症是一种能死人的疾病，但妈妈总是说她很快就能治好。“小孩子也应该有知情权。”她走到门前，偷听他们的谈话。唐恒国说，肺癌过去是老人杀手，如今又成了儿童杀手，而污染气体是引发肺癌的重要原因。“雾霾是一级致癌物。”他的话很严峻。李嘉怡压低声音，问了一个残酷而现实的问题：铃铃能不能治好？唐恒国没有直接回答，只是说，他会尽最大的努力救治铃铃。“我要死了。”唐恒国模棱两可的话，让铃铃闪过一个可怕的念头。趁妈妈去送唐恒国的时候，她悄悄跑出病房，跑进雾霾。

铃铃不见了，李嘉怡以为她去了廖雅萱的病房。廖雅萱是铃铃的启蒙老师，当今名气最大的年轻国学家，患了舌癌，正在等待手术。铃铃天资聪慧，能背得出《百家姓》《千字文》《弟子规》《小儿语》《幼儿唐诗三百首》，得过全市幼儿“蒙学”大赛金奖。廖雅萱把铃铃称为“国学小太阳”。她喜欢铃铃的早熟——举止端庄，礼貌周全，习惯用成人语言说话。作为国学的传承人，推广“蒙学”让小孩子早点儿变成大人是她职业的一部分。她把铃铃招进了自己的“春蕾蒙学班”。不幸的是，精神的太阳终究摆脱不了生物疾病的阴影。癌症占据了廖雅萱的舌体，也在铃铃的肺叶扎下了根。李嘉怡说了铃铃失踪的过程，廖雅萱立刻猜想到，铃铃可能听见了李嘉怡和唐恒国的谈话。她是个早熟的孩子，早熟的孩子常常会有一些让人难以理解的举动。她们决定分头寻找。

浓重的雾霾。偶尔有一缕短暂的亮光，闪现在雾霾的缝隙中，给灰蒙蒙的天空涂抹了一层末日审判的色彩。此时花园里还有一个人，正目不转睛地盯着雾霾的色彩变化。他叫梁思酌，市美协主席，油画家，白血病患者。一直以来，他习惯于创作色调明亮、题材宏大的作品，获奖无数。因为受到血癌的打击，心情晦暗动摇了固有的审美，产生了改变画风的念头。他选择了印象派。他出来观察雾霾，为的是寻找莫奈。莫奈的作品离不开雾霾。对莫奈来说，雾霾是表现光与影的最佳介质，也是表达城市病态生活的隐喻。可是在雾霾里站了不一会儿，莫奈的审美却让他心生恐惧了。他是一位“以黑暗绘成光明”的画家。在画布上描绘看不见光明的黑暗，不仅需要技法，更需要勇气。技法可以学习莫奈，勇气是学不来的。他叹了口气，放弃了莫奈，正要转身离去，忽然看见了铃铃。铃铃站在风雨花前，对着灰蒙蒙的天空大口大口地吸气、呼气，吸气、呼气……这孩子想干什么？梁思酌被震撼了。他隐约感觉到这是一个千载难逢的题材。在职业的本能驱使下，他急忙打开速写本。他已经顾不上莫奈了。

这时候，廖雅萱从雾霾里闪现出来。“铃铃——”她呼唤着跑过去。她猜想铃铃会到花园里来。这里有风雨花。风雨花被癌友们称为抗癌花。铃铃喜欢风雨花。

“快，快戴上。”廖雅萱摘下口罩，捂住铃铃的口鼻。常识告诉她，小孩子身体尚未发育完全，对污染气体的易感性更强。单位体重的呼吸暴露量大大高于成人，所受到的伤害也就更重。

“我要死了……”铃铃推开口罩，“我要死了……”

雾霾中的铃铃，让廖雅萱震惊。她恍惚看见一只被狮群追捕的小鹿，惊慌失措中竟然跑向凶残的猎手，在尖牙利爪下绝望挣扎，哀鸣惨叫。廖雅萱知道，越是早熟的孩子，对死亡的恐惧就越强烈。她蹲下身，想对铃铃说一些开导的话。她最擅长的就是开导人的灵魂，经常在电视上讲古代圣贤，背古诗词和古典名言，阐述人生道理，随便一个话题都能滔滔不绝地说出一大堆深奥哲理。从来没有她开导不了的灵魂。她摘下一朵风雨花，递给铃铃。“风雨花是坚强勇敢的花。”明知对于处在生死边缘的人来说任何外来的开导都是苍白的，但她仍然习惯性地往铃铃的小心灵里灌“鸡汤”，“只要有一颗勇敢坚强的心，一个坚定的信念，就一定能够战胜癌症。”

“雾霾把天空弄脏了，”铃铃对廖雅萱的“鸡汤”毫无反应，“天还能擦干净吗？”

“能，能，能。”廖雅萱茫然回答。

铃铃仰起头，用尽气力大口呼吸，吸气、呵气，吸气、呵气，随着胸口的起伏，那些带着毒素的微尘颗粒沉淀在她的肺里，呵出一缕缕白色的气体，如同洁净的抹布，在脏兮兮的天空中轻轻地擦拭着。天空太脏太脏，她呵出的气体瞬间就被雾霾染成了黑色。她仍然倔强地吸气、呼气，似乎要用自己柔嫩的肺，把天空的雾霾全都过滤一遍……

“铃铃，你到底想要做什么？”廖雅萱喊叫起来。

“我想……”铃铃迟疑着，把一张画纸递给廖雅萱。

画面上，雾霾笼罩，一个小女孩，长着一台空气净化器的身体，正在大口呼吸……

6 岁的铃铃想把自己变成一台能够净化天空的空气净化器。画面上线条歪歪扭扭，透视不成比例，结构不合章法，然而儿童画的奇妙之处就在于用笨拙的技法描绘超凡的想象。廖雅萱惊呆了。孩子的想象是对现实世界的映射。难道人类世界真的堕落到需要孩子来拯救的地步了吗？世界充满阳光，我们看到的所有阴暗，都是我们心中的阴暗。她习惯用光明的眼睛看世界。既然无法消除雾霾，就要学会欣赏雾霾。她家里挂有一幅莫奈的《泰晤士河》，是那种临摹行画。她钦佩莫奈。当伦敦的雾霾“将人类的咽喉变成了病恹恹的烟囱”时（1853年《泰晤士报》），莫奈却从雾霾中感悟到了印象主义之美——对莫奈的审美感悟她和梁思酌截然不同。一百多年来，艺术在发展，雾霾也在发展，但这种化丑为美的审美意识似乎是永恒的。在廖雅萱看来，当今的雾霾已经脱离了具象的表达，在天穹铺展开一幅巨大的抽象油画。为此，她曾热情地赞美过雾霾：蕴含着古老厚重的文化，具有接纳不同物质的胸怀，能聚拢散沙也能凝聚人心，锻炼目力，开阔视野，考验信念，给灵魂养生。总之，廖雅萱是一个能够目睹不幸而感受美好的人，因为她和莫奈一样，内心充满了无与伦比的光明。

此刻，廖雅萱内心的光明被一个6岁女孩的超凡想象驱散了。抬头仰望，天空中那幅抽象油画变得具象了。那是苍天顶着的一口黑色大锅，锅底灰飘落到地面，铺了厚厚的一层。天地间浮动着古老郁闷的思想。她置身其中。气管和肺叶被无数黏稠的微尘颗粒堵住了。每颗微粒中都裹着一个虚幻的念头，一个固执的期望。她心里慌兮兮的，喘不上气来，强大的内心忽然间虚弱了。她浑身发软，不由自主地靠在铃铃身上。6岁的铃铃成了她的依靠。

“铃铃，我们走吧……”廖雅萱想尽快逃离雾霾，“雾霾不关你的事。”

“我想要一个干净的天……”铃铃粉嫩的脸蛋儿被雾霾涂抹上一层沧桑的灰黄，脚下的风雨花，抵抗着雾霾的重压，倔强地昂着头，向天空绽放。

廖雅萱带着铃铃离开了。梁思酌合上速写本，呆呆地站在雾霾中，眼前闪现出另一个孩子的身影——奥立弗，180多年前那个在雾霾和苦难中挣扎的“雾都孤儿”。每个时代有每个时代的悲哀。当今时代最大的悲哀，就是越来越多地把癌症强加给孩子。梁思酌不由得叹了口气，在人类的生态链上，孩子永远处于最低端。

第二章

一、细胞叛变记

铃铃很快就忘记了自己在雾霾中的近乎疯狂的举动。唐恒国来查房时，她瞪着两只好奇的大眼睛，问：“人为什么会得癌症？”

唐恒国惊诧地看着铃铃。临床30年，几乎每天都会听到患者的发问：“我为什么会得癌症？”6岁的铃铃，同样的问题，被她更换了主语：“人为什么会得癌症？”她的语气似乎代表了整个人类。成人想着自己，小孩子关心人类，唐恒国不知道究竟应该为此而欣慰，还是悲哀。

“因为……”唐恒国想用一种浅显易懂的表述回答铃铃。

人为什么会得癌症？这是一个看似简单却极其复杂的问题。从5000年前癌症第一次在古埃及的一张莎草纸医案中出现之后，人类一直都在苦苦寻找癌症的病因。找到了无数的病因，否定了无数的病因。20世纪初，丹麦病理学家约翰尼斯·菲比格经过上千次实验，终于发现了一个新病因：螺旋体寄生虫。1927年，他获得了肿瘤学领域的第一个诺贝尔奖。后来事实证明，这不过是癌症对肿瘤学的一次嘲弄。诺贝尔发错了奖。癌症病因病理的神秘、复杂由此可见一斑。至今人们仍然没有完全弄清楚。所以，以往唐恒国总是用一句“癌症是能够侵袭任何人的一种疾病”来回答病人。这句话是临床肿瘤医生的一句名言，既简单，又包含了一切；既免去了麻烦，又没有欺骗病人。对铃铃，他不想这样搪塞。“因为癌症是一个怪物，它脑子里藏着许多很坏的念头。”他想到了童话，“这个怪物对人类怀有仇恨，它就钻到人体里了。”

“是伏地魔吗？”在铃铃的认知中，没有比伏地魔更坏的怪物了。

“伏地魔？”唐恒国一时没有反应过来。

“哈利·波特也长了癌症。”铃铃有自己的逻辑，“伏地魔的魂器进到哈利·波特的身体里，魂器就是癌症。”

“对对，癌症就是伏地魔。”唐恒国为铃铃的想象所折服。

“哈利·波特能打败伏地魔，我也能打败癌症。”铃铃攥紧了小拳头。

铃铃的奇妙想象引起了唐恒国的好奇，他目光紧盯着铃铃肺叶上的肿瘤，它显现在CT影像图片上。他想看看它到底像不像伏地魔。用医学之外的视觉观察癌症，这是第一次。他是肿瘤学家，无论怎样展开童话般的想象，也离不开肿瘤生物学的认知。他有他的童话。不错，癌症和伏地魔都具有邪恶的特性，但癌症不是邪恶的个体，而是一个由癌细胞组成的反生命群体。这个群体的产生是生物的历史必然。致癌因子如同幽灵般修改了基因编码程序，把畸变的理念植入了细胞，接受了这个理念的细胞就变成了癌细胞。按照《细胞叛变记》的说法，癌细胞在机体内发动了生物化学的武装叛乱，要推翻原有的生命体系，建立肿瘤的病理王国。这是一个漫长的过程。在发动叛乱之前（尚未生成肿瘤血管），癌细胞以一种温和的形态依附在正常组织内，仅仅用蛋白表达的方式释放癌信息，看起来危害并不大。经过数十次变异之后，它们积蓄了力量，开始以激进的方式向生命机制发起挑战。它们首先打碎锁链，挣脱开细胞间表面黏附分子的束缚，去寻找安身立命之地，寻找播种发芽、成长扩散的土壤。这是一个艰苦卓绝的征程。它们通过改变形状，穿越了致密的结缔组织，沿着微血管进入血液循环系统。它们改变了温和的蛋白表达，用强烈的代谢手段疯狂掠夺营养资源，释放生化毒素，虐杀正常细胞。癌细胞的叛乱引起了免疫系统的警觉。一支由T细胞、B 细胞、K 细胞、自然杀伤细胞（NK），以及白细胞、巨噬细胞组成的免疫大军，倾巢出动，对癌细胞展开清剿。在血液里，癌细胞遭受到白细胞的攻击，损失惨重。残余力量迂回转移，再次通过微血管进入某一器官组织居留下来。一路艰难迁移，加之新环境条件恶劣，癌细胞大量死亡，活下来的仅有万分之一。幸存的残兵败将，具有更顽强的生命力，精通反免疫围剿的战略战术，它们“侵入组织，在敌对的环境下建立领地，在某一器官中寻觅‘庇护所’”（《众病之王》）……在“庇护所”内集结成肿块，分泌蛋白酶（生物体的生理和病理活动都与蛋白酶有关）侵蚀健康组织，把肿块植入其中，然后用细胞黏附分子固定住肿块——把曾经被自己否定的东西捡起来为己所用，实用主义被癌细胞发挥到了极致。它们“疯狂地求生存，充满创意；手段残酷、精明狡诈；寸土必争，还具有防御意识”（同上）。就这样，癌细胞一次又一次地粉碎了免疫大军的围剿。它们的成功有一个重要原因，就是得到了一些正常细胞的支持。它们关闭某些分子开关，调节基因表达，获得了改变形态的能力，把自己模仿成有固定形态的正常细胞，甚至疏松结缔组织。它们还分泌淋巴结蛋白，伪装成淋巴组织，俨然成了机体生理阵营的成员。许多正常细胞受到鼓惑、欺骗，把癌细胞当成健康的守护神、生命的大救星。结缔组织中的成纤维细胞率先站到了癌细胞一边。成纤维细胞是人体内的粗工苦力，哪里有创伤哪里就有成纤维细胞。它们形成肉芽，填补伤口组织缺损，在创伤修复过程中干最苦最累的活儿。也许是为了摆脱自己的劳苦地位，成纤维细胞心甘情愿地为癌细胞分泌、合成蛋白质，构建肿瘤的组织框架。有了组织框架，肿瘤就能够自成体系，成为机体内的一个独立王国。粗工苦力奠定了生存基础，但拓展疆土却需要“知识精英”——它们是内皮细胞，细胞世界的“有机知识分子”（organic intellectuals）。机体血液循环系统，从心脏到微血管，血管内壁的形成和血管的收缩舒张，凝血、抗凝以及纤维蛋白溶解等高“技术性”工作，都由内皮细胞承担。一大批内皮细胞，汇聚在肿瘤组织内，铺设了大量的微血管。有了血管便有了输送养分、实施机动转移和战略扩张的快捷通道。肿瘤最终能够控制机体，内皮细胞功不可没。从生物本质上说，细胞与细胞的战争和人类与人类的战争，几乎没有什么两样，甚至连战争的细枝末节，也有许多惊人的相似之处。人类战争中最精彩的一个情节——将领临阵倒戈，在细胞的战争中也屡见不鲜。在免疫细胞的“叛将录”上，有一长串名字：T淋巴细胞、B淋巴细胞、巨噬细胞、自然杀伤细胞（NK）。它们提供情报帮助癌细胞躲避免疫识别，在肿瘤组织内构筑免疫抑制阵地阻挡免疫大军围剿。这些生命的捍卫者，为什么要投入反生命的阵营？因为它们被癌蛋白“洗了脑”，这里面有物质的利益——碳氢氧氮硫（蛋白质主要成分），也有永生不死的理想——改变氨基酸序列，实现无限分裂。正常细胞帮助癌细胞并非是想象的童话，而是生物的真实：科学家发现肿瘤组织内存在着一些其他类型的细胞，这些细胞进入肿瘤的现象被称为浸润。浸润对肿瘤的恶性生长起着至关重要的作用。正是在正常细胞的帮助下，癌细胞由少到多，由弱到强，在铃铃的肺叶上聚合成了一个直径2厘米的肿瘤，好像一个偏安一隅的小王国。它的可怕之处在于速度。它的增长速度是几何级数的，用不了多久就会成为整个机体的统治者。

铃铃丝毫也没有觉察肿瘤的存在。这种不通报一声便潜入人体的疾病，它的暴露常常会有一个意外。那是一次国学礼仪表演，为了强化古老的仪式感，组织者让孩子们穿上春秋时代那种宽衣大带的服装。孩子们天真而虔诚地表演，显露出一种生存方式的悖谬——历史艰难地走到了物质的现代，人们却自以为是地想要回到精神的古老。天很冷，铃铃感冒了，咳嗽、低热、胸痛、气闷。一位经验丰富的医生借助最现代的诊断仪器，发现了她肺上的阴影。就这样，一次感冒暴露出一个隐藏的肿瘤。

唐恒国目不转睛地盯着这个阴沉沉的肿瘤。这个“生自体内的怪兽”也在注视着唐恒国。唐恒国觉得他的童话和铃铃的童话有异曲同工之妙。在童话中，伏地魔和肿瘤，一个是魔法学院的叛徒，一个是生命的叛徒，它们都具有叛变的特性。这两个叛徒的影像重叠起来，融合为同一种恶念。唐恒国是全国顶尖的肿瘤外科专家，即使当了院长，也没有离开临床一线。他和癌症拼斗了30年，虽然屡战屡败，却也挽救了不少患者的生命，创造过生存率的奇迹。临近退休，癌症向他发起了一次从未有过的挑战——6岁的铃铃患了肺腺癌。他要用30年积累的学识和经验，战胜这个肿瘤，让铃铃活下去，活得长久，活得健康。

二、谁是谁的受害者

铃铃站在手术等待区外，手里拿着两朵风雨花，稚嫩的脸上有些凝重。手术等待区是一个中转空间，病人在这里稍作停留，再分流到各个手术室。一台手术转运车，推着廖雅萱来到门前。只要进了这道门，便是踏上了一条生死难料的探险旅程。这一刻，廖雅萱感到很无助，连身体都显得瘦小了。铃铃把一朵风雨花递给廖雅萱，她没有说话，微微一笑，露出了腮边的小酒窝。廖雅萱接过风雨花，贴在脸上，闻了闻那淡淡的清香，她也没有说话，风雨花已经说出了一切。

在廖雅萱心里，铃铃不仅是她的学生，也是她的女儿，是她用国学的乳汁养育的女儿。这孩子好像就是为国学而生的。生日抓周，铃铃抓起一本图文版《三字经》用乳牙啃咬，从此“蒙学”成了她最喜爱的玩具。在“蒙学”大赛中，廖雅萱发现了这棵好苗子，从此倾注心血，把唐诗宋词化为甘露浇灌她的心灵，把经史子集化为血液输入她的血脉，把圣贤品德化为营养滋养她的每一个细胞。作为国学的传播者，廖雅萱希望铃铃和所有的孩子都能够把传承国学作为同一个梦想。“同一个梦想只有在遗传基因中才能够实现。”她要从娃娃抓起，用教育的方式，把国学化合成一种生物编码，植入小孩子的DNA，千秋万代、一劳永逸地传承下去。她从不认为传承某种文化基因只是停留在隐喻层面的一种修辞。“文化领域是否存在着类似基因在生物进化中所起作用的东西呢？”英国生物学家理查德·道金斯在《自私的基因》中提出的这个探讨性的问题，廖雅萱给予了肯定的回答：人类能够通过自然和社会活动的探索、实践，改变基因的存在形式和遗传信息，从而获得进化。物竞天择，适者生存，这是进化论的国学表达。国学一定能够融入基因组的强烈光芒之中，成为用生物化学书写、保存的一种代码语言，成为未来人类进化过程中最基本的生命的存在要素。对此她坚信不疑。她把“国学基因”的梦想寄托在像铃铃这样幼小的孩子身上。可是她并不知道随便往DNA中置入一个外来的东西是件可怖的事情——生命的终极敌人从基因里爬出来，侵袭了她和铃铃的梦想。

让承载着国学梦想的人得癌症毫无道理。她拥有巨大的国学财富，她的粉丝数以千万计，她是当今最有影响力的文化人之一。然而，面对强大的癌症，她弱小得如同蝼蚁。似乎癌症叫她得什么癌，她就只能得什么癌。她呆呆地望着自己的书墙，那些唐诗宋词、经史子集、圣贤哲人，恍惚中全都变成了面团，她舌体上的癌，伸出一双影子般的大手，凭借着自己的喜好，把国学的面团揉捏成各种奇怪的样子。她感受到了癌症的强权。所有的疾病都是强权的。所有的强权都有不讲道理的特性。癌症是“众病之王”，强权中的强权，最不讲道理的一种疾病。它伤害了一个老师，还要伤害一个学生。手术即将开始，她的生命保卫战就要打响了。她不由得闻了闻风雨花，似乎要汲取花中的能量。

车轮摩擦地面，发出轻微的声响，把廖雅萱送入了手术等待区。在自动感应门关闭的瞬间，廖雅萱侧身看了看铃铃，心中一阵伤感。对国学来说，她是一位传播者，铃铃是一位承继人，让传播者和承继人一起接受生与死的考验，看起来好像是癌症专门针对国学谋划的一个阴谋。铃铃只有6岁，过不了多久，她也会过早地来闯这道生死关。门关闭了，铃铃皱起了眉头。她心里担忧：雅萱阿姨会不会疼？会不会流很多的血？

廖雅萱进入了手术等待区，铃铃依然站在门外，手里还有一朵风雨花，要送给另外一个人。那个人来了，他叫尤纪良，中年男人，饭店老板，胃癌患者，恹恹地躺在转运车上。看着他忐忑不安的神情，铃铃说：“你好像害怕了。”

“有一点点怕。”尤纪良竭力掩饰着心中的恐慌。

铃铃和尤纪良是在花园里认识的。那天铃铃一边散步，一边四处张望，像是在寻找什么。她看见了尤纪良独自坐在一边，满脸恐慌。铃铃像发现了一件宝物，走了过去。每次散步，铃铃都注意寻找那种惧怕、恐慌、愁闷的患者，用自己特有的方式逗他们开心。铃铃天性喜欢帮助别人，在医院里这是唯一能够做到的助人为乐的事情。铃铃那张伶俐的小嘴说出的话，带着一种幼稚的成熟，能化解所有的愁苦和绝望。

铃铃：“你是什么癌？”

尤纪良：“胃癌。”

铃铃：“你的癌比我的癌好治。我是肺癌，很难治的。”

尤纪良：“你是小孩，小孩的生命力强，你一定能治好。”

铃铃：“医生也是这样说的。你是怎么得胃癌的？”

尤纪良：“可能因为不小心，吃了有毒的东西。”

铃铃：“唉，你又不是小孩子，怎么会不小心呀。”

简短的对话之后，尤纪良就喜欢上了这个小女孩。他在自己的饭店里安排专人，每天都换着花样给铃铃做午饭、晚饭，送到病房。看到铃铃大口大口吃得那么香，尤纪良有一种在生死边缘得到了救赎的欣慰感。

知道廖雅萱和尤纪良今天做手术，铃铃特意去摘了风雨花。“别害怕，做完手术你就会好的。”她把风雨花递给尤纪良，“这是风雨花，也是抗癌花。”过早降临的磨难，让她格外懂得感恩。

“它能治疗癌症？”尤纪良问。

“它能让你勇敢。”铃铃说。

“癌症是一种能够让小孩子过早成熟的疾病。”尤纪良暗自伤感。他攥着花茎，小小的风雨花，似乎有一股强大的救命的力量，注入了他的血脉。他不由得做了一个“V”字手势，铃铃也回了他一个“胜利”。

手术等待区内排列着十几台转运车，躺在车上的人全都裹着绿布单，像一排冬眠的大虫子正在等待复苏。尤纪良的车恰好停在廖雅萱旁边。他扭头瞥了她一眼。她手里也有一朵风雨花。虽然不喜欢这个张口闭口全是人生哲理的女人，但既然走上了同一条生死难料的路，尤纪良还是免不了生出一种同病相怜的感觉，他情不自禁地和她打了个招呼："您来了。"

在这样的场合，用这样的语言打招呼，显然不合时宜。尤纪良的客套让廖雅萱心里极不舒服。她轻蔑地看了他一眼，什么话也没有说。她打心眼儿里厌恶这个开饭店的人。她的眼神让尤纪良有一种被侮辱的感觉。"要进鬼门关了，还摆什么谱呀。"他心说。

廖雅萱厌恶尤纪良，并非因为瞧不起他的职业。在她眼里，尤纪良和一个癌细胞没有什么两样。"这个世界上总有一些专门制造癌症的人。"她的这个想法，来自对病因的探索。当看到病历上 CA（癌症）两个字母之后，廖雅萱哆哆嗦嗦地搜索了舌癌的病因：吸烟嗜酒，长期异物刺激，不注意口腔卫生。这三条和她没有一点关系。她心中充满疑惑，固执地要找到病因，她要和谋害她的凶手算算账。她沿着自己平时的生活轨迹一步步查找，一本《食品真相大揭秘》把她引进了饭店。作者安部司在日本销售食品添加剂 20 多年，有一天他看到自己的女儿在吃自己制造的添加剂肉丸，良心发现，说出了添加剂害人的真相。这本书让廖雅萱认定，在她的舌体上制造癌症的元凶就是食品添加剂——因为忙碌，她很少做饭，把饭店当成了自家的厨房。毒害她的食品添加剂也许就来自她吃过的那些饭店。虽然她并没有去过尤纪良的饭店，但仍然把他判定为"癌症制造者"，因为他有可能毒害过别人。尤纪良第一次给铃铃送饭时，廖雅萱就用怀疑的目光盯着托盘里的两菜一汤，端起来闻了闻，好像里面下了毒。尤其那杯橙黄色的鲜榨橙汁，铃铃最喜欢的饮料，廖雅萱更是不放心地尝了尝。她认定里面添加了柠檬黄。"柠檬黄容易伤害小孩子的大脑。"她有意无意地说。柠檬酸加白砂糖，加柠檬黄，再加一点碾碎的橙子肉粒，一杯清水就变成了酸甜可口、色彩艳丽的鲜榨橙汁。这是她从《食品真相大揭秘》里知道的。

“您都舌癌了，还能分辨出勾兑和原汁的差别吗？”尤纪良不客气地说。

“分辨真伪，靠的是心，良心。”廖雅萱说。

“良心不是您独有的。”尤纪良说。

两个人怒目相视，差一点儿就同时喊出：“是你害我得了癌症。”

“雅萱阿姨，纪良叔叔，你们都是好人。”过早成熟的铃铃，察言观色，心思缜密，说出的话不偏不倚。

为了铃铃，尤纪良尽量避免和廖雅萱争辩。但心中的怨怒总让他觉得廖雅萱对铃铃的癌症负有不可推卸的责任。她的国学添加剂里含有精神激素，让小孩子过早成熟，残忍地剥夺了他们的童年。失去童年的孩子，免疫力低下，得什么病都不奇怪。一位心理生理学家告诉尤纪良，小孩子早熟有两种类型：一是过多地食用含生长激素的肉类和果蔬导致的生理早熟；二是强制性的各种精神灌输导致的心理早熟。早熟是一种不良的非自然心理状态。早熟经常用聪明和天才的假象表现出来。对幼小的生命来说，早熟是一种极其危险的心理状态，它能够引起机体功能紊乱，助推癌细胞生长。“一个‘癌症心理’的制造者。”经过带有成见的推理，尤纪良给廖雅萱下了结论。

患癌症之前，尤纪良曾多次听过廖雅萱的演讲，读过她的《时尚论语》和《暗杠杆》。那时候他把她视为灵魂的女神，无与伦比的国学大师。铃铃的“早熟”让他对廖雅萱的认识有了颠覆性的改变。这个貌似学识渊博的女人，她所有的“拯救灵魂”的演讲说来说去只是重复着一句话：“遭遇不幸而感受美好。”也就是说，应该接受苦果、顺从不幸。他反复回看她的演讲视频，仿佛看见一个披着国学外衣的女巫，一边在人群中播撒癌细胞，一边诵念着那条“存天理灭人欲”的古老咒语。这个魔咒具有压抑人性、克制欲望、浇灭激情的作用。现代心理免疫学已经用足够的统计数据证明，心理压抑会以一种慢性的持续性的刺激来影响和降低肌体的免疫力，从而增加癌症的发生概率。“对情感的持续不断的压抑导致了癌症。”杰出的精神分析学家威尔海姆·赖希直截了当地说。与之相反，自由的人性和乐观向上的情绪是预防癌症的良药。所有的知识都告诉尤纪良，癌症不仅来自环境的污染，也来自精神层面的污染。而对人性的压抑，可以说是最大的精神污染。尤纪良由此而断定：廖雅萱就是一个精神污染源，一个“拿拯救灵魂的东西来杀人”的人。

“我也是你的受害者。”他曾在心里对廖雅萱说。

阳光从窗外斜射进来，硬生生把手术等待区分成了两半，一半光亮，一半阴影。尤纪良和廖雅萱恰好都躺在光亮和阴影的分界线上。这似乎预示着他们的前路，半是死亡，半是新生。

廖雅萱先于尤纪良被推进了手术室。在越过光和影的分界线的瞬间，她扭头看了一眼尤纪良，对他晃了晃手中的风雨花。进了手术室，谁也不敢保证就能活着出来。不知为什么，她突然觉得自己对尤纪良的责怪有些不公，或许他的饭店里根本就没有使用过有害添加剂，即便用了也不一定全是他的责任。人之初，性本善。没有人天生就是害人的人。每个时代有每个时代的善恶。人性的善恶变化一定有一个原因，究竟是什么原因，她一时也想不明白。她把一个真诚的微笑抛给了尤纪良，算是赎补此前的态度。

廖雅萱摇晃的风雨花让尤纪良心中一阵感动。铃铃给他们俩一人一朵风雨花，这个 6 岁小女孩的良苦用心，他终于明白了。即便是为了铃铃他也愿意与廖雅萱和解。何况他们还有一个共同的敌人，要在同一条生死路上并肩前行；更何况手术和术后治疗，需要保持一个好心情。他也对廖雅萱晃了晃风雨花，用微笑回应了她。

三、从舌面上消失的记忆

我躺在手术台上，几位“蓝精灵”在我身边晃动着，他们将决定我的命运。我是灵魂的工程师，习惯于掌控别人的命运，此刻却无奈地把自己的命运交给了别人，虽然我知道他们是最好的医生、护士，心里仍然忐忑不安。

麻醉师俯身望着我，这个中年男人有一张棱角分明的脸，带着精准的微笑。他说他很喜欢看我写的《时尚论语》。我知道他的用心。在实施麻醉之前，先用语言缓和病人的担忧和惧怕，把心理的麻醉放在中枢神经麻醉之前，这正是麻醉师的高明之处。麻醉师用浑厚低缓、沙哑磁性的声音说："知者不惑，仁者不忧，勇者不惧。"一位手术麻醉师用孔子语录"麻醉"一位孔子学者，这种小品式的滑稽让我有些尴尬。"不惑""不忧""不惧"，我一直认为这三句话是《论语》的灵魂，囊括了每个人人生的一切。我把它们当作灵魂的仙丹，用来治疗那些因为人生受挫而沮丧失落、怀疑世界的人。我用古诗词、古典名言做调和剂，用舌头控制语音节奏，辅以面部表情、肢体语言，把"三不仙丹"灌入那些萎靡的灵魂，他们当即就会亢奋起来，效果绝不亚于巴比妥类的麻醉剂——有时候，从萎靡到亢奋也是一种麻醉。可是此刻，当麻醉师用"不惑""不忧""不惧"来"麻醉"我的时候，我却有了全然相反的感悟：知者惑，仁者忧，勇者惧。

确诊舌癌后，我几乎自学了解了舌癌的所有知识。知道得越多，反而越疑惑、越忧虑、越恐惧。我是国学的传播者，没有理由得癌症，更没有理由得舌癌。在所有的癌症中，舌癌属于少见癌，发病率男人多，女人少；老人多，中青年以下少。而我，一个女人，刚刚步入不惑之年，为什么舌癌偏偏降临到我的舌上？

是天妒英才吗？

在当今国学圈，我年纪最轻名气最大，资历最浅声望最高。多少著作等身的老先生熬了一辈子，他们的名字也没有走出国学界的小圈子，而我的知名度绝不亚于当红的影星歌星。很多人称我为国学界的"奇葩"。我奇葩，因为我是知者。我深知，当今的国学大师都是熬出来的，熬生命的长度，谁长寿谁就能够成为大师。可是我却不想等到满脸皱纹、鬓发花白之后再去享受大师的荣耀。我与时俱进地选择了一条成功的捷径：把国学通俗化、碎片化、小品化。无须深刻、不必完整、用不着准确，肤浅的时代需要肤浅的表达。重要的是生动，语录式内容组合和煽情式的演讲，口才起到了举足轻重的作用。我就像一位国学表演艺术家，把曲高和寡的国学改编成通俗“小品”，搬上精神困惑的人生舞台。我引发了无数物质和精神双重匮乏的梦幻中人的共鸣。我把国学从庙堂引入人间，给枯燥沉闷的“高大上”接了地气，清冷的经典从此红火起来，枯燥的《论语》排在了畅销书之首。

我兴奋地梦见了凝重思辨的孔子和仙风道骨的老子，两位老人家端坐在一棵枝繁叶茂、主干空洞的大树下，讨论那个“舌柔齿坚”的古老哲理。老子重复着那句“天下之至柔，驰骋天下之至坚”的感悟，而孔子似乎更强调舌的具体运用——“仲尼斗唇，舌理七重”。孔子柔舌抖动，从大龅牙的缝隙间甩出来一部几乎囊括一切真理的《论语》。这部问答式的语录体著作，展示了孔子无与伦比的口才。好口才来自好舌头。我研究国学，喜欢爆冷门，剑走偏锋，而冷门和偏锋绝对是成功的捷径。我从历史的缝隙中探幽入微寻找老一代大师们不在意的东西。《论语》让我发现了一个撬动历史的暗杠杆，那就是舌头，灵巧的舌头。春秋诸子百家，是非成败，常常取决于舌头的功力与技巧。我把巧舌作为国学发展史的一项研究课题，从浩瀚的国学经典中搜寻到成千上万条了不起的舌头，写出了一部《暗杠杆——中国巧舌史》。可以说，三千年国学史，隐含着一部巧舌史。“舌尖上的中国”不仅仅有美食更有国学。三千年巧舌中，我最钦佩“三寸陆贾舌”“笑吐张仪舌”“摧却鲁连舌”。这三条舌代表了古典巧舌的精粹。我的历史观是现实主义的。我看到了岁月在舌尖上流淌至今，巧舌不再仅仅是哲人大师的需要了，它成为社会各阶层人的安身之本。“巧舌成锦绮”。能不能说，会不会说，几乎决定了每个人的人生命运。口才成为一切才能之首。官场、职场、商场、情场，“四大场”上，几乎人人都在练习巧舌技能，“中国好舌头”层出不穷。在巧舌的大时代，想要脱颖而出，成为巧舌翘楚，比诸子百家时代更难。

幸运的是，时代选择了我的舌。

我的舌，成为当今国学第一舌。

和所有的舌一样，我的舌上分布着 1 万多朵小花蕾，很小，以微米计，能感觉到稀释 200 倍的甜味、400 倍的咸味、7.5 万倍的酸味和 200 万倍的苦味。这些小花朵就是味蕾，味觉感受器。我能够脱颖而出，成为当今第一巧舌，是因为我舌上的味蕾与众不同。我的每一朵味蕾都堪比一枚记忆存取器。“人脑并非储存记忆或个人特质的唯一器官。”现代人体生物学奇妙地发现，人体的所有主要器官都拥有某种“细胞记忆隐功能”。我味蕾的“记忆隐功能”决不逊于脑神经元。我把《诗经》《论语》《史记》《易经》，把唐诗宋词、八大家散文，把经、史、子、集中的名人典故，分门别类地储存在味蕾里。用舌头记忆似乎比用大脑记忆更快捷。我演讲时从不用脑，而是用舌。舌尖抖动，口吐莲花，美文妙语、千古哲理、名人逸事源源不断地从味蕾里飘散出来，如同花朵释放花香。

我的舌征服了一个时代。

癌症却征服了我的舌。

一群癌细胞跑到我的舌面上，踩踩着味蕾，踢踢踏踏地跳起了“大河之舞”，震得舌面痒痒的、麻麻的。在癌细胞的践踏下，味蕾之花残败了，枯萎了。我失去了味觉，吃什么都没有味道。我舌上长的是鳞状细胞癌，又称表皮癌，喜欢生长在皮肤、口腔、唇、食管、子宫颈、阴道这类有鳞状上皮覆盖的部位。我舌面上覆盖了一片菜花状的癌组织，如同盛开的地狱之花。出现了溃疡，舌根疼痛，舌体的运动越来越笨拙。“记忆隐功能”衰退，说话笨嘴拙舌，含糊不清。国学界的一朵奇葩凋零了。

上天为什么要如此摧残我的舌？

是因为我对舌不够珍爱吗？

我敢说，没有谁比我更珍爱自己的舌了。我的舌，一个由平滑肌组成的有线条感的椭圆体，细腻纤薄，淡红润嫩，柔美性感，散着我特有的体香，我每天都要坐在镜前，欣赏它的美丽，感受它的聪慧。美丽的舌需要美丽的护养：舌抵上腭，赤龙搅海，鼓漱华池，赤龙吐芯，张口结舌，揉搓舌柱……

这套经典的国医养舌法，忙时一次，闲时三次，我从来没有懈怠。可是为什么我的舌还要长癌?

国医说，舌为心之苗。

难道病根在心?

我的心强劲有力，充满了责任感。我的责任就是拯救灵魂，从人心中化解猜疑，抹除怨气，唤醒希望，感受世界的美好。我对生活在困境中的人说，人生中不管遇到多少苦难，只要保持心灵安宁，人生就是幸福的。我给买不起房的人背诵《陋室铭》，只要品格高尚，即使住在陋室心胸也宽广。我鼓励癌症病人，不要害怕绝症，即使没有钱医治也不要紧，只要不让癌细胞进入灵魂生命就是健康的。我用内心的力量，激励了无数萎靡的灵魂。

成名之后，我始终处在舆论的两极。粉丝把我捧为“国学神女”，贬损的人说我“巧言如簧，颜之厚矣”。出自《诗经》的这两句，我做过正面诠释:“巧言显示了辩才，厚颜体现了自信。”我心胸宽阔，从不在意别人怎么说。宽阔的胸怀源于“知者不惑”。我最反感的人是罗素。罗素说:“这个时代的问题在于聪明人充满疑惑，而傻子们坚信不疑。”我讨厌那些充满疑惑的人，尤其自命不凡的文化人，先天疑惑，后天抱怨，像陆游那样“正令舌在向谁论”，与社会格格不入，在哪儿都混不好，只好斗笠布衣，自负清高地躬耕小菜园子，郁郁寡欢，忧愤成疾，“死去元知万事空”。因为“不惑”，所以我比陆游幸运。我用我的舌，得到了丰厚的回报:演讲费越来越高，版税越来越多，成为国学界货币收入最多的人。为此我感谢《论语》，感谢先师孔子“知者不惑，仁者不忧，勇者不惧”的英明论断。

“日中则昃，月盈则食。”《易经》的隐喻在我身上显示了放之四海而皆准的灵性。癌细胞覆盖了我的舌，也浸润了我的灵魂。我强大的内心轰然垮塌。彻夜难眠，忍受着疑惑、忧虑和恐惧的折磨。此外，还有一种审美的挫败感。疾病心理学说“身体里有一个肿瘤，通常会唤起一种羞耻感”。我美丽性感的舌就要残废了，医生说至少要切除三分之一，虽然我不是躯体完美主义者，仍然觉得羞于见人。经过审美评判之后，随之而来的是道德评判。

一个拯救他人灵魂的人患了舌癌，便如同做了一件不齿于人类的邪恶的事情。我的舌因为长癌，被冠上一堆丑陋不堪的称谓——舌岩、舌菌、舌疳、瘰疬风、莲花风，古代国医对舌癌的这些命名让我有一种身败名裂的感觉。我被舌癌的意象定了罪。即使能够治愈，加在舌癌上的批判和诅咒，仍然会吞噬我的灵魂。

我的癌属于低分化鳞癌。癌症的分化程度越高越好治，越低越糟糕。为了活下去，我必须要在国医和西医之间做出选择。我研究国学，从情理上说应该选择国医。我去了一家德医双馨诊所，就在肿瘤医院外的“癌症街”上。如果中医对我不合适，穿过马路就能找到西医。诊所主任华阙，传说现已发现的人类癌症，几乎都被他治愈过。诊所的墙面上，挂满了锦旗，锦旗上的溢美之词几乎囊括了国学文化中所有赞美医术医德的经典词汇，让我感觉怪怪的，好像我是代表国学来向国医求救的。华阙 50 多岁，幽暗的脸上泛着一层神秘的光。望闻问切之后，他说了我的病因：阴阳失衡。我心说，所有的疾病都是阴阳失衡。他好像看出了我的不屑，给我讲起了“阴阳生物学”：细胞染色体上，有原癌基因和抑癌基因。原癌基因促进细胞分裂，升发为阳；抑癌基因控制细胞分裂周期，抑制为阴。它们相辅相成，共同调节细胞生长、增殖和凋亡的动态平衡。人体外感六淫（风寒暑湿燥火），邪毒入侵，脏腑功能紊乱，细胞内阴阳失衡，导致基因突变，核苷酸编码五行错乱，正不胜邪，蛋白质邪气留滞，进而气滞血瘀，痰凝毒聚，蕴郁而成积聚，乃致肿瘤形成。第一次听这种“分子阴阳论”，有一种玄学感，很新鲜，也很勉强，像是古老中医与现代生物学的套接。华阙的诊台上放着一本《内经》。这部国医宝典把所有的疾病都归因于阴阳失衡，这是大繁至简的智慧。我曾不止一次地鼓励癌症病人，癌症并不可怕，因为我们有伟大的《内经》。这部医学圣经集人类医学之大成，没有它治不了的疾病。可是当癌症这种令人绝望的、恶毒的幽灵攀附到我的舌上的时候，我却对《内经》丧失了信心。我不得不承认，说给别人听是一回事，轮到自己是另一回事。华阙拿出一颗黑乎乎的像是魔药般的“癌克丸”，根据他独创的“阴阳平衡基因修复抗癌方”炼制出来的。根据不同的人，另配以不同的汤剂，能治疗包括舌癌在内的近百种癌症，如同癌症的克星。他生动地讲起“癌克丸”的神奇故事，就像我讲国学典故一样鲜活生动。可是当我问起生存率、治愈率的统计数据时，他奇怪地看着我，好像我提了一个无知的问题。治愈率？扁鹊没有，华佗没有，张仲景、孙思邈、李时珍都没有，照样医术高明。八纲辨证，因人施治，怎么可以用数字一概而论呢？华阙有理有据地教诲我。他说得没错，在名医的史记中，只有“刮骨疗毒”类的奇闻异事的传说，从未有过统计数据。得癌症之前，对神医的传说我深信不疑，也曾绘声绘色地用这些传说鼓励癌症患者坚定战胜癌症的信心。当自己的脚踩上生死线时，才意识到，神医的传说不过是绝望中人的心愿和祈盼。于是我相信了另外一个规律：科学始于计数。我对华阙产生了怀疑。怀疑中潜藏着我对自己的怀疑：古典国学能够拯救现代人的灵魂吗？

国学和国医，有一条共同的文化老根，可是我却离开了自己的根，把命运托付给了西医。尽管我曾面对众多粉丝，激情澎湃地作过“西医治标不治本，中医标本兼治”的演讲，选择西医无异于自己打自己的耳光。然而面对着保面子还是保命的选择，我选择了西医。我也知道，正如《哈姆雷特》所说，“极端的手段或可使致命的疾病痊愈，或根本无效”。但还是毅然决然地躺在了手术台上。不管怎样，手术刀下有治愈的百分比统计。有数据就有希望。

此刻，当麻醉师微笑着用《论语》安抚我的时候，我竟然想到了一位与孔子毫无干系的人——阿图·葛文德，哈佛临床外科教授、医学政治家、白宫健康政策顾问。住院之后，我如饥似渴地阅读了他的三部曲：《医生的修炼》《医生的精进》《最好的告别》。葛文德用散文笔法把令人恐惧的医学写得那么优美，读得我爱不释手。我用葛文德回应麻醉师的《论语》：“在医生这个行当中，有一件事毋庸置疑：所有的医生都可能犯下可怕的错误。”

我想提醒他们，千万别在我身上“犯下可怕的错误”。

“不惑、不忧、不惧……”麻醉师轻轻握住我的手，“给你打一针，安心地睡一觉，你就会好的。”我感到了针尖轻微的刺痛，凉凉的细流顺着静脉汩汩而上，“好凉……”我说。一股药水的味道掠过我的味蕾，味蕾里“细胞记忆”的所有内容——经、史、子、集中的美文妙语、千古哲理，全都被抹除了。我灵巧的舌，成了一块被格式化了的U盘。

我最后的记忆是雾霾中的铃铃，仰着头，大口大口呼吸着……

四、不该觉醒的觉醒

一片宁静的淡蓝。没有影子的灯，像神的眼睛一样看得我心里慌兮兮的。冷冰冰的手术刀在我的上腹部轻轻游走，我感觉到刀刃的锋利，听得见皮肤、腹壁和腹膜被切开的嗞嗞声，随后，一双手伸进腹腔内，抓起了我的胃……

我声嘶力竭地喊叫：不要拿走我的胃！

实际上我既出不了声，也动弹不得，只能无奈地任凭那双手用钢刀切割我的胃血管、食管、十二指肠，断开了胃和身体的所有连接，把装满肿瘤的胃从腹腔里取出来，然后直接把食管和肠子套接在一起，用羊肠线缝合起来。

从此我就没有胃了，永远没有了。

——在复合式麻醉手术中，我发生了术中知晓。通俗说，在不应该觉醒的时候觉醒了。术中知晓，患者意识觉醒，能听见身边的声音，但肌松、镇痛作用还存在，无法控制身体的任何运动。据一篇发表在《麻醉学》期刊上的报道透露，无痛觉醒的发生率大约为1.9万分之一（也有说0.1%）。

我相信医生有足够的理由割掉我的胃。我的胃里长了印戒细胞癌，一种难以察觉的高恶性肿瘤。一旦发现，离死亡就不远了。我不知道癌细胞是什么时候生成的，也许是在某一个难以觉察的时刻，起初只有一枚，一枚裂变成两枚，两枚裂变成四枚……癌细胞是正常细胞的阴森残酷的变态，它们肆无忌惮地生长、分裂，能够在适宜条件下永生不死，如同人世间的恶。我体内的印戒细胞癌已经弥散到整个胃壁，侵蚀到肌层深处，不知道它们分裂了多少代，每逢夜深人静时，我似乎都能听到它们分裂的声音，噼啪噼啪，如同开裂的豆荚。

得知胃里长癌，我第一个念头就是想知道它们长的什么样。我不想稀里糊涂地没见过凶手就死了。我买了一管 2 毫升的印戒癌细胞悬液。如今有很多专业生产癌细胞株的生物公司，就像种植蔬菜的农场，产量惊人。在这个产能过剩的时代，癌细胞和所有商品一样，供大于求。肝、肺、肾、胆、肠、口腔、鼻咽、乳腺、卵巢、胰腺、膀胱、阴囊，人体所有器官上的癌细胞，市场上都能买得到。透过显微镜片，我凝望着我的夺命杀手。印戒癌细胞体内充满了黏液，把细胞核挤到一侧，使它的外形酷似一枚设计独特的钻戒，平朴、简约，却透露出无与伦比的创造力和想象力。我惊奇地赞美这个小东西，似乎我也变成了一枚精美的印戒癌细胞小戒指，在悬液里漂浮着。我甚至想象着把它当成自己的婚戒，虽然我是它的牺牲品。

我看见了我的胃，一个长 300 毫米左右的弯钩状的囊袋，被放在手术盘里。一位蓝衣天使端起了手术盘，要送走我的胃。我扑上去，抓住胃的下端，靠幽门的一头，和她争夺起来。我是开饭店的人。开饭店不能没有胃。争夺中，一个个小瓶子、小盒子稀里哗啦地从我的胃里滚落出来，上面贴着标签，标签上写着各种各样的食品添加剂的名称……

我的胃，就是一间添加剂库房。

“如果要拿走，把我一起拿走好了。”我爬进我的胃里，没有看见半透明的胃液，也闻不到略酸的气味，印戒细胞癌给我的胃做了内装修，把整个胃壁纤维化，变成了坚硬的“皮革胃”，里面堆放着数不清的食品添加剂，这些个粉末、溶液、膏状、颗粒状的化合物，它们的神奇绝不逊于魔法界的魔药。看看吧，这几瓶粉末状的肉类香精，能够轻而易举地把猪肉、鸭肉甚至猫肉、耗子肉变成羊肉、牛肉、驴肉。这瓶芝麻香精，只要几滴就能把一瓶色拉油变成纯正的小磨香油。这几瓶透明液体，分别是一些酒香精，无论多么高档的酒都能勾兑出来，绝对以假乱真。还有火锅飘香膏、烤鸭腌制剂、去腥王中王、肉丸增白剂，等等，全都具有化腐朽为神奇的魔法。据说全人类有 2.5 万多种食品添加剂。直接被添加到食品中的有三四千种之多。在降低成本、提高利润方面，食品经营者表现了超凡的智慧，花样不断翻新，创新层出不穷——总有一些像我这样的人，造福人类没有多少创新，祸害人类却充满了无穷的想象。人类自然的饮食习性，经过合成化学渲染，升华到文化的境地，成为精神引领者的骄傲。

我伸手触碰失去了弹性的胃壁，硬硬的，像那种劣质的人造革，布满了粗糙的小颗粒，这大概就是癌细胞吧，我猜想。我拨拉下一堆小颗粒，捧在手心揉搓起来，小颗粒相互融合，化为虚幻的气泡，在胃里翻腾。各种各样的气味混杂在一起，鼓胀起来，我好像被扔进了一个化学烧瓶，难以承受的压力让我胸口憋闷，呼吸困难。我开始打嗝了，病理性打嗝，急促、频繁，气味怪怪的，异常难闻。《内经》称打嗝为“哕”，元代名医朱丹溪改称为“呃”，大明帝国统一确立了“呃逆”这一病名。明朝的大医们似乎对呃逆情有独钟，纷纷撰写关于呃逆的论文：张景岳有《杂证谟 · 呃逆》，王肯堂有《证治准绳 · 杂病 · 呃逆》，虞抟有《医学正传 · 呃逆》，李时珍有《本草纲目 · 百病主治药上 · 呃逆》……明医们一致认为，呃逆病根在胃，胃失和降，气逆动膈，上冲喉间，呃呃连声，声短而频，不能自止。医家的重视说明了呃逆的普遍性、严重性。历史的疾病大都具有朝代的特性。大明王朝，从明太祖设锦衣卫、兴文字狱开始，到亡国之君朱由检，共 16 代王朝，由权力之争而引起的阉党专权，骨肉相残，内忧外患，从未消停过。整整 276 年，人人自危，惶惶不安。忧郁、焦虑、恐慌，高度精神紧张造成了普遍的胃病，胃里的不良化学分子聚合在一起产生了呃逆。呃逆的历史病机，《内经》早有诊断：“诸逆冲上，皆属于火。”火热内生，随经上行，犯逆胃脾肝胆心肺，“其病必暴。”（明 · 李中梓）就这样，一个王朝创造了自己的疾病。与呃逆相伴的，还有通胀，由白银引发的通胀率超过此前任何一个王朝。呃逆与通胀积重难返，大明由此灭亡。死于自己制造的疾病是王朝的必然。“呃逆虽小症，治不得法，往往变成危症，而不可救。”康熙名医陈士铎的《辨证录·呃逆门》，一针见血地指出了呃逆的危险性。我害怕了。感到腹胀、反酸，伴有恶心呕吐。中医说我阴阳失调，肠胃有火，消化机能紊乱。吃了几服来自南宋《太平惠民和剂局方》的“平胃散”，放了一堆由氮、氢、氨、甲烷、吲哚、氧化硫和粪臭素、二氧化碳等化学元素合成的恶臭屁，似乎症状消失了。

很奇妙，处于无痛觉醒状态，我恍惚觉得宋高祖赵构（在位36年的一代帝王）来到了手术台边。宋王朝败居绍兴，赵构痛定思痛，意识到了人民是江山之本，故此把宫廷太医局更名为“太平惠民局”，这是一个深得民心的名字，要想天下太平，就要惠民；惠民工程，从医药抓起。从此“平胃散”成了《太平惠民和剂局方》中的一员，流传至今。赵构神情凝重地捧起了我的胃，似乎要通过我的胃查看天下所有胃的病苦，以调整“平胃散”配伍，弥补它不能治疗胃癌的缺陷。他手上粘满了黏糊糊的胃液、脓血，毫不嫌弃，感动得我几乎忘记了他是重用秦桧、害死岳飞的昏君，差一点儿喊出了“万岁”。

我的胃是由上皮组织、肌肉组织、神经组织、结缔组织构成的消化器官。它具有灵活的收缩、舒张功能，空腹时只有50毫升的容量，却能够容纳1500毫升的水和食物。它很坚固，有四层胃壁，黏膜层、黏膜下层、肌层、浆膜层。它擅长自我保护，胃黏膜表面涂着一层0.25—0.5毫米厚的黏液，与上皮细胞分泌的重碳酸盐，构成了双重屏障。无论我的胃有多么强大，也无法承受癌细胞疯狂分裂的挤压，它失去活力，变成了“皮革胃”。和癌细胞一起挤压我的还有通胀，食材、人工、房租、水电费，一切都在膨胀。经营惨淡，濒临破产。我插上香烛，摆上水果，向一尊黄杨木雕财神祈求。在赵公明老人家的暗示下，我选择了添加剂。用最劣质的食材烹饪出最高档的菜肴，用最廉价的厨师制作出最美味的食物，由此而获得的利润扩大了胃的容积、舒张力，足以抵挡住最猛烈的通胀压力。饭店扭亏为盈。我的胃变得无比强大，我为我的胃而自豪。我怎么也没有想到，我最为自豪的器官，竟然会长出癌症。癌症给我的最大教训就是千万不要轻易为什么东西自豪。有时候自豪就是灾难的开始。

廖雅萱说我恶有恶报，我的癌就是我的罪。她名誉天下，待遇丰厚，感受不到生存的压力。在压力下，不做癌细胞，就要做被癌细胞掠夺的正常细胞。癌细胞用裂变的方式精妙地呈现出“适者生存”的生命法则。对此我曾有过不安和困惑：要生存就要成为适者，可是生存一定要靠恶行吗？一个物种的进化注定要灭绝另一个物种吗？一方面是生存的压力，一方面是良心的不安，双重的折磨把我逼上了手术台，陷入了无痛觉醒状态，眼睁睁地看着自己的胃被割了下来，身体由“通胀”转为“通缩”——人生最悲惨的就是，该觉醒的时候没有觉醒，不该觉醒的时候反倒觉醒了。这时候，我看见了廖雅萱，她伸出半截舌头，冲着我笑。我捧起血糊糊的胃，对着她笑……

不知过了多久，我从麻醉中醒来，真正醒来了。脑子可以活动，身子却动弹不得。没有比这更糟糕的处境了。像梦魇一样，被某种生物的利爪紧紧抓住，拼命挣扎却总也动弹不了。身上插着输液管、引流管、止疼棒，我恍惚觉得自己变成了一只正在被注射盐水的海参，一条浸泡在甲醛溶液里的鱼，一头吃瘦肉精长大待宰前正在被灌注自来水的猪……

在癌症里，就像在地狱里，地狱是不可理喻的。

可是从一个健康的世界，进入癌症的世界，我是怎么来的？

有句名言：“进了饭店，离医院就不远了。”谁说的？我苦苦思索。想起来了，这是我说的。当然，我说的是我自己的饭店。

这就是我长癌的原因吗？可是有添加剂的食品我从来不吃，全都用来赚钱了，所以我不应该长癌，也没有理由长癌。到底是谁让我长了癌？一个深沉的声音，从很远很远的地方传到我的耳边：“背施无亲，幸灾不仁，贪爱不祥，怒邻不义。四德皆失，何以守国？”《左传》回答了我的疑问：四德皆失，何以守胃？想不到我一个饭店的小老板，长了胃癌，竟然是历史的必然。

我不知道在因为餐饮而引发的癌症中，有多少和食品添加剂有关。在这所医院里接受化疗、放疗、手术，受尽折磨或者已经结束生命的癌症患者，有没有从我的饭店里走来的？我开始计算，从营业额推算就餐人数，进而推算究竟有多少人被我送进了医院。算来算去，越发觉得自己就像一个最没有道德底线的癌细胞。我没有脸面再和廖雅萱争执究竟"是你害了我，还是我害了你"。我想起了东方神秘主义最令人恐惧的一句台词：因果报应。

对作恶的人来说，死于癌症是最大的恶报。

我最怕的就是死。我崇尚好死不如赖活，即使多活一秒钟，我也要挣扎着活下去。我可不想在某一年里和200多万人（近年来全国癌症年死亡人数）共赴黄泉。我要赎补罪孽，以求保命。等病好了，我要写一本书，就叫《从饭店到医院究竟有多远》，把添加剂的秘密公之于众，让食客进了饭店之后，能够通过看色彩、嗅气味、品味道，辨识饭菜里有没有危害健康的添加剂，食材调料是天然的还是化合的，这样就能减少成为癌症患者的概率，阻断饭店与医院间的通路。

相信我。

有时候致命的疾病也能让人弃恶行善。

第三章

一、恶有恶的时运

廖雅萱和尤纪良的手术很成功，让铃铃脸上布满了笑容。医院花园小亭，铃铃兴致勃勃地给癌友们吟诵白居易的《病中五绝句》:“世间生老病相随，此事心中久自知。今日行年将七十，犹须惭愧病来迟。方寸成灰鬓作丝，假如强健亦何为。家无忧累身无事，正是安闲好病时……”她稚嫩的童音，似懂非懂的神情，模仿老先生摇头晃脑的姿态，比白居易诗中“乐观对待疾病”的哲理本身，似乎更让癌友们受教。

铃铃经常在花园小亭吟诵古诗词，这已经成了肿瘤医院的一道人文景观。癌友们向她报以热烈的掌声。她眼睛里闪着亮光，脸上带着微笑，她习惯了享受诗词带来的满足与快乐。“几千年来，古典诗词滋养了中华文明。没有中华诗词，人类的精神家园就残破不全。”廖雅萱在“春蕾蒙学班”每一堂课都要重复的开场白，已经灌入了铃铃的血脉。铃铃丝毫也没有想到，在她的血液中流淌的唐诗宋词，遭遇了炎症标志物的阻击。

唐恒国神情凝重地看着铃铃的血液化验单。血液中的各种炎症标志物全都高于正常值。白细胞介素、肿瘤坏死因子，还有C反应蛋白和纤维蛋白原，这些从细胞里生成的活性小物质，不仅标志着炎症，也标志着癌症。炎症与癌症的病理关系，早在1863年就引起了魏尔啸的注意：一些癌变产生的位置，正好是身体有伤的部位。他猜想，可能是细胞修复伤口的行为出现了错误，而造成癌症。细胞病理学奠基人的这个假设，被当时肿瘤学界嘲讽为一种浪漫的想象。123年后，1986年，哈佛病理教授德沃夏克在《肿瘤：无法治愈之伤》一书中，用强有力的证据支持了魏尔啸："自然发生的炎症机制与引发癌症的机制惊人相似。"至此，浪漫消失，恐怖显现出来：有超过1/6的癌症与慢性炎症状态有直接的关系。炎症是机体的一种防御反应。炎症的红肿、热痛和功能障碍，蕴含着炎症细胞抗击病原、修复创伤的智慧和果敢精神。炎症细胞是抗病原的正规军，由免疫细胞等多种不同功能的细胞组成。正规军也有打败仗的概率。炎症细胞的任务是消灭外患，平复炎症，推动机体走向更加健康的生命文明，可是它们却被癌细胞引向歧途，不仅没有修复创伤，反而助推了肿瘤的生长。为了消灭一种疾病，却帮助了另一种更邪恶的疾病，炎症细胞的错误把生命推入了黑暗。

癌细胞借助炎症，将机体的修复、愈合机制引向歧途的病理过程，既有生物分子的微妙作用，也有某种非自然因素的偶然与必然。癌细胞逃避了免疫大军的围剿堵截，在铃铃的肺叶上聚集成一个直径2厘米的微肿瘤，从此它们就有了赖以生存的根据地。可以通俗地说，肿瘤是癌细胞的根据地，而癌症则是这个根据地的象征（疾病的名称）。任何一个生命，都不会容忍这种独立王国似的异物在机体内存在。铃铃体内的免疫大军一次一次地对肿瘤根据地发动进攻。肿瘤岌岌可危，随时可能被摧毁。在这关键时刻，一个突发事件，给了肿瘤喘息的机会：病原体（链球菌或金黄葡萄球菌）入侵，感染了铃铃的肺。血小板及时发出了警报：PDGF（血小板衍生生长因子）。整个机体立刻进入战时状态。抵御外患、保卫生命成为所有细胞的共同责任。淋巴细胞、浆细胞、粒细胞，还有巨噬细胞、肥大细胞和内皮细胞，各种不同功能的细胞同仇敌忾，打破组织、器官和系统的界限，纷纷加入炎症细胞队伍，一边抗击病原体，一边产生高炎性物质，用以促进血管再生，修复受损组织。全力应对外敌，免疫系统对癌症的压力减轻了。恶有恶的时运。偏偏在癌症走投无路之际，病原体入侵机体，引发炎症，给癌症创造了摆脱困境的好时机。看起来，病原体好像是专门来解救癌症的。癌症是最擅长把握机遇的一种疾病，它立刻打出共同抵御病原体的旗号，假抗炎，真扩张，把大量的成纤维细胞、免疫和炎性细胞、胶质细胞吸引到肿瘤内，同时调动外围区域的细胞间质和各种生物分子，帮助肿瘤根据地巩固根基，壮大势力，浸润扩张。按生理规律，一旦外敌被歼灭，受损组织得以修复，炎症细胞们就会返回各自的原态。但癌症不希望让炎症平复、创伤痊愈。一方面，机体内越混乱，肿瘤越安全；另一方面，炎症细胞产生的 NF-kB 蛋白等多种活性物质是肿瘤生长不可缺少的能量，有了炎性反应就有了充分的“给养”供应。所以，癌细胞不断地分泌“外泌体”，这是一种囊泡，内含大量的 CEMIP 蛋白，这种蛋白就像“狼来了”的呼喊，误导炎症细胞产生更多的炎症分子。如此一来，炎症越演越烈，机体修复机制一片混乱，受损组织由此而成为无法愈合的创伤。本来，免疫细胞是癌细胞的死敌，可是面对混乱的局势，免疫细胞产生了误判，对癌细胞制造的炎症假象信以为真，竟然相信了它们抗击病原的虚假承诺，与它们结成抗炎联盟，这无疑等于承认了癌细胞在机体内的生理地位。癌细胞摇身一变，俨然成了抗病原主力，更加明目张胆地扩大炎症，致使大量炎性物质不断产生，为肿瘤生长提供了丰富的营养资源。从战略战术的视觉看，癌细胞无疑比免疫细胞更高明。它们一个是机体的颠覆者，一个是机体的捍卫者。颠覆者目光敏锐，心思缜密，知进知退，战略上审时度势，战术上灵活机动，心计狡黠，手段狠辣；捍卫者位居生命的正统地位，反而循规蹈矩，瞻前顾后，缺乏战略眼光，行动优柔寡断，最致命的弱点是心慈手软，既没有狠绝的心肠，也没有雷霆的手段。颠覆者和捍卫者，最终孰胜孰负，显而易见。

对铃铃血液中超标的炎症标志物，唐恒国丝毫也不敢掉以轻心：如果任凭炎症反应持续下去，铃铃肺部的癌细胞迅猛扩张，很快就会转移到骨骼、大脑。炎症给他出了一道难题：采用什么样的治疗方案，才能让铃铃健康长久地活下去？他反复对比国内外的一些最新研究成果，精心设计了手术和术后治疗方案。在整个治疗过程中，他必须如履薄冰般小心，防止出现任何节外生枝的炎症。

体内炎症的危险，铃铃并不知情。吟诵古诗词之后，她开始辅导徒弟了。她收了十位徒弟，都是中老年癌友，辅导他们吟诵古诗词的基本功。这孩子天性有一种诲人不倦的精神，不厌其烦，一遍遍给他们纠正发音，教他们控制节奏，读出韵味，俨然像个小老师。她的徒弟中，有一位菜农，名叫吴魄门，做了肛管癌手术，正在接受化疗。他曾一度悲观失望，情绪低落，自从跟铃铃学习了古诗词，心情逐渐开朗起来。这期间，他心生一个愿望，很迫切，想为铃铃做点什么。铃铃的爸妈都是一般的私企白领，收入不高，为了照顾女儿妈妈辞掉了工作，铃铃的手术费至今没有凑齐。吴魄门家里也不富裕，负债治病，拿不出钱帮助铃铃。为此他有些苦闷。年过半百的人，因为帮不了别人而感到苦闷，这还是第一次。此刻，他一边跟着铃铃吟诵《病中五绝句》，一边想着如何报答铃铃。他想到了尤纪良。尤纪良有饭店，每天给铃铃做中饭、晚饭。他有菜地、鸡场，可以为铃铃提供新鲜蔬菜和鸡蛋。想到这里，他眉头舒展，声音高亢起来："身作医王心是药，不劳和扁到门前。"

二、"自家人"的病源

吴魄门陪尤纪良给铃铃送午饭来了。昨天，他提出为铃铃提供食材，尤纪良爽快地答应了。他感激地连连道谢。在他看来，能够把"行善的机会"让给别人的人，才是最慷慨的人。今天一大早，吴魄门老婆进城卖菜，把蔬菜、鸡蛋送到了尤纪良的饭店。是那种小园菜、散养鸡蛋，他们自己家人吃的，绝对真实的绿色无公害。尤纪良亲自动手，做了西红柿炒鸡蛋。这道看似简单的家常菜，最考验厨师的基本功。做厨师多年，浸淫日久，他把这道菜做到了极致，犹如一幅画。吴魄门打开饭盒，水灵灵的西红柿和嫩黄生动的鸡蛋拥在一起，点缀着绿绿的小葱末，喜感洋溢，足见食材的新鲜。铃铃最喜欢西红柿炒鸡蛋，她经常用自己的奇思妙想，从这红黄绿的颜色搭配中，发现一些有生命力的东西。“鸡蛋是爸爸，西红柿是妈妈，爸爸和妈妈合在一起，就有了铃铃。”这是她曾经说过的话。

“快吃吧，铃铃。”吴魄门特别想看到铃铃吃第一口的样子。

“我不想吃。”铃铃生气了，气鼓鼓地噘着嘴，“我要绝食了。”生气，是因为妈妈不让她参加“诗词天地”大赛。几个月前她就通过了少儿组选拔赛。虽然她住院了，但主办方依然希望她能参加总决赛。少了“国学小太阳”，比赛会大为逊色。

“你生病了呀。”李嘉怡说。

“生病了，我也能得第一！”疾病使铃铃变得格外敏感，“妈妈，你不可以对你的女儿没有信心。”她以为妈妈担心她得不到好成绩。

“你这孩子，妈妈相信你是最棒的。”李嘉怡习惯说“最棒的”，这是当今成人鼓励孩子的核心语言，“治好了病，你会更棒的。”

“只要不让我参加比赛，我的病就好不了。”铃铃脑子里就像有一个不能改变的预设程序，“雅萱阿姨说，第一名是给铃铃留的。”

“铃铃，你现在最重要的是治病。”尤纪良说，“参加比赛，以后还会有机会。”

“评委都说了，我要不参加，就对不起唐诗宋词。”铃铃耍赖似的趴在床上，“不让我参加就是不行。”

铃铃的固执，让尤纪良心疼。一个可爱的小生命，本该自然生长的有机体，被扔进了混有各种成人理念的烧瓶，经过一系列催化反应，固化成一个缺少理性思维的情绪合成体，从此便失去了自然生长的能力。

“铃铃老师，你要不吃饭，我们大家都不吃，陪着你挨饿。”情急之下，吴魄门说。

“不许你们不吃。”铃铃说，“你们又不参加比赛。”

吴魄门和尤纪良面面相觑，尴尬地笑了笑。两个成年人的良苦用心，被铃铃的小情绪拒之门外，这让他们不知该怎么办了。

“医生什么意见？”尤纪良问李嘉怡。

“唐院长说铃铃身体里有炎症，要格外小心。”李嘉怡说。

廖雅萱闻讯赶来。她瘦了，眼角的皱纹显现出来，略显苍老。手术后她整天躲在病房里看书，从不出门。铃铃每天都去看她，知道她说话不方便，铃铃也不说话，静静地坐在她的身边，用脸上的笑容宽慰她。这几天铃铃为不能参加比赛闷闷不乐，让她心疼。“我，支持你……”做了舌癌手术，她说话含混不清，尽量用最简短的词语表达，她要说服唐院长同意铃铃参加比赛。

“还是雅萱阿姨好。”铃铃阴沉的脸，瞬间转晴了。

“快吃饭吧。”吴魄门赶忙把饭盒端到铃铃面前，“鸡蛋和西红柿，都是我自家产的。”

铃铃正要吃，吴魄门老婆急匆匆闯进病房：“不能吃，不能吃！”

“为什么不能吃？”尤纪良不解。

“是我搞错了，把大棚里的菜送来了。”吴魄门的老婆一脸歉疚，“不怪我老公，他嘱咐过要给铃铃我们自家吃的菜。”

“你怎么这样不小心呀。”吴魄门对老婆说。

“全怪我，全怪我。”吴魄门老婆说。

“为什么大棚里的菜不能吃？”铃铃问。

“因为……”吴魄门含糊其词地说，“因为大棚里的菜是给大人吃的，小孩吃了对身体不好。”

“原来是这样啊。”铃铃拿起筷子，“大人能吃，小孩也能吃。”

“铃铃，别吃……”廖雅萱觉得有问题。

“铃铃，对不起呀。”吴魄门老婆说，“我去给你买点吃的。”

“不用了，我有好多吃的呢。”铃铃说。

“我这就回去，拿最新鲜的鸡蛋、西红柿，绝对安全可靠。”吴魄门说。

“我陪您去。”尤纪良想知道究竟。

吴魄门家附近十几个村庄都属于城市的菜篮子，蔬菜大棚一片连着一片，远远望去，白花花闪着亮光，如同冰雪覆盖了大地。吴魄门家有一座蔬菜大棚，一座养鸡大棚。过去大棚就像农民的聚宝盆，一座大棚足以小康一个家。后来被纳入“菜篮子工程”，蜂拥而建，聚宝盆变成了泥瓦盆，辛辛苦苦干一年，能赚个零花钱就不错了。“不论什么事，一搞‘工程’，麻烦就大了。”吴魄门说。

“大棚菜里到底有什么？”尤纪良问。

“化肥、农药、激素……”吴魄门说。

“你们的包装箱上，都贴着绿色标签……”尤纪良说。

“只要贴上了绿色标签，城里人就会信以为真。”吴魄门老婆说。

“我们自己，从来不吃大棚菜。”吴魄门说。

“你们吃什么？”尤纪良问。

“我们有自己的‘特供’基地。”吴魄门带尤纪良来到自家的院子。

院里院外种着小园菜，房前屋后散养着鸡鸭。“这才是我们自己吃的。”吴魄门老婆说，“不上化肥，不打农药，不喂激素，真正的绿色无公害。”

“我不是交代过了吗？咱们吃什么，就给铃铃送什么。”吴魄门说。

“正赶上给市里几家单位送菜，都是大棚里的。”吴魄门老婆说，“一忙起来，我把铃铃的事给忘了。后来才想起，铃铃也是咱自家人。”

“自家人？”尤纪良禁不住打了个寒战。显然，以前买的果蔬、肉蛋，都不属于“自家人”的。在他的饭店里，他是“自家人”，食物里没有添加剂，可是依然没有能闪躲开癌症。对此他一直疑惑不解。这些披着绿色外衣的大棚，让他恍然，原来他和许多人的癌症，全都来自于人世间的各种各样的“自家人”。他发现“自家人”是个似是而非、杂乱无章的东西，它里面有互害，有防范，有信任危机，有公道失衡，有科学也有愚昧，有抗拒也有屈从，这是一个善与恶、正与邪的混合体。如果能给所有的癌症找到一个共同的病源，这个病源或许就藏在“自家人”中。

“以前都说城里人‘抗毒指数’高。住院以后，见到了那么多得癌症的城里人，才发现城里人和乡下人‘抗毒指数’都是一样的。”吴魄门愧疚地说，“医院的病友中，也许就有人吃过我的大棚菜。”

尤纪良咬着牙使劲地想恨吴魄门，可是不仅恨不起来，反而有了一种同病相怜的感觉。他用“自家人”害过别人，也被别人用“自家人”害过。他觉得“自家人”就像一根无形的锁链，把他和吴魄门拴在了一起。“您吃小园菜，没有化肥、农药，为什么也会得癌症？”尤纪良相信，只要是“自家人”，都会有同一个病源，“您有没有找过原因？”

“是报应。罪有应得。”吴魄门诅咒自己。

“癌症就是命。”吴魄门老婆唉声叹气。

“命运归命运，病因归病因。”尤纪良说，“得癌症总有得癌症的原因。”

“自从附近建了一座药厂，村里的癌症就一年比一年多。可是我们不能说，说了会影响菜篮子的绿色信誉。”吴魄门无奈地说，“本来卖菜就不容易，再要让人知道有癌症，那真是走投无路了。”

尤纪良下意识地深吸了一口气，闻到空气中有一股异味。如果连空气都不可靠了，还有什么可以相信？怕伤了吴魄门的面子，他什么也没有说。

尤纪良把吴魄门“自家人”的小园菜、散养鸡蛋送去检测，结果多种有害物质含量超标。他知道，这些害人的物质，要么来自水源，要么来自土壤。他另从超市买了那种挂有绿色标牌的鸡蛋和西红柿，仍然说这是吴魄门家里自产的，真正的绿色无公害。端着尤纪良和吴魄门送来的西红柿炒鸡蛋，铃铃忽然有了新发现：“鸡蛋和西红柿跳舞了。”她开心地笑了。

“放心吃吧。”铃铃的笑脸，让吴魄门很有成就感。

尤纪良却忐忑不安。眼前晃动着一枚枚绿色标牌，那是一种过于急迫的绿，闪着某种诡异的欲望，绿得有些浮躁，有些疑惑。他定了定神，告诫自已，既然人们从各种颜色中选定了绿色，那么无论如何也要相信绿色。

三、"无魄门"的家族渊源

我叫吴魄门，一个种菜的农民。我患了肛门癌，一种与我的身份对等相称的癌症。按社会阶层划分，常有人把农民归于底层中人。按人体器官的空间排位，肛门是最低端的器官，肛门癌是最低端的癌。不同的癌，代表了不同的阶层；不同阶层的人，患不同的癌，我不知道这是不是规律，但有一点显而易见，对待身体不同部位的疾病，人们的观念从来都是不一样的。我读过龚古尔兄弟合著的小说《格维塞夫人》，书中把肺结核称为"人类的高尚的、高部位的病"，而发生在身体低端的一些部位的疾病，是"粗野的、卑贱的器官的病，它们只会阻碍和污染患者的心灵"……按这种说法，肛门应该是最卑贱的器官，肛门癌必然是最粗野的癌。

其实在很早以前，神圣伟大的《内经》就已经用脏腑学说给人体器官划分了等级：不同的脏腑有不同的官位，官职大小，高低贵贱，按器官自上而下所处的位置排序。心肺肝脾胃肾，位于身体上半部，属于高贵器官，官位也高。而大肠小肠膀胱，位于身体下半部，属于低等器官，官位也低。至于肛门，直接排泄粪便，在人体器官的审美和道德评判中被视为卑贱、丑陋、龌龊的象征。《内经》把肛门称为魄门，说它的经络走向"内通于肺"——现代解剖学永远无法理解古老经络学的奥秘。在五脏与"五神"（魂神意魄志）的关系中，魄是肺的神明，肛门"内通于肺"，"故曰魄门"。肺是人体至尊的"宰相"，却把自己的神明藏于卑贱的肛门之中，这有点不可思议。我粗浅地自学过中医，在我看来中医之所以把肛门称作"魄门"，除了"内通于肺"之外，还因为肛门这两个字实在难以启齿。

我叫吴魄门。这个名字是父亲给我起的。父亲为什么要用一个最低端的器官给自己的儿子起名，我还没来得及问，老人家就离开了人世，死于直肠癌。从小到大，我都被人“魄门”“魄门”地叫着，我并不在意，人体中总要有一个器官来承担排泄粪便的职责，就像世界上总要有一些人居于低端位置，干最苦最累最脏的活儿，受最低等的待遇。肛门虽然卑贱，却必不可少。为此，《内经》鼓励说：“魄门亦为五脏使。”明代温补学派鼻祖张景岳说：“虽储糟粕固由其泻，而脏气升降亦赖以调，故为五脏使。”魄门是五脏的使节，既受脏器控制，也能影响脏器。魄门不畅，粪便就不能正常排泄。粪便淤积，则“君主之官”的心，神明无主，王位不稳；“相傅之官”的肺，制节失调，治理混乱；“将军之官”的肝，烦躁动怒，谋虑不足；“仓廪之官”的脾胃，运化收纳失灵，水谷生不成精气……久而久之，五脏六腑就会腐烂得不可救药。

这些年，被养生大师从老典籍里一个个搜罗出来的古代养生大师不计其数，其中就有东晋道学家、炼丹家葛洪。他是国医史上最神秘的一个人。对于祈盼长生的人，神秘具有不可抵御的诱惑，所以养生行业最喜欢用葛洪给保健品命名。神秘的葛洪曾经说过一段直白的话：“一人之身，一国之象。胸腹之位犹宫室也，四肢之列犹郊境也，骨节之分犹百官也，神犹君也，血犹臣也，气犹民也。故知治身者则知治国矣。夫爱其民所以安其国，吝其气者所以全其身。民散则国亡，气竭则身死。”（《抱朴子内篇》）

何为“爱其民”？何为“吝其气”？说到底就是要补养气血。比补养气血更重要的是排泄，保持排泄渠道的畅通，有火泄火，有气散气，否则“热气留于小肠，肠中痛，瘅热焦渴，则坚干不得出，故痛而闭不通矣”（《内经》）。我的肛门为什么得癌症？体内有火，导致有屁难排、有便难泄。“气秘者，气内滞而物不行也。”（《金匮翼·便秘》）作为体内的统治阶层，心肺肝脾胃肾本应调节运化，通畅宣泄渠道，可是它们却用火气浊气把粪便挤压得干燥坚硬，堵塞肛门，以至于毒素淤积，肿胀溃烂，“诸病胕肿，疼酸惊骇，皆属于火”（《内经》），我肛门的癌变就是这样发生的。“民散则国亡，气竭则身死。”这是必然的结局。

我叫吴魄门。父亲给我起这个名字，是不是预感到有一天我会失去肛门？我躺在手术台上，麻醉前脑子里使劲猜想着我的名字的含义。万一下不了手术台，我连自己的名字都没弄懂，这辈子岂不白活了。想着想着，我失去了知觉。医生切除了我肛门的癌变组织，把肛门严严实实地封堵起来。从麻醉中醒来，我并没有为失去肛门而痛心，因为我从来就是一个没有"肛门"的人——还是叫魄门比叫肛门好听。魄门这两个字不那么赤裸裸，文雅含蓄，有道德感，有某种精神的因素。

我的"魄门"，早已被我老婆给封堵了，堵得严严实实。我老婆说一不二，是家中的"女王"。家政大事小事全都由她说了算。我唯一的职责就是唯命是从，如同她的机器人。她认为她所有的话都是真理。无论她说什么做什么，我都不能有丝毫的质疑，只能说好话、唱赞歌。每当我卖菜回来，她都会堵在门口"收家税"。如果不把钱如数交出，就别想进门。我们家的经济形态，属于"掠夺型经济"，我是被掠夺者，永远囊中羞涩。她掌控欲望强，猜疑心很重，总疑心我有外遇，对她缺乏死心塌地的忠诚精神，每天都要让我报告做了什么事、见了什么人、说了什么话。她有赌瘾。我辛辛苦苦卖菜挣来的钱，经常一夜之间就被她在麻将桌上慷慨地撒给了别人，好像济贫一样。"我们也是穷人呀。"我心里上火，偶尔发发牢骚，排泄火气，"你能不能少赌点……"话没说完，立即招来一顿劈头盖脸的训斥："你不想过了？你成心要拆散咱这个家吗？是不是不闹点乱子你心里就不舒服？"她喜欢用问号。一连串的问，堵得我一句话也说不出来。有时候实在忍无可忍，转身离去，刚走到门口，背后一声吆喝："站住！"我心里一哆嗦，立刻止住了脚步。她好像患有"家权强迫症"，不把我整得服服帖帖她心里就不舒服。我们家门上挂着"和睦家庭"的标牌。在人前我还得装着和睦的样子，不满不能说，怨气不能撒，牢骚不能发，可以说我们家的家庭文化就是一个没有宣泄渠道的"无魄门"文化。在这样的家庭中，被堵的是嘴，却有肛门不通的感觉。或许正是因为上堵与下塞的关联性，导致我肛门长了癌症。癌症阻挡了气、火、毒排泄，粪便滞留，肛门变成了沼气池，浊气升腾，鼓胀五脏六腑，身居高位的心肝肺脾胃肾层层惶恐不安。

我叫吴魄门。我属于“无魄门人格”类型。我的人格源于家族遗传。家族祠堂供奉的老祖宗，曾是北宋状元，钦点驸马。说实话，究竟有没有这样一位老祖宗我始终半信半疑，因为翻遍北宋史也找不到一位姓吴的驸马——为了家族的荣耀而编造一位地位尊贵的老祖宗，也不是什么奇怪的事情。老祖宗身穿朝服，腰挂玉佩，手执笏板，下巴飘着一缕细胡子。看画像，老祖宗缺少官威，略显神情压抑。我理解老祖宗。在公主老婆面前唯唯诺诺，有话不能说，有气不敢撒，看似怕老婆，实则畏惧皇权。可见皇权文化也属于“无魄门”文化。老祖宗在皇家形成的“无魄门人格”，通过遗传基因，代代延续，被我承接了。

从生理心理学的层面看，我的“无魄门人格”和弗洛伊德定义的“肛门滞留型人格”，本质上是一样的。这两种人格有一个共同特征：“憋着不排泄”。我父母都是乡镇中学老师，两位老实人，和那个时代的多数人一样，他们一辈子都严格地遵守各种各样的规矩从不越雷池一步。在我幼儿时期，他们就严苛地训练我的排便规矩：必须早起之后在家里的厕所排便——小时候我经常因为尿床、拉裤子受斥责。在规定的时间和场地之外，我只能憋忍着。我很少能感受到排泄的快感。生理受阻，人格滞留在“本我”阶段。我小气、固执、保守、多疑、委曲求全、略带点小狡猾的人格缺陷，既来自古老家族的“无魄门人格”遗传，也来自幼儿期的“肛门滞留”的训练，这两种相似的人格类型集于一身，唉，我能不得癌症吗？

我相信“癌症人格”说。“无魄门人格”就是典型的“癌症人格”。唐院长告诉我，“癌症人格”只是一种揣测，无论哪种人格的人，患癌症的几率都差不多。可是我看过的癌症书上几乎都说过，癌症是一种激情压抑的疾病，克制、憋闷、萎靡、无力发泄火气的人，最容易得癌症。“我不生气，但我以肿瘤来代替生气。”喜剧导演伍迪·艾伦用一句俏皮话，揭示了情绪压抑与癌症的关系。我的家族癌症史，也让我对“癌症人格”坚信不疑。我父亲死于直肠癌，我爷爷死于骨癌，父亲和爷爷的兄弟姐妹中也有几位死于癌症。家谱中说老祖宗死于“症瘕”——宋代《圣济总录》把腹内肿瘤叫作“症瘕”。家族中那么多的癌，除了生物的基因遗传外，人格的遗传也是重要因素。

我叫吴魄门，北宋一位状元家族的“无魄门人格类型”的传承人。到了我这一代，家族的人格类型千年未变，但家族的辉煌却一落千丈。后裔们如同麻袋换草袋——一代不如一代。据说从明清以后，家族中就再也没有出过一个高官。虽然整个家族坠落到社会底层，但“无魄门”的文化氛围反倒越发浓重了。在这种家族文化中，精神的废弃物没有渠道宣泄，怨气、火气憋了一肚子，憋急了，只有找更低端的对象宣泄。还有谁比菜农更低端？蔬菜和家禽。给蔬菜打农药上化肥，给鸡鸭喂激素抗生素。我就像个施虐狂，恶狠狠地把各种致癌物注入到植物和动物体内。原本是为了减少成本多赚一点钱——高昂的绿色成本不是谁都能够承受的——但总也摆脱不了情绪的宣泄。你们不是高层人吗？不是想吃绿色的东西吗？那就让你们尝尝农药、化肥、激素和抗生素的滋味。不错，我是底层人，可是我能吃到真正无公害的小园菜、散养鸡。弱势群体也有属于自己的特权。我承认这是作恶。有时候作恶能产生自慰和宣泄的快感。

宣泄有快感，更有疼痛感。在肛管与直肠黏膜连接处有一条不整齐的交界线叫作齿线。齿线有丰富的神经末梢感受器，特别灵敏，是排便反射诱发区。粪便从直肠滑落下来，碰触齿线，神经末梢受到刺激，通过感觉神经传入大脑，大脑反射信号到内、外括约肌，提肛肌收缩，肛管张开，粪便排出。齿线和肛门边缘之间，有一段2—3厘米长的小器官，它叫肛管，是粪便最后的滞留地。我的鳞状细胞癌就长在这狭小的空间里，已经溃疡，疼得我整夜整夜睡不着觉——齿线是痛感分界线，上层为植物神经，对疼痛刺激不敏感；下层为感觉神经，受脊髓神经支配，对疼痛极为敏感。上层器官永远也感受不到下层器官的苦痛，这是生命世界最大的悲哀。我在肛门的疼痛中忏悔，是不是我没有宣泄的权利，不应该宣泄？

癌症在我的宣泄渠道惩罚了我。肛门被封堵，腹部开了一个口子，一段肠管从腹腔拉出，开口翻转，缝于腹壁切口，替代肛门。造口处粘贴了一个袋子，用来接纳粪便。从此我有了一个新名字："造口人"。新名字带来了新烦恼。我无法控制排便，经常因为没来得及更换袋子而使粪便漏出来，沾到衣服上，那股臭味比从肛门排泄出来的粪便还臭，所有人都捂着鼻子远远地躲着我。因为担心粪便溢漏出来，所以我不停地触摸粪便袋，好像患了"粪便袋强迫症"。这时候，我才懊悔自己作过的恶。住进医院，面对着被癌症折磨得痛不欲生的病友，我总觉得是我害了他们。不管他们来自哪个阶层，即使属于高高在上的心肝肺阶层，也和我有同样的痛苦，同样在生死边缘挣扎。

突然间，我雷霆大发，冲着老婆大吼大叫："你还有没有良心？"我老婆竟然把农药蔬菜和激素鸡蛋给了铃铃。我忍无可忍。"再毒不能毒孩子！"我狠狠地给了她一巴掌。她被打蒙了，一把鼻涕一把泪地认错、道歉，哀求我的原谅。她甚至发誓以后再也不赌钱了。一出《驯悍记》之后，我的"魄门"打开了，实现了一次梦寐以求的通畅的排泄。好痛快，好舒服。

我叫"吴魄门"。我终于想通了父亲为什么要给我起一个最低端器官的名字：他老人家希望有一天，我能打开家族遗传的"魄门"。

四、人世间最危险的平衡

唐恒国力主在医院花园开辟了一个儿童角。有滑梯、秋千、充气堡、海洋球池，像个微型儿童乐园。铃铃和小癌友们常来这里玩耍，悦耳的嬉笑声表明他们的心灵已经飞离了癌症的世界，返回到快乐童年。尤纪良和吴魄门送来了一背包的书。“绘本呀。”铃铃高兴地喊起来。她有许多蒙学的书，绘本却比同龄孩子看得少。尤纪良拿出《不一样的卡梅拉》读了起来。漂亮的小母鸡卡梅拉一家的故事，把孩子们逗得笑个不停。“‘下蛋，下蛋，总是下蛋！’她生气地说，‘生活中应该还有更好玩的事可做！’”他有意把卡梅拉这句经典对白读了好几遍，想让铃铃知道，唐诗宋词不是生活的唯一。铃铃没有听懂他的话中话，只顾模仿卡梅拉跳过围墙去看海的动作。她把黄杨树想象成院墙，单腿着地，身体倾斜，双臂像翅膀一样伸展开来，在身体向上蹿起的瞬间，她看见了一个人，孤零零坐在草坪上，似乎有意躲避快乐。

“他为什么不和大家一起玩？”铃铃问。

“他做了对不起大家的事，没脸和大家在一起。”吴魄门说。

“他一个人多可怜呀。”铃铃的小同情心颤动了一下。

“可怜之人必有可恨之处。”吴魄门说。

“什么意思呀？”铃铃问。

“这是大人的事。”尤纪良说。

“大人的事很麻烦。”铃铃摇头。

“别管大人的事，你想找他玩，就去找吧。”吴魄门对铃铃说，“我回去吃药了。”

“吴伯伯好像不喜欢那个人。”铃铃望着吴魄门的背影说。

“大人的事，跟小孩没关系。”尤纪良理解铃铃的小心思。

那个人叫张汉楚，一家制药厂厂长，刚做完直肠癌手术，腹部开了一个口子，挂着粪便袋。看见铃铃过来，他条件反射般地摸了摸腹部。和吴魄门一样，他也有“粪便袋强迫症”。

“到我们那边玩吧。”铃铃说。

“我不能去。那是小孩子玩的地方。”张汉楚不想让自己身上的异味影响了孩子。

“大人应该陪着小孩玩。”铃铃像个小人精，呵护着一个成年人的自尊，

“给我们读绘本吧。”

“可是……”张汉楚迟疑着。

“走吧，走吧。”

铃铃硬把张汉楚拽到儿童角。尤纪良担心张汉楚有顾虑，借故离开。一个男孩挑了本《森林大熊》，递给张汉楚。故事很简单，一只大熊从冬眠中醒来，发现整座森林消失了，取而代之的是一个现代化的工厂。大熊进了工厂当工人，屡屡遭受管理员、厂长、董事长的嘲讽、呵斥，渐渐地，它忘记了自己究竟是谁，来自哪里……

读着读着，张汉楚就沉浸在故事中了。“好可怜的大熊呀。”

“大熊没有家了。”铃铃眼睛湿湿的。

“没有了家，就会忘记自己。”张汉楚说。

“人为什么要在森林里建工厂呢？”一个女孩问。

“因为人把自己给忘了。”张汉楚说。

“人忘记了自己，为什么要去破坏大熊的家？”一个男孩追问。

“因为……”张汉楚发现，患癌症的孩子比同龄孩子更深刻，“因为，人忘记了自己和大熊有一个共同的家园。”

“人不应该只想着自己。”铃铃神情严肃地说。

“只想着自己，就会做出愚蠢的事。”张汉楚面露愧色，好像自己做了什么错事。

正说着，一群人跑了过来。张汉楚神色慌张，起身想走，被来人围住。

“说吧，怎么赔偿？”带头的是吴魄门他们村的村长。张汉楚的药厂污染了环境，村民来找他索赔。

“我得了癌症，我也是受害者。”张汉楚说。

“你的癌症是自找的，我们的癌症是你造成的。”村长说。

“我已经没有钱了。”张汉楚说。

“你有钱治病，能没钱赔偿吗？”有村民说。

“不赔钱，你就别想治病。”另有村民说。

“不让人治病，你们不讲理。”铃铃挤进人群。

“铃铃，这是大人的事，你别管。”吴魄门把铃铃拽出来。他和村民一起来的，一直躲在人群后。

“那么多人欺负一个人，不讲理。”铃铃气哼哼地走了。

“赔钱，赔钱，赔钱。”村民们一起嚷嚷。

张汉楚不再争辩了，站在人群中，一脸无辜的样子。

“这里是医院，不是吵架的地方。”唐恒国被铃铃叫来了。

“跟我们走，到医院外说。”几个村民拉扯张汉楚。

“不管你们之间发生了什么，他是我们的病人，我们有责任保护他。”唐恒国严厉地说，“如果继续闹下去，我们只有报警了。”

唐恒国的威严震慑了所有人，他们面面相觑，一时间竟无人说话。“村长，让大家回去吧。”吴魄门说，“有问题，等他出了院再解决。”

“张汉楚，你等着。”村长摆摆手，带人离去。

“谢谢。”张汉楚对吴魄门说。

“我不是帮你，是帮我们村里人。”吴魄门冷冷地说。

铃铃望着吴魄门和张汉楚，眼睛里流露出疑惑的神色。

张汉楚的药厂与吴魄门的村庄相距不远。家门口有了工厂，村里的青壮年就不用背井离乡出去打工了。药厂修桥铺路，绿化环境，救济孤寡老人，帮助失学儿童回到学校，购买农副产品为村民化解了“销售难”……村委会敲锣打鼓给张汉楚送了一块匾，“积德好善”四个大字闪烁着古老道德的光辉。在皆大欢喜的日子里，谁也没有觉察到，一条可怕的“癌症链”，已经悄无声息地把张汉楚和村民拴在了一起。企业排放的废水污染了土壤和地下水，土壤和地下水把污染物传递给蔬菜、粮食和畜禽，村民再把被污染的食材供应给企业，相互间维持着一种“互害”平衡，看起来相安无事。这样的平衡被癌症打破了。一个小村庄，两年间出现了十几个癌症病人，吴魄门是其中之一。企业中也接连有人患癌症，其中就有张汉楚。村民砸碎了他们亲手送的那块“积德好善”匾，古老道德变成了碎木片，被踩在脚下。

吴魄门从不参与索赔行动。张汉楚污染了环境，可是他也把农药蔬菜和激素鸡蛋卖给了别人。他没有脸面索赔，只是劝说张汉楚给村民道个歉。张汉楚觉得冤。他给村庄带来了污染，也给他们创造了收益，他患了癌症，药厂被环保部门重罚，凭什么还要赔偿？他也拒绝道歉，道了歉就等于承认了村民索赔的合理性，就得付出真金白银。他已经赔不起了，为了交罚款连机器设备都卖了。就这样，张汉楚和吴魄门，一个直肠癌，一个肛管癌，住在同一病房，本应同病相怜，可是却因为一条“癌症链”，互生怨恨。

这两个大人的矛盾，成了铃铃的心病。“能不能让他们和好呀？”铃铃央求尤纪良劝劝他们。

“小孩吵架，大人可以劝。大人吵架，大人劝不了。”尤纪良知道吴魄门和张汉楚的恩怨来由，“也许，你可以试试。”

“可是我不知道怎么劝。”

“你就跟他们说……”

“嘻嘻，我给他们讲绘本。”铃铃的脑子里总会闪出一些奇思妙想。

“讲绘本？”尤纪良反应过来，“对对，讲绘本。”

铃铃把张汉楚和吴魄门约到儿童角。她还约来几位小癌友陪读。为了铃铃，两个互有怨气的成年人，相安无事地坐在了一起。他们纳闷儿地看着铃铃，不知道她要做什么。铃铃翻开一本《活了100万次的猫》，她喜欢这个故事。之前看过许多遍，几乎能背下来——

有一只漂亮的虎斑猫，死了100万次，又活了100万次。它当过国王的猫、水手的猫、小偷的猫、魔术师的猫、小女孩的猫，先后被100万个人收养、宠爱过，每次死的时候主人都会为它伤心哭泣，可是它自己一次也没有伤心，因为它都是为别人活着。最后它变成了一只野猫，一只属于自己的猫。它爱上了一只白猫，和白猫结了婚，白猫给它生了许多孩子。白猫逐渐变老，它死了。野猫抱着白猫，哭啊哭啊，它也死了，再也没有起死回生……

铃铃沉浸在自己的感悟中，时而欢笑，时而忧伤，她并没有想给张汉楚和吴魄门讲什么道理，只是喜欢这只活了100万次的猫。而这只猫，却在吴魄门和张汉楚心中引起了错综复杂的情感波动。患了癌症，面对生死，人心会变得格外敏感。

“活了100万次，只有一次是为自己活着。”吴魄门联想到了自己，在“无魄门”的家族文化中，失去了自我，人变得狭隘、自私、冷漠、暴戾，像一个施虐狂，残酷地给蔬菜打农药上化肥，给家禽喂激素抗生素，用虐待更低端的生命的方式宣泄憋闷在心中的怨怒。“我也想痛痛快快地活一次死一次，即使处于肛门的位置，也要为自己而活，为自己而死。”他从来没有如此清晰地感受到生命和死亡的意义。

这只活了100万次的猫具有把成人变成儿童的魔力。张汉楚惊奇地瞪大眼睛、张开嘴巴，内心的感觉进入了儿童模式，丝毫也不觉得这是童话。成人在儿童模式的感觉中，容易找到人生困惑的答案：这只猫所受到的宠爱，说到底是主人的一种“爱的控制”。沉溺于宠爱之中，就容易丢失自我，就会忘记了珍惜生命，也不会珍惜与生命息息相关的生态环境。没有自我，很容易形成“互害”群体，你害我，我害你，麻木不仁地帮助癌症制造更多的癌症。“癌症是一种能够剥夺人的灵魂的疾病。”这是他对癌症最深刻的理解。

铃铃期待地看着吴魄门和张汉楚，在她的想象中，他们应该握手了。两个人之间，无论过去的关系有多么不好，只要一起读过绘本，就应该和好。可是他们谁也没有伸手，也没有说话，只是相互看了看对方。铃铃有些失望。突然，张汉楚弯腰捂住腹部，急匆匆要走。他的粪便袋溢出来了。“你别紧张，越紧张越难以控制。”吴魄门关切地对张汉楚说，“回病房我教给你怎么弄。”

铃铃笑了。她告诉尤纪良："他们俩和好了。"

回到病房，张汉楚和吴魄门几乎同时说了一句话："铃铃是个好孩子。"一句话便化解了一切。他们不再纠缠"谁给谁造成了癌症"。长在齿线上的直肠和齿线下的肛管都属于低端器官。在它们之上，还有脾胃胰胆，还有心肺肝肾，高端器官对低端器官的癌症应该承担什么样的责任谁也说不清楚。此刻他们只关心铃铃。吴魄门告诉张汉楚，铃铃的爸妈为了给女儿治病，能借的钱都借了，至今没有凑齐手术费。

"我要帮助铃铃。"张汉楚说。

"你已经破产了，拿什么帮？"

"总会有办法的。"张汉楚有些激动，"上天不公，让铃铃这样的孩子得癌症，如果不能治好铃铃，老天爷都瞎了眼。"

"你是个好人。"吴魄门由衷地说。

"我不是好人……"张汉楚摇摇头，"可是我想做好人。"

几天后，张汉楚回到了已经破产的药厂。院子里杂草丛生，只有几个留守职工坐在麻将桌前，在萧条衰败的氛围中赌输赢。张汉楚也曾赌过，赌污水排放到地下不会有多大的麻烦，结果输得很惨。他懊悔不已，懊悔自己愚蠢的行为毁掉了用20多年心血积累起来的财富。6岁的铃铃就像净化灵魂的小天使，让他有了新的懊悔，懊悔不该毒害水源、毒害土壤、毒害空气——"三毒害"是人世间最大的恶。他不能让小天使就此夭折。他从车库里开出了那辆路虎揽胜，他唯一剩下的能够变现的资产。如果卖个好价钱，铃铃的手术费和自己的后续治疗，都有保证了。

五、"赘生物"也有迷人之处

患了直肠癌，我才发现我的企业和我的直肠有着惊人的相似之处。按所有制分类，我的企业是民营企业，位于公有企业之下、个体经营户之上，在产业结构中属于下游制造业，俗称“直肠企业”。我的直肠属于末端消化系统，位于结肠之下、肛管之上，是食物残渣的出口通道，如同人体的一个下游制造企业。直肠是一个小器官，仅有 15 厘米左右，地位低下，待遇可怜，从来也得不到优质食物资源，只能从剩余的残渣中吸收水分和少量的葡萄糖。虽然卑微，却承担着贮存粪便的重任。当粪便超过 200—400 毫升时，就会启动肛门的排泄功能。食物的残渣带着各种各样的毒素，有时稀糜，有时黏稠，有时干硬，径直从直肠通过。为了自我保护，直肠分泌碱性黏液，以免在粪便通过时受到伤害。可是面对强大的致癌因素，我的直肠还是未能幸免。

如果把临床发现的 100 多种癌症聚合成一座“癌症谷”，那么“癌症谷”里就有四大“恶癌”：肺癌、胃癌、肝癌和肠癌（结肠、直肠）。它们占全国癌症发病率的 50%，发病总人数和死亡人数位居世界第一。按病理类型分，直肠癌有乳头状腺癌、管状腺癌、黏液腺癌、未分化癌、腺鳞癌、小细胞癌，这些个怪诞的名字形象地描绘了癌细胞的形态特征。我的直肠患的是管状腺癌，占所有直肠癌的 67% 以上。我接受了手术，因为癌组织位置低，牵连到肛门也被切除。从此我的腹部便挂上了粪便袋，和吴魄门一样，我也成了“造口人”。据说我们“造口人”在中国数量超过 100 万，仍以每年 10 万人的数量递增，而且年轻人越来越多。身上的异味和心理的自卑让我们远离了人群，类聚成一个孤独的群体，只能在“造口之家”的虚拟空间里躲避疾病歧视，给自尊疗伤。

在我的直肠得癌之前，我的企业已经得了“癌症”。事先没有任何征兆，突然间上游原材料价格暴涨，如同疯长的癌细胞，本就微利的下游制造业被“癌细胞”剥夺了养分，日趋消瘦，萎靡不振。我的直肠癌也没有先兆，突然间就发生了病理性细胞分裂，如同价格疯长的原材料。有一天偶然发现便血，赶紧去医院插肠镜，显示肿瘤已经浸润到直肠深肌层（A3 期）。实际上直肠的癌变和生产原料的“癌变”一样，再小也会有征兆，只是我没有觉察。这个难以觉察的征兆就是息肉。“息，寄肉也。”《说文解字》说。《内经》直截了当，“瘤，息肉也。”严格来说息肉不是肉，而是人体内的赘生物，一种由黏膜细胞聚集而成的异常生长的组织。现实的息肉，未来的癌症。直肠腺癌大多由息肉病变而成。能够引发癌症的息肉被称为“癌前病变”。经济体活动与人体机能有许多相似之处。生物经济学运用生命科学研究经济规律，发现经济体内也会出现隆起的“赘生物”。经济的“息肉”和直肠的息肉有一个共同特征，那就是病变。病变的经济“息肉”中，含有失控的欲望，以及种种无节制的虚拟经济成分，如同人体内异常生长的黏膜细胞。

我的肠癌是被电子内窥镜发现的。内窥镜带着一种科学的温柔缓缓地从我的肛门进入直肠，高清摄像头像一双明亮的眼睛在肠道里搜寻，显示屏上映现出几十个疙疙瘩瘩的赘生物，如同另类审美的饰品，镶嵌在我的直肠黏膜上。这些赘生物有的已经病变，有的即将病变。据说有的人肠道内，有几百上千个息肉，密密麻麻聚在一起。我相信人类经济体内“赘生物”的密集度绝不亚于肠息肉。如今喜欢密集的东西的人越来越多。“丑陋是迷人的，丑陋令人兴奋。”这是另类审美的经典语录。人类的任何行为都可以说是审美行为。在另类审美的刺激下，人们亢奋地卷入了虚拟经济的狂欢，痴迷金钱游戏、甘愿去庞氏陷阱探险的人越来越多，赘生物也越积越厚。经济病理学诊断，虚拟经济的主动力是人的欲望。欲望催生资产裂变，驱动虚拟财富增殖——过度的欲望同样能够诱发人体的癌症。欲望和癌细胞一样，具有无限分化的特征。欲望的分化过程就是掠夺的过程，掠夺制造业的再生产资源，如同癌细胞对机体的掠夺。制造业营养不良，日渐衰弱，失去了创造物质财富的能力。我的企业流动资金短缺，生产成本居高不下，利润率被压缩到了极限，勉为其难地挣扎着。资金链的断裂，扯乱了我的DNA链。我无奈地看着自己的病理诊断报告单，上面印着直肠腺癌的染色体图片，浅红色的癌细胞一层层堆积起来，像一支摆开战阵的军团，个体很大，超过正常细胞1.5倍，体内有黏液空泡，细胞核变形，颗粒粗糙，染色体深浅不一，活像贪婪凶狠的食腐兽。它们瞪着眼睛看着我，似乎在提醒我，它们才是生命资源的主宰。我鼓足勇气向它们发问，你们具有毁灭生命的强大能量，在我的机体内攻城略地，占领一个又一个器官，掠夺养分，制造溃烂，用我衰弱的肉体创建了癌症的辉煌，可是当被掠夺者死亡之后，你们貌似强大的帝国还会存在吗？我经常躲在无人处一把鼻涕一把泪地伤心痛哭。也许我会死于癌症，但我的企业不能死，有几百名职工还要靠它生存。

我的企业是在“发展是硬道理”的时代创办的，在这个小地方也算税收和就业大户。多年来，我和许多私营企业家齐心协力，用GDP把好几位领导干部送到了更高位。到了“调结构”时代，企业被划入了“双高”（高耗能、高污染）序列。我不想成为阻碍现任领导继续攀升的障碍，为此而投入巨资更换设备，还购置了一套污水处理装置，每天能处理200吨污水。而污水实际日排放量，超过300吨。为了青山绿水我想再增添一套处理装置，可是治理污染和治疗癌症都是最耗钱的事情。我找遍了所有的银行，谁也不愿意放贷给我这样的低端企业，而且是用来处理污水。就连我最好的朋友、市商业银行行长项益弘也拒绝了我。无奈之下，我让人在厂区里挖了两口渗井，把剩余的100吨污水硬生生灌入地下。去医院做肠镜的前几个小时，为了清空肠道，我把一袋清肠用的复方聚乙二醇电解质散剂融入2000毫升温开水中，咕嘟咕嘟地往肚子里灌，灌得肚子鼓胀，恶心想吐，到最后每一口都难以忍受。我终于理解了为什么“灌水”会成为古代酷吏最喜欢的一种酷刑。我往肚子里灌清肠水，厂里的废水不停地往地下灌。废水散发出来的恶臭超过了我直肠里贮存的粪便，而且带有诡异的化学气味，泡沫翻滚，裹着种种致命的剧毒元素，渗入地下，向四面八方扩散。大地受了酷刑。我企业的“癌细胞”扩散了。

我不是贪得无厌故意要破坏青山绿水的人。为了避免排污，曾经狠狠心要关闭工厂。几百名职工聚集在办公楼前，央求我不要关厂。那些建厂伊始进厂的老职工，含着眼泪说他们愿意降低工资帮助企业渡过难关。我从不认为工资成本的增加会拖累企业。原材料成本的增幅比工资成本增幅高得多。眼前这些职工，大都拖家带口，属于低收入、低消费群体，关闭工厂无异于断了他们生路。面对无助的职工，我希望降低成本，增加利润，保住他们的饭碗，哪怕是污染了环境；但我也知道，对环境的破坏势必会给更多的人造成伤害。我该如何选择？这个选择题并不像选择少数和多数那样简单。眼前需要帮助的这些少数人，他们在困苦中挣扎，凄惘的眼神强烈地刺痛了我的心。而受到伤害的多数人只是一种模糊的推论，他们对我没有视觉和情感的刺激。我不是上帝，没有拯救所有人的能力。我自然而然地选择了眼前最需要帮助的少数人。既然博大的善心不能拯救所有人，那就让善心首先降临到少数人身上。就这样，我决定了挖渗井。

细胞发生癌变，企业成为一个污染源。吴魄门所在的村庄，百米深机井抽出来的水，臭味难闻。我成了这个时代的特有的怪物：一边污染环境，一边造福村民。修桥铺路，绿化环境，救济孤寡老人，赞助失学儿童，消化剩余劳力，购买农副产品，村委会感激地给我送了“积德好善”匾。双方皆大欢喜，幻想着美好的未来。谁都没有觉察到，一条“癌症链”已经把我们捆绑在一起了——我污染了土壤和水源，土壤和水源把污染物通过食物链输送到我和村民体内，相互间维持着一种“互害”平衡。我敢说，当今的癌症，大都是由“互害”生存模式催生出来的。村民和企业职工中接连不断有人患癌症。我制造了癌症，癌症也没有放过我。我的癌症告诉我，一个人得癌症的概率和他的癌症制造量成正比。直肠里长了肿瘤，心里充满了恐惧，癌症控制了我的肉体也控制了我的灵魂，我成了一个癌症人，除此之外，完全忘记了自己究竟是谁，来自哪里，为什么活着，就像那只森林里的大熊，那只活了100万次的猫。

跟着6岁的铃铃看了《森林大熊》和《活了100万次的猫》，我终于明白了，如果不想得癌症，得了癌症如果想要治愈，必须要摆脱各种“宠爱”

的控制，坚定不移地做一只为自己而活为自己而死的野猫；更要摆脱某些信条的迷惑，即使森林的家园被毁掉，即使被圈进一个容易迷失自我的工厂，也不要相信那些管理员、人事主任、副厂长、厂长、董事长的说教，要坚定不移地相信自己就是一只来自森林的熊。绘本是治愈心灵疾病的良药，有时候对大人比对儿童更有疗效。我终于找到了一条回归自我的途径：卖车，给铃铃支付手术费。这孩子身上有一种启动善心的能量。我开着车去寻找买家，忽然闻到一股臭味，感觉到了内衣的黏湿，是粪便溢出来了。我一手开车，一手捂着粪便袋。这时候我特别想告诉所有人，如果长了息肉就要尽快摘除，不管是肠道的息肉，还是人性和经济的“息肉”，发现了就要尽早摘除，否则等到息肉把“癌前病变”兑现成癌症，一切都晚了。

第四章

一、亡命徒创造了英雄史诗

李嘉怡最终没有拗过铃铃，同意她参加“诗词天地”大赛。促使李嘉怡让步的是铃铃的几句话：“你只有一个女儿，你的女儿生病了，你生病的女儿只有一个愿望……”铃铃可怜兮兮地看着妈妈。

诗词大赛巧妙地把古老的诗词变成了一种时尚的竞技，有对抗有胜负，就能吸引眼球。比赛现场座无虚席。廖雅萱和李嘉怡坐在观众席上。以往，廖雅萱都是担任点评嘉宾，高坐在阳春白雪的位置，眼里的豪华舞台宛如古典诗词的殿堂，高雅，神圣。这一次，舌癌剥夺了她的荣耀，位置变了，感受截然不同。富丽堂皇的舞台上，《诗经》失去了质朴，幻化成一件材质昂贵做工粗糙的饰品，挂在那些附庸风雅的脖子上。炫丽璀璨的灯光下，现实主义被掺入了现实的利益，杜甫没有了至情至性，蜷缩在萧瑟的茅屋里为不得志吟诵牢骚诗。评委、嘉宾和职业观众故作高雅的表情，使得浪漫主义的李白仙韵消失，抱着一个俗气的酒坛子狂言乱语。廖雅萱恍惚觉得历朝历代的诗仙词圣全都变成了拳击手，为一条金腰带在擂台上打斗。她禁不住摇头叹息。

铃铃走上了舞台。一路过关斩将，她闯入了少儿组总决赛。和她对决的是一个 8 岁女孩。聚光灯照亮了两个具有超强记忆能力的小女孩。她们相互对视，目光中充满了自信。这时候谁也不会想到，亮丽的舞台上，还有一个老谋深算的肿瘤，潜藏在铃铃的左肺上叶。从第一个癌细胞诞生，经过突变积累的漫长煎熬，与免疫大军的周旋搏杀，扎根在铃铃肺叶上的这个肿瘤，已渐成气候，拥有了足够的力量。它不甘偏安一隅，雄心勃勃地要远征扩散，攻占铃铃的整个肌体，从大脑到五脏六腑，把所有的生命资源全都归为己有。为此，它随时准备发起一场生死大决战。

如梦如幻的灯光，把这个老肿瘤所带来的悲苦装点成了虚无缥缈的欢乐。主持人故弄玄虚地宣布比赛开始，老肿瘤的癌细胞大军和机体免疫大军直截了当地展开了正面决战。两个孩子的目光里闪烁着渴望胜利的激情。第一轮抢答题，铃铃抢先拍下抢答按钮。铃铃比对手小两岁，虽然存在着阅读量的差距，但她的机敏和记忆力绝不逊于对手。免疫大军向癌细胞发起了攻击。铃铃体内有 2 万亿免疫细胞，而此时，她肺叶上的肿瘤只有 20 亿癌细胞，双方兵力相差悬殊。癌细胞采用孙子兵法“不战而胜”的谋略，把一种表皮生长因子受体（EGFR）传递给免疫主将巨噬细胞，这是一种跨膜糖蛋白，它包含了现实的利益，也包含了对未来的许诺。DNA、RNA、蛋白质、氨基酸、酪氨酸激酶，生物分子纷纷卷入进来，有配体诱导的鼓惑，也有受体激活的威逼，经过如同思想斗争般的激烈的生理生化反应，巨噬细胞立场动摇了，临阵倒戈，调转枪口加入了癌阵营。铃铃丝毫也没有觉察到体内的激战，她抢答了一道李白，对方抢答了一道杜甫，看起来像是李白和杜甫在对决，观众席发出了一片笑声。T 细胞军团向癌细胞发起了正面攻击。T 细胞军力强大，被誉为癌症杀手。癌细胞避其锋芒，抛撒出“PD-L1”蛋白，把自己伪装成正常细胞，实施“免疫逃逸”的战略转移。一时间，在两军对垒的战场上，T 细胞竟然找不到敌人的主力了。两个孩子势均力敌，比分交替上升。从掌声中可以听出，观众被她们均衡地分成了两派。T 细胞军团和癌细胞发生了激烈的遭遇战。双方力量此消彼长，互有胜负，陷入僵局。无数正常细胞，带着“线粒体”的涡轮发电机，开着“马达蛋白”的运输车，扛着“细胞骨架”的结构材料，为癌细胞补充能量和营养。这些行为反常的正常细胞，来自肿瘤微环境，也就是铃铃肺叶上的瘤体组织。为了把正常细胞变成癌症的力量，老肿瘤念起了咒语。它的咒语中含有一种特殊的蛋白酶，能够溶解细胞黏附分子 E- 钙黏蛋白。这种蛋白是生命秩序的维护者，负责把细胞与细胞粘连在一起，保持组织结构的完整和协调。在老肿瘤看来，秩序就是枷锁。它打破了枷锁，为建立病理的秩序奠定了基础。这是它与生俱来的使命。正常细胞误以为获得了解救，感恩戴德地加入了癌阵营——《细胞科学杂志》发布的一项研究表明，肿瘤在其周围形成的肿瘤微环境，能引导正常细胞发生癌变。正常细胞不会想到，它们帮助癌细胞毁灭机体的健康，换来的是更深重苦难的未来。这次诗词大赛，环保基金是主办方之一。为此特别设置了与环保有关的内容，要求选手背诵描写雾霾的古诗词。廖雅萱暗自窃喜。虽然这道题目很偏，但铃铃早有准备。那天在雾霾中萌生了“擦天”的愿望之后，她向廖雅萱请教过有关雾霾的古诗词。“高峰寒上日，叠岭宿霾云。”铃铃首先背诵了杜甫的《晓望》。“云门转绝岸，积阻霾天寒。”对方用杜甫的《寒硖》回敬铃铃。铃铃愣怔片刻。对手的强大，让她一阵紧张。“残云收翠岭，夕雾结长空。”铃铃想起李世民的《远山澄碧雾》。“色含轻重雾，香引去来风。”对方应对《赋得花庭雾》，同样是李世民。两个孩子用稚嫩的童音，显示了超强的记忆力和丰富的阅读量，令观众赞叹，嘉宾惊诧。“雾失楼台，月迷津渡。桃源望断无寻处。”（宋·秦观《踏莎行》）“铜华沧海，愁霾重嶂，燕北雁南天外。”（宋·吴文英《永遇乐》）“山沉黄雾里，地尽黑云中。”（南朝·庾肩吾《登城北望》）“氤氲起洞壑，遥裔匝平畴。”（唐·苏味道《咏雾》）“瘴江昏雾连天合，欲作家书更断肠。”当对方背诵了唐朝李绅的《江亭》之后，铃铃的记忆库掏空了。抢答题得到的领先优势，被对手追平。诗句对答之后，对抗的节奏稍稍舒缓下来，两个孩子的神情也不再那么紧张了。癌细胞进入战地休整状态，利用铃铃肺部的炎症补充营养——把人体的修复功能变成肿瘤的生长功能，这是癌细胞的基本功。舞台上的灯光变得柔和了，一曲轻飘飘的古乐在舞台上空回响。几位点评嘉宾引经据典，歌颂诗仙词圣，赞美历史与现实，借此展露才情。老肿瘤似乎很享受赞美，惬意地谋划着决胜的手段。铃铃沉浸在诗词的意境中，专注的表情掩盖了机体内的危情。灯光再次灿亮。比赛进入“飞花令”环节。诗仙词圣们开始喝酒了。作为文人墨客的“酒令”形式，“飞花令”既考验记忆力，也考验阅读量，唯独不涉及思想和创造力。铃铃深吸了口气。老肿瘤发布号令，癌细胞开始了自杀式的大反攻。死去的癌细胞释放出高浓度钾离子，如同有毒的迷雾，在细胞与细胞的缝隙间弥漫。T 细胞失去了活性，损失惨重。如果把这场细胞世界的生化大战放大来看，用杜甫的“积尸草木腥，流血川原丹”形容绝不过分。在这场大决战中，亡命徒创造了英雄史诗。癌细胞取得了决定性的胜利。老肿瘤很快就会成为铃铃机体的统治者。它坐在肺叶上，亢奋地用力挤压——所有的肿瘤都会用挤压器官的方式，表达它们征服人体的喜悦。铃铃胸口憋闷，喘不上气来。她脑子瞬间短路，被一个带“花”的诗句卡住了记忆。年龄的差距拉开了阅读量的距离，6 岁的铃铃败给了 8 岁的对手。“我丢掉了第一。”铃铃心里委屈，想哭。她紧咬着嘴唇，憋着、忍着，不让泪水流出来。

颁奖仪式，市环保局局长郭天淳把第二名奖杯递给铃铃。“铃铃，你是真正的第一。”郭天淳悄声说。赛前他就知道了铃铃的病情。“你是我的小战友，也是我的榜样。”他由衷地说。

“小战友……”铃铃一下子就明白了，“你也有癌……”

“嘘……”郭天淳做了个噤言的手势。

“我懂。”铃铃说。赛前她就让妈妈向组委会提出，比赛中不许拿她的癌症说事。她怕被别人看不起，也受不了那种表演式的同情。

女主持人请获奖小选手发表获奖感言。铃铃发言时，主持人眼眶里滚动着泪水，动情地说：“我想告诉大家，铃铃是一位癌症患者，她带着对古典诗词的敬仰和热爱，从医院来到了我们这个赛场……”虽然事先约定了不说铃铃的病情，但主持人不想错过这次煽情的好机会。有煽情，才有收视率。

“你……”铃铃愣怔片刻，突然放声大哭，手中的奖杯掉落在地，“你们说话不算话……”

铃铃发烧了。唐恒国火冒三丈。“孩子不懂事，大人也不懂事吗？唐诗宋词读傻了，毫无理性，简直就是坑害铃铃。”他怒气冲冲地训斥李嘉怡和廖雅萱。手术前最忌讳的就是身体出现意外病况。他一再嘱咐千万小心呵护铃铃，可是这两个大人还是让铃铃发烧了。他对廖雅萱说：“还有你，别以为做完手术就平安无事了，记住我的话，你是一个癌症患者，一辈子都要如履薄冰，如临深渊，警惕癌症复发。”

二、在一个生病的星球上

铃铃不再为癌友吟诵古诗词了。决赛失利，她觉得很丢面子。她在病房里闷了两天，无论李嘉怡怎么劝说，就是不出门。除了画画，她什么也不做。她只画那幅《擦天的机器人》：一个小女孩，长着一台空气净化器的身体，在雾霾中大口呼吸……画了一遍又一遍，不断修改女孩的模样和净化器身体的形状，连雾霾的色彩也不知改了多少遍，就像着了魔。“铃铃，该读诗词了。”妈妈给她买了一套插画版的《幼儿唐诗精选》，她看也不看。“我不想学诗词了。”她好像有了新的兴趣点，“帮我买本机器人的书吧。”

“铃铃，陪爷爷出去散步吧。”唐恒国来了。对铃铃，他有一种爷爷对孙女的亲情感。老伴儿去世后，女儿去了美国读博士。他独自一人，每天都拿着手术刀和癌症拼斗，只有在闲暇时才能察觉到潜藏在内心深处的孤独。担任了铃铃的主治医生后，这个聪明可爱的小女孩捕获了他，把天伦之乐放入了他的生命。听说铃铃闹了小情绪，他着急地赶来，带着铃铃去花园散心。很奇怪，和唐恒国在一起，铃铃立刻忘记了心中的郁闷，像小动物跑出了笼子，蹦蹦跳跳。“不能剧烈运动。”唐恒国制止她。她肺部的炎症并未完全消除。“我已经好了呀。”铃铃说着，就要撒欢跑。“如果不听话，我就送你回病房。”唐恒国故作严厉。铃铃做了个怪样子，乖乖地依着唐恒国。病友们纷纷过来和铃铃打招呼。这两天花园里少了铃铃，就像少了一份欢乐。花园中央，有一个水池，水里漂浮着睡莲，睡莲的叶片下，一群小蝌蚪摇着尾巴，欢快地游动。铃铃趴在水池边，一条条数起了蝌蚪。

“唐院长，我的手术，您能亲自为我主刀吗？”市环保局局长郭天淳走来。不久前他查出了肝癌，刚刚住进医院，等待手术。

“你也住院了呀。”铃铃认出了给她颁奖的郭天淳。

“我是来和你做伴的。”郭天淳说。

“你们说话不算话。”铃铃一下子想到那个主持人，“对小孩不诚信，什么诚信都没有了。”她一脸的严肃。

郭天淳忍不住笑了，随即又严肃起来。从小公务员攀升到局长，一路上挨过的批、受过的训、听过的说教，数都数不过来，被一个 6 岁小女孩教训，这是第一次。无所顾忌，直截了当，没有权谋，没有说教，绝非大话空话，从一件小事碰触整个社会，小心灵里蕴含的真理超越了空泛的道德巨著。“对不起呀，全怪我，怪我工作没做好。”他由衷地说。

“在这个时代，最珍贵的，就是孩子的批评。”唐恒国意味深长地说。他得知了诗词大赛发生的事情。

“你想让唐爷爷给你做手术呀。”铃铃转瞬就忘记了心中的不快。

“我就是为了让唐院长做手术，才来这里住院的。”郭天淳说。

“只要你好好听话，唐爷爷就会给你做手术。”铃铃说。

“我一定好好听话。”郭天淳笑着说。

“唐爷爷也要给我做手术。”铃铃认真地说，“我先让给你做，你做完了，我再做。”

“唐院长，我想请您给我主刀。”这是郭天淳找唐恒国的目的。

“肝脏手术，不是我的长项。”唐恒国说，“我们已经为您安排了最优秀的手术医生。”

“唐院长，我……”郭天淳说。

“放心吧。”唐恒国拍拍他的肩膀。

“我放心……”郭天淳勉强地笑了笑。

“蝌蚪，小蝌蚪，快回到水里去……”铃铃惊喊。

浮在水面的一株睡莲叶片，爬上来几只小蝌蚪，用力抖动身子，挣扎着想要回到水里。郭天淳看见蝌蚪，脸色骤变，神情紧张，惶恐离去，好像遇到了猛兽似的。

“他怎么啦？”铃铃奇怪地望着郭天淳的背影。

“蝌蚪恐惧症。”唐恒国笑了。

铃铃伸手把叶片摁到水下，小蝌蚪回到水里，慢悠悠地消失在睡莲下。

郭天淳沿着长长的走廊返回病房。宽敞的走廊，因为靠墙摆了一长排病床而变得拥堵。床边挂着郁闷的吊瓶，吊瓶下躺着虚弱的病人，每个人脸上都带着无奈的神情，似乎肿瘤医院本身就是人世间的一种无奈。本来郭天淳在市中心医院享受单间病房待遇，他是奔着唐恒国转院来的。肿瘤医院床位紧张，即便局长也只能住双人间，医生说没有让他等待已经算特殊关照了。癌友们告诉他，得了癌症，能不能选择一个好医生，对于能不能保住性命至关重要。唐恒国是国内顶尖的肿瘤外科专家，把生命交给唐恒国，郭天淳心里踏实。为了保命，他也不计较职位待遇了。没想到唐恒国把他的生命转交给了另外的医生，还要让他放心，他能放心吗？

郭天淳拉上隔帘，闷闷地躺在病床上。在生命的无奈之上，还有一个职业的无奈。住院第二天，秘书送来一份关于本市全年空气质量综合指数的文件，请他签字。望着文件上那一串串漂亮的数字，郭天淳正想签字，抬头看见窗外的天，灰蒙蒙的浮尘遮挡了视线，他不由得叹了口气，放下笔。这样的文件本来就没必要非让一把手签字，何况他已经住院，经验告诉他，不会有人愿意为这些数字承担责任。他也不想签这个字。患癌之前，流行病学关于“环境致癌”的结论，只是他职业范围的一个抽象概念，癌症把他推到生死边缘，当感觉到肝区疼痛、腹部鼓胀、恶心呕吐，抽象的概念在他身上转化为具象的肿瘤，这时候，“环境致癌”才变得真实、可怖了。他不想再欺骗环境也不想再欺骗自己。“文件先放这儿吧。”郭天淳说，“让我考虑一下。”

此后，几乎每天都有人来电话，比他职务低的、高的都有，催他快点签字。他很明白，这些人一定认为他已不可救药，必死无疑了……万一日后追责，让死人背黑锅活人就可以免责。“唉……”郭天淳哀叹，对一个官员来说，癌症具有生物绝症和仕途绝症的双重死神意义。“签就签吧……”他心中生出一种我不下地狱谁下地狱的无奈。

郭天淳拿起笔，正要签字，铃铃掀开隔帘，探头进来。“你不高兴了吗？”这个敏感的小动物，刚才在花园里察觉到了郭天淳脸上的阴影，“唐爷爷没有不愿意给你开刀，他想让更好的医生给你开刀。”

郭天淳心中涌起一股暖流。“我，我没有不高兴。”联想到那些把黑锅搁在他背上的人，铃铃的关切让他心中的无奈和委屈全都释放出来。鼻子一酸，差点儿流出了眼泪。他觉得站在面前的不是一个小女孩，而是一个小天使。面对着6岁的铃铃，他反倒变得弱势了，他需要铃铃的呵护、拯救。

“唐爷爷让你放心，你就放心吧。”铃铃说。

“唐院长给我做手术，我才能放心。”

“你的癌跟我的癌不一样呀。”铃铃一本正经地说，“如果你也是肺癌，唐爷爷一定会给你开刀的。”

郭天淳忍不住笑了。从铃铃嘴里说出来的癌症，像头疼脑热的小毛病。“我的肝癌，比你的肺癌难治。”在铃铃的影响下，他也能轻松谈论癌症了。

“我是全世界年龄最小的肺腺癌。”铃铃说。

“你是怎么得肺癌的？”郭天淳问。

“唐爷爷说，是空气污染，天上有雾霾了。”铃铃说，“雾霾就是天空得了癌症。”

“雾霾一定能治理好的。”

“雾霾治好了，癌症也就治好了。”铃铃幼稚地推理出一个真理，“我知道你是保护环境的局长，你能不能帮我做件事？”

“什么事？”

“帮我造一个专门擦天的机器人。”

“为什么要擦天？”

“把天擦干净了，小朋友就不会得肺癌了。”铃铃从衣兜里拿出一幅折皱的蜡笔画，“这是我设计的图纸。”

“超凡的想象，真了不起。”郭天淳端详着铃铃的“图纸”，线条歪斜，构图笨拙，从幼稚的画面上可以看见一颗小心灵，倔强、真挚。“任何东西都没有像大胆的幻想那样能促进未来的创立。”他记不起这句名言是谁说的了。

“能造出来吗？”铃铃说，“我想要一个女孩机器人。”

“能，能，一定能。”郭天淳无法拒绝。连一个6岁的孩子都在凭借想象拯救环境，身为环保局局长，他感到了从未有过的内疚。“也许，这个世界真的需要孩子来拯救了……”他心想。

“郭伯伯，你为什么害怕蝌蚪呀？”铃铃突然问。

“因为……”郭天淳迟疑片刻，“因为我从小就害怕蝌蚪。”

“蝌蚪长大了就会变成青蛙，青蛙是对人类有益的动物。”铃铃认真地说。

“铃铃说得对。”郭天淳说。

铃铃得到了承诺，高高兴兴地走了。郭天淳拿起那份文件，那一串串彰显着辉煌政绩的数字，在眼前跳动着，幻化成一份奇特的病理诊断报告，是整个地球的，也是这座城市的。地球生病了，病根就在人类。二战之后，一场狂妄的化学革命席卷全球——人类以平均每年几百万吨的速度，把10万余种化学物质抛撒在地球上。潘多拉魔盒打开了。古老的地球被分成了两大阵营，一个自然文明的阵营，一个合成化学的阵营。两大阵营对峙、抗衡、冷战，长达半个多世纪。人类一度把摆脱苦难、获取财富自由的希望寄托于合成化学。人类绝没有想到，他们仰望的化学物质，竟会成为一种分子专制的怪胎，给这个世界造成了更多的癌症和死亡，更广泛的贫困和苦难，更深重的人性和生物性状的变异。人类痛定思痛，开始了反思。国际癌症研究机构（IARC）用40多年时间，检测了千余种“致癌嫌疑物”，其间不断更新检测结果，最新公布的清单中，有113种“确定致癌物”（I类）、66种“极可能致癌物”（IIA类）和285种“可能致癌物”（IIB类）；另外还有505种“未分类”（III类）物质，虽然现有证据无法明确它们是否致癌，但这并不代表它们是安全的。在所有经过检测的物质中，“可能不致癌”物质（IV类）只有1种。问题并没有到此结束，在人类已经释放的10万余种化学物质中，经过“致癌嫌疑”排查的仅占1%，可以想象，还有多少致癌物质尚未被发现。按照IARC公布的致癌物清单，郭天淳也组织了一次排查，排查这座城市的环境中究竟有多少致癌物。IARC清单上的致癌物，这里多数都有。上百种致癌物潜藏在城市的空气、水源、土壤、食物链和建筑物中，就像把几百万人扔进一个装满了有毒化学溶剂的器皿里浸泡，想想都觉得恐怖。这次排查结果被他扣了下来没有公布。他不能让公众知道在他们生存的美好环境中存在着那么多致癌物。他有自己的“大局观”：在公众的健康之上，有城市的荣誉，有经济的发展，有人心的稳定，除此之外还有他的政绩。他患了肝癌。肝癌颠覆了他的“大局观”，让他领悟了一个基本原则：在现代文明社会中，没有比公众的健康更重要的事情了。住进肿瘤医院，看到那么多被癌症折磨得痛不欲生的患者，等待离开人世的人绝望地排着长队，还有6岁的铃铃，一些和铃铃一样的孩子，面对他们，他产生了一种强烈的负罪感。迄今为止，现有的医学手段并没有把癌症和死亡割裂开来，因此，闪避致癌物质便成为人类最有效的安全选项。如果及时让公众知情环境中的致癌物，每个人都能自觉采取必要的闪避措施，或许肿瘤医院就不会人满为患，或许铃铃就不会过早地踩上生死线。

郭天淳不再犹豫了，毅然决然地在文件上写下了一句话：“在一个生病的星球上，我们不可能活得很健康。”这句话，来自一位名叫迈克尔·勒纳的癌患看护。这个道理，是迈克尔在20多年的职业生涯中，从许许多多的癌症病人的悲苦中领悟出来的。这位人微言轻的小人物，他对整个世界的警醒，远胜于那些位高权重的大国领袖。

三、在自己制造的绝症中走向毁灭

铃铃问我为什么害怕蝌蚪，我没有说，我怕给铃铃造成心理阴影，因为我的“蝌蚪恐惧症”，来自于一群小蝌蚪惨烈的死亡：几十只小蝌蚪在池水里自由自在地游动。有人往池水中倒入一种杀虫剂，剂量很小，处于“安全”范围，小蝌蚪安然无恙。随后，10 种杀虫剂混合倒入水中，尽管每一种都在“安全”剂量范围，但毁灭性的一幕出现了，小蝌蚪们在杀虫剂混合液中挣扎，不一会儿，绝大多数都中毒身亡……

这是我们环保局和肿瘤医院联合举办的一次科普活动——模仿匹兹堡大学环境肿瘤学研究中心进行的一项实验。小蝌蚪用生命的代价，告诫人们要警惕环境中的有害物质。即使在安全范围内的低剂量的化学物质，如果调和在一起同样会产生很强的毒性，这叫作“鸡尾酒效应”。与蝌蚪相比，处在食物链顶端的人类，每天所接触的化学物质，何止 10 种。我提心吊胆，生怕哪一天环境中的化学物质也会在我体内发生“鸡尾酒效应”，让我像蝌蚪一样中毒身亡。我的“蝌蚪恐惧症”就是这样形成的。

我是市环境保护局局长。从肿瘤流行病学的意义上说，环保这个职业的性质，就是构筑抵御癌症的防线。然而我既没有为他人抵御住癌症，也没有为自己抵御住癌症。癌细胞攻克了我的肝脏。和我同一天被确诊为癌症的，全国有 1.04 万人（年新发现 380.4 万例）。说不定在今后的某一天，我会和 6200 多位癌友共赴黄泉（年死亡 229.6 万例）。中国是肝癌大国。在这个星球上，中国肝癌发病率位列第三，死亡率位列第二。整个人类，每年肝癌新发现病例和死亡病例，有一半在中国。中国国家癌症中心不断更新的《最新癌症报告》，是所有国情报告中最令人恐惧、哀伤的一份“黑皮书”。报告中那些显示死亡率的数字，是死神给我的述职报告投下的否决票。

20多年前我迈进了环保部门低矮的门槛，那时候环保是“清水衙门”，如今权重比大大提高，有了一票否决权，身为环保系统最有话语权的局长，我不想让腐败这种物质的化学运动形态转化成为权力蜕变的隐喻。我谨小慎微，廉洁自律，从不做任何出卖环境换取个人利益的事情。我的清廉有口皆碑。如果没有我和全市环保人的尽心尽责，恐怕我们这座城市早就不适合人居了。我一直为自己的政绩而自豪。可是当我住进肿瘤医院，看到门诊大楼乌泱泱的人群，看到走廊里拥堵的加床，看到疲惫不堪的医护人员，看到那些在生死线上苦苦挣扎的癌友，心中的自豪顿时化为乌有。我们年年都有足够的数据证实生态环境的好转，可是患癌症的人却有增无减，我的政绩失去了根基，空中楼阁般飘浮起来。每当想到这些，我就特别想拥有制定规则的权力，我要把癌症发病率列为环保部门政绩考核第一位的硬指标。

得了癌症我总感到冤屈。我的职业就是不让别人得癌症，按照因果报应文化的规定，我是最不应该得癌症的人，即使得癌症也不应该得肝癌。肝脏如同我的职业，是人体的环保机构。这个红褐色、质地柔软、位于腹内右侧横膈之下的V形器官，在人体所有器官中，它体积最大，管事最多，劳累辛苦，兢兢业业。它有1500多项功能，其中最重要的一项是：解毒，消解人体在代谢过程中自生的毒素和外来毒素。肝脏对人体的卓越贡献得到了中医文化的认可。黄帝给五脏六腑加官晋爵，庄严宣布：“肝者，将军之官，谋虑出焉。”位列心肺之下，排名脏腑第三，具有超凡的谋略。因为职业的趋同性、亲和性，在我心中，肝脏是人体中最值得骄傲的一个脏器。

从我的肝癌中，我发现了一个规律，也许是宿命：癌症总喜欢从一个人最引以自豪的身体器官发起攻击。验证这个规律的不仅仅只有我一人。学识渊博、口才超凡的弗洛伊德，恰恰就在口腔的部位，癌症摧垮了他。伟大的胸外科专家埃瓦茨·格雷厄姆每周都要为几十例肺癌患者做手术，一个强健的肺为他的大运动量提供了血氧保障，想不到“支气管癌像夜贼一样偷袭了我”，临终前他把自己的肺捐给了解剖学。年轻有为的精神科临床教授塞尔旺·施莱伯，他的一篇关于脑前额叶皮层功能的论文轰动了美国学界，可是就在他自己的脑前额叶皮层，长出了一个肿瘤。此外，被乳腺癌从乳房部位毁掉形体美的女明星并非屈指可数，被喉癌摧毁了嗓子的主持人、歌星也不止一个两个……可能在流行病学看来这些都属于个例，但一例是巧合，两例就该引起警觉了：每个人，尤其有成就有社会地位的人，身体内最引以自豪的器官，或者说最能助他们获得成就的器官，很可能就会成为癌症的易发部位。说得直白些，你觉得自己的身体哪个部位最优秀，你就应该特别警惕地守护好这个部位，以免被癌症侵犯。

在医院里，我认识了十多个和铃铃一样可爱的孩子，他们让我想起了《扫烟囱的孩子》：“白天扫你们的烟囱，晚上在烟灰里睡觉。”有苦难，也有致癌物：烟灰——18 世纪初英国诗人威廉·布莱克形象地描绘了一群苦难的童工，瘦小的身躯在烟囱里爬进爬出，很多孩子患了“扫烟囱者阴囊溃疡”。起初，医学界判定梅毒是罪犯：烟囱里的肮脏东西带有梅毒菌，感染了这些孩子。很久之后才弄清孩子们患的不是梅毒而是阴囊癌，由烟灰所致。扫烟囱的孩子以生命的代价把“环境与癌症”这一重大课题，摆在了肿瘤学面前。如今，像铃铃这样的孩子，虽然没有了“扫烟囱”的苦难，但在他们的生存环境中，致癌物质无论数量还是种类都增加了上百倍不止，癌症在许多国家已经成为儿童死亡的二号杀手，仅次于排名杀手榜第一的各种“意外”因素。

在肿瘤学历史上，很长一个时期，敢于触碰“环境致癌”这个课题的人寥寥无几。终于来了一位挑战者——德芙拉·戴维斯，年轻的流行病学家、哲学博士，身姿修长，体态轻盈，看似柔弱却有一颗勇敢的心。1979 年，她选择《科学》杂志发表了一篇《癌症和工业化学产品》的文章，在肿瘤学史上第一次把抗癌的矛头指向了国家的经济支柱、强大的利益集团和拥有至高权力的大国领袖。十分巧合，《科学》杂志创办人的名字叫爱迪生，就是那位人类科技史上最伟大的发明家。他有 2000 多项发明成果，其中许多成果既造福了人类又毁损了环境，而这恰恰是德芙拉所抨击的。毫无例外，任何伟大的人物都会有自己的污点。爱迪生一生中最大的污点就是直接制造了一次癌症，导致了一个人的死亡。死者是他的助手。为了抢先拿到 X 射线荧光分析仪的专利，他竟然让自己的助手长期暴露于 X 射线之下。德芙拉给爱迪生创造了洗除污点的机会——因为那篇文章，她受到利益集团的威胁，差点儿失去了职业。《科学》支持了德芙拉，爱迪生赎了自己的罪。从此，一面旗帜飘扬起来：环境肿瘤学——匹兹堡大学为德芙拉建立了世界第一个环境肿瘤学研究中心。一个庞大的科学队伍在这面旗帜下聚合起来，有医学、化学、数学、物理学、生物学，有影像学、计算机学、放射学、环境学、天文学，甚至还有经济学、社会学、政治学，整个人类，几乎所有的科学全都加入了对“环境致癌”的研究。如此众多的科学通力对付一种疾病，在人类历史上绝无仅有。参与其中的不仅有科学家，还有志愿者。一支特殊的志愿者队伍，由 53 位欧洲议会议员和欧洲国家的环境大臣组成，参加了一项特殊的活动：检测人体内携带的有毒化学物质的数量。全球最大的环境组织——世界野生动物基金会欧洲分部发起的这项活动，把致癌物质的检测从环境深入到了人体。检测结果令人瞠目结舌：这些官员体内，含有几十种有害化学物质。官员体内尚且如此，那么普通人呢？美国疾病控制中心的研究人员在全年龄段的美国人的血液和尿液中，总共发现了 148 种有毒化学物质。这些物质蓄积在大脑、脏器和脂肪中，把人体变成了一个孕育肿瘤的塑料大棚。

我去欧洲考察环保，一位参加过体检的官员告诉我，在他们的观念中，政府官员有两种东西属于公众应知的基本信息：第一是财产拥有量，第二是身体状况。受欧洲官员的启发，我也做了一次毒素检测，检测结果让我惊骇：体内的有毒物质，比欧洲官员只多不少。这意味着，我已经从一个自然人变成了“化学人”。我的躯体，犹如一座流动的有毒废弃物堆放场。

排毒，必须排毒，越快越好。我庆幸我们有中医。排毒，是中医最古老的一项绝技。我拜见了一位赫赫有名的“排毒”大师。大师把我体内所有的毒素囊括在一个形象的成语中：“五毒俱全”——湿毒、寒毒、血毒、气毒、食毒。这种大繁至简的智慧，中医独有。“五毒俱全”的原因，既玄奥，又艺术：外感“五气”（寒暑燥湿风之气），内生“五邪”（心肝肺脾肾之火），阴阳失衡，五行错位，生理机能紊乱，毒素蓄积，难以化解。大师云山雾罩说得我就像掉进一个阴阳五行的文化容器，产生了认知的化学反应，顿时对大师心生敬意。大师自信满满，“五毒”没什么可怕，中医有“八法排毒”——汗法、吐法、下法、和法、温法、清法、消法、补法，足以把我体内的毒素清除干净。大师自制了各种各样的排毒汤、排毒丸，最神奇的是一种黑褐色小药丸，凝聚“八法排毒”精华，名为“百毒清”，无毒不解。我花了一万多元，买了四个疗程的“百毒清”，两个月下来，没感觉到排出来什么毒，反倒腹胀、乏力，逐渐消瘦。我问大师为什么会这样，大师说这些都是正常的排毒反应，说明体内阴阳趋于平衡，五行正在归位，正气上升了。我敢说很多人和我一样，患了疾病，病得越重，越喜欢被人夸赞健康。我高兴地又买了两个疗程的“百毒清”。一个多月后，出现了黄疸，时常感到肝部疼痛。

无奈，只好求助西医。西医直截了当地宣判：原发性肝癌。两个直径 5 厘米的肿瘤，像两个小怪物长在肝右叶。过量的毒素，使我的肝脏负担过重。本来肝脏有 4 种基本解毒方式：化学分解、分泌排泄、蓄积缓释、吞噬灭活，血液中的有害物质和微生物抗原性物质足以在肝脏内被解毒、清除。可是多种化学物质在我体内蓄积、混合，毒性倍增，肝脏也无能为力。我仿佛变成了一只小蝌蚪，在翻滚着“鸡尾酒效应”的水池里，奄奄一息地抖动着尾巴……

“我还能活多久？”我问医生。“如果手术切除干净，术后没有发生转移，可以长期生存。”医生的“如果”，是一种可怕的含糊。癌症手术最难的就是“切除干净”。切掉肿瘤容易，把癌细胞清除干净并非易事。我的肝癌属于中期。有资料说中期肝癌 80% 活不过一年，5 年生存率只有 16%，活过 5 年以上的微乎其微。也就是说，我在一年内死去的概率很大。我恨，恨得咬牙切齿，恨那些往天地间抛撒致癌物的人，更恨自己，恨自己竟然为了某些利益、某种原则，对公众隐瞒环境恶化的真相。隐瞒真相和投放致癌物是一样的造孽。我也是这个世界上的一种可怕的“致癌因素”。

癌症是一种能够制造胡思乱想的疾病。我躺在病床上，恍惚看见了人世间所有的肿瘤，如同一朵朵色彩艳丽的毒菌，绽放在人类生存环境的各个角落，肿瘤全都长在营养钵里，里面填满了气味怪怪的物质，无数的人，我也是其中之一，像勤劳的园丁，给肿瘤松土、浇灌。我把一株肿瘤移栽到别人的身体里，另有人把肿瘤植入我的肝脏。肿瘤的根须沿着淋巴、血管，延伸到我身体的各个部位，所到之处不断生出许多新的肿瘤，很快就布满了整个机体。它们的根须贪婪地吸着我的营养，吸得我眼球凹陷，面黄肌瘦，形销骨立，似乎每一个细胞都干瘪了。我忍受着彻骨的疼痛，环视四周，发现所有人都和我一样衰弱得不成人形，一边等待死神降临，一边精心培植肿瘤。我陷入了绝望中。我们这一代人，似乎进入了一个恶性循环的病理机制，注定要在自己制造的绝症中走向毁灭。

四、从前列腺实施的“斩首行动”

铃铃的手术，唐恒国已经做好了充足的准备。只等铃铃肺部炎症消除，就可以手术了。他抽时间做了一次体检。他是院长，每天从早忙到晚，还要定期上手术，已经一年半没有体检了。如果不是女儿在大洋彼岸催促，他不知道还要拖多久。体检结果，给了他一个不大不小的打击：前列腺上长了一个肿瘤。前列腺癌是最著名的“懒癌”，喜欢慢腾腾生长。在所有的癌症中，前列腺癌和甲状腺癌治愈率最高。他属于早期，5 年生存率近乎 100%。他没有恐慌，只有挫败感。从疾病的意义上说，癌症是人类最大的敌人。他一辈子都在和这个敌人拼斗。从实习医生到院长，犹如从士兵到将军，他是在和癌症的拼斗中爬升上来的。眼看就要退休了，盘踞在铃铃的肺叶上的肿瘤，向他发起了新的挑战。他已经做好了迎战的准备。似乎是为了阻挡他切除铃铃的肿瘤，癌症实施了“斩首行动”，从前列腺上突袭了他。

唐恒国神情沮丧，闷闷不乐。人老了，孤独愁闷的时候，特别渴望有孩子陪伴。他让铃铃陪他去花园散散心。“唐爷爷，你好像不高兴了。”铃铃敏感地觉察到他有心事。

“爷爷有点累了。”唐恒国说。

“唐爷爷，你蹲下。”铃铃拽着他的胳膊说。唐恒国疑惑地看着铃铃，蹲下身子。铃铃绕到唐恒国身后，攥起小拳头，在他的肩膀上轻轻捶打起来。“舒服吗？”铃铃问。

“舒服，舒服。”唐恒国乐呵呵地说。

“我爸爸下班累了，只要我捶捶，他就不累了。”

“有你这样一个女儿，你爸爸、妈妈真幸福。”唐恒国起身望着铃铃，羡慕地说。

“爸爸妈妈说我是他们贴心的小棉袄。”

“要是爷爷也有你这个小棉袄就好了。”

“以后我也是你的小棉袄。”

“嗯嗯……”唐恒国眼睛湿润了。

他牵着铃铃的手，像爷爷领着孙女，来到花园小亭。亭里亭外已经聚集了很多癌友。在肿瘤医院，癌友这个群体几乎囊括了所有的社会阶层。癌症面前人人平等。致命的疾病能够消除一切等级差别。大家面对同一个敌人，走在同一条生死难料的征途上，结成患难之交，相互帮助，同心抗癌。这个小亭子，每天都是癌友们的新闻发布会，全世界所有的抗癌新药、新疗法、秘方偏方，各个国家医疗政策的优劣，患癌症的公众人物的隐私，还有家长里短的事和人生难念的经，信息量庞大，无奇不有。以往，唐恒国经过这里，从不进去和癌友们聊天，只是远远地打声招呼。这一次，他领着铃铃，进了小亭子。从癌症医生坠落到癌症病人，角色的转换使他自然而然便有了融入癌患群体的愿望。跟铃铃关系密切的几个癌友，尤纪良、吴魄门、张汉楚、郭天淳都来了。他们正在讨论一个所有的癌症患者都难以绕开的问题：万一“那一天”来临，最难以割舍的是什么？

唐恒国不想打扰他们，和铃铃站在人群后面，静静地听着。癌友们各有各的难以割舍。一位叫刘全有的癌友说：“等我的女儿念完了大学，找到一份好工作，我什么心事都没了。”他患了胃癌，手术后正在接受化疗。

唐恒国用敬重的目光望着刘全有。在患者中，铃铃和刘全有是最受欢迎的两个人。铃铃可爱，刘全有可敬。铃铃幼小、单纯，是癌友们的快乐源泉。刘全有身体瘦弱，却活力四射，每天除了治疗，就是帮助别人。给病人打水打饭，洗衣服，倒便盆，用轮椅推着行动不便的病人到花园里散步、做各种检查。对那些需要临终关怀的病人，他尤为关爱。帮逝者料理后事，也是他常做的事。他带着一身的病苦关照其他病苦中人，好像是为了发掘慈悲和善心才来住院的。

“我也该想想了。”唐恒国自语。

“爷爷不用想。”铃铃说，“爷爷不会得癌症的。”

“你还小，不会明白的。”唐恒国说，“人老了，都会有自己的牵挂。”

癌友们发现唐恒国来了，纷纷围住了他，争先恐后地述说病情，咨询治疗方法。唐恒国应接不暇。“自己的病，问自己的医生，别麻烦唐院长了。”刘全有为了替他解围，把话题转到了铃铃身上，“铃铃，唐院长真像你的爷爷。”

“本来就是我爷爷。”铃铃偎依在唐恒国身边说。所有人都笑了。

“唐院长，我明天就要出院了。”刘全有说。

“你的化疗还没有做完呢。”唐恒国说。

“我不想再做了。”刘全有说。

“因为经济问题？”唐恒国知道，中途放弃治疗的病人，一般都是因为经济困难。

“女儿要上大学了，我不能把钱浪费在癌症上。”刘全有是一位垃圾转运工，负责把城市垃圾运送到垃圾场。工作辛苦，薪水不高。“我的病我心里有数，已经痊愈了。”

“千万珍重……”唐恒国叹了口气，“记得定期来复查。”像刘全有这样的病人不在少数，是他最大的无奈。

第二天，开完办公会，泌尿外科主任对唐恒国说：“唐院长，您尽快手术吧，我给您做。”他是唐恒国的学生，对老师格外关心。

“先等等吧，等我给铃铃做完手术再说吧。”唐恒国说，“前列腺 A 期，早一天晚一天，问题不大。”

“理论上可以这样说，但早做总比晚做好。”主任说。

“铃铃耽误不得。”唐恒国说。

铃铃是肺腺癌。肺腺癌细胞如同癌细胞中的白蚁，天生具有高度浸润和破坏性生长的特征，尤其擅长钻破血管和淋巴管壁，随血流和淋巴转移。腺癌细胞的真正可怕之处，在于它们从来不讲规则，有时候，尚在早期，癌细胞就已经发生了血行转移。因此，越早手术，铃铃预后越乐观。

“院长……”

“别说了。”

就在这时，铃铃闯了进来。“唐爷爷，我不想让你得癌症。”她眼睛哭得红红的。唐恒国得癌症的消息已经在病人中传开了。铃铃知道后，号啕大哭，立刻就跑来了。

“看你这孩子。”唐恒国赶紧抽出纸巾，给铃铃擦眼泪，“爷爷的癌，是最好治的癌，不要紧的。”

“真的吗？”

“真的。”

“你的癌能做手术吗？”

“能做手术。”

“我知道，能做手术的癌，就是能治好的癌。”

“你唐爷爷不想现在就做手术，他要先给你做手术。”主任说。

“不行。”铃铃毫不迟疑地说，“唐爷爷，你先做手术吧，等你的癌症治好了，再给我做手术。”

“我是医生，你是病人，医生都是先给病人治病，再治自己的病。”唐恒国笑着说。

“不对。”铃铃眼珠转了一圈，“你是爷爷，我是孙女，孙女都是先让爷爷治病的。”

“这孩子，脑瓜转得真快。”主任忍不住笑了。

“你真是我的好孙女。”唐恒国感动地把铃铃拥在怀里，“放心吧，只要铃铃的病治好了，爷爷的病也就治好了。”

五、在癌症的链条上环环相扣

我是肿瘤医院院长，胸外科医生，癌症患者，和癌症拼斗了30年，我亲手割除的带着人体组织的血肉模糊的肿瘤超过了1吨重，可怕的是，被我割除的肿瘤越多，癌症就越强大。30年来我接诊的癌症患者至少有上万人，他们中少数人还活着，多数人已经离开了人世。30年来我诊治的癌症病患越多，新增加的患者也就越多，他们就像从“癌症国”源源不断逃出来的难民，拥挤在肿瘤医院这所“难民营”里。我们医院的手术台和病房床位从未闲置过，门诊大楼每一层都是乌泱泱的人群，住院部窗口前天天排着长龙般的队伍，依然有无数的病人住不进来。

从当实习医生开始我就雄心勃勃地想要攻克癌症，为此我和癌症拼斗了30年，越斗越沮丧。我不止一次地梦见各种奇形怪状的恶性肿瘤黏糊糊地堆成了一座大山，山顶上放着一本攻克癌症的秘籍，谁得到它谁就能成为攻克癌症的第一人——不可否认，求助秘籍是一种走捷径的古老文化习惯。我踩着黏糊糊的肿瘤往上爬，身上密密麻麻沾满了癌细胞，仍然不顾一切地爬呀爬，爬着爬着滑了下来，擦了擦脸上的癌细胞继续往肿瘤山顶爬，如此反反复复了 30 年，就像西西弗斯的惩罚，一直爬到鬓发苍白我身体里也生出了癌细胞，还是徒劳无望。

30 年来我几乎每天都会听到患者的发问："我为什么会得癌症？"这个看似简单的问题，人类至今也没有找到准确答案。癌症的起源、病因和病理机制，涉及生物学、分子生物学、生物化学等诸多学科，其中的神秘性、复杂性决不逊于宇宙星系。"因此，我们对癌症的真相及其本质一无所知，在这一点上，我们与古希腊人别无二致。"1914 年弗朗西斯·卡特·伍德对肿瘤学的悲观的描述，虽然在 100 多年后的今天有了希望性的改变，但癌症的真相及其本质仍然未能完全揭破。

人类医学被癌症困扰了几千年。自从 4000 年前癌症第一次在古埃及的一张莎草纸病案上显露出它的存在之后，人类就开始寻找这种顽疾的病因。从鬼怪魔法、体液、黑胆汁，到五邪六淫、阴阳失衡，五花八门，无奇不有。现代肿瘤学把癌症的病因分成了两类：一类属于"外源性"——物理、化学、生物因素；一类属于"内源性"——遗传、免疫失调、内分泌功能紊乱，以及精神因素。然而所有的致癌因素"都无法简单地拼凑成一套能够自圆其说的癌变理论"。癌症病理就像斯芬克斯之谜，"要描述癌症的统一机理几乎完全无从下手。除了细胞的异常失调分裂之外，癌症还有什么共同的病理学机制？"《癌症传》说出了肿瘤学的局限和无奈。

癌症是一种疾病——严格说癌症不是一种疾病，而是多种疾病的组合，临床发现的癌症有 100 多种不同的类型。"疾病是生命的阴面，是一重更麻烦的公民身份。每个降临世间的人都拥有双重公民身份，其一属于健康王国，另一则属于疾病王国。尽管我们都只乐于使用健康王国的护照，但或迟或早，至少会有那么一段时间，我们每个人都被迫承认我们也是另一王国的公民。"从宏观层面对疾病做出如此精彩、令人拍案叫绝的表述的，不是医学家，而是美国的小说家苏珊·桑塔格。她的眼睛特别大，大而有神，目光深邃。不幸的是，她也成为了癌症王国的公民。久病成医。很多癌症患者都懂得从疾病的角度认识癌症，而桑塔格的目光能够穿透癌症，发现隐藏在癌症深处的隐喻："恶魔般的妊娠"。癌症致命的、形态多变的实体所具有的强烈的隐喻性，使得这种疾病在文化、政治、经济、军事，甚至审美与道德等人类社会活动的各个层面都具有强大的穿透力。她用一种细腻的小说叙事手法，精确剖析了癌症一步步从"事实世界"进入"意象世界"，从"仅仅是身体的一种病转换成道德评判、政治态度"，从"一种疾病的隐喻进入了另一种疾病的隐喻"的奇妙过程。

成为癌症患者之后，我时常离开肿瘤学，在桑塔格的引导下沿着隐喻的思路去探究癌症的病因、病理。复杂、多样、多变的特性，使得癌症比任何一种疾病都充满了社会意象，因此从隐喻的层面探讨癌症的真相或许能够为肿瘤学研究打开一扇新的窗口。隐喻让我思路开阔，对癌症有了一个全新的认知：这种基因突变的怪物，从骨子里仇恨人类共有的生命法则，排斥健康的生理机能。它有自己的信仰：反生命主义。有明确的目标：颠覆人类跨越几十亿年的进化而形成的生命性状和生存秩序，这是人类文明的根本。它无限分裂，疯狂增长，浸润组织，霸占器官，要把整个机体全都变为自己的王国，把所有的营养资源全都归为己有。它精明狡诈，韬光养晦，擅长躲避免疫系统和药物的攻击。它嚣张跋扈，手段残酷，用挤压的方式令患者窒闷而死。"有时候，它似乎在教我们如何才能生存下来。面对癌症就是面对同一个物种，这个物种甚至比我们更适于生存。"印度裔美国医师悉达多·穆克吉对癌症的描述，可谓精彩绝伦。我和癌症拼斗了30年也未能实现攻克癌症的梦想，眼见自己的病人一个接一个地死去却束手无策，使得我长期忍受着失落、沮丧、痛心的折磨，穆克吉的描述让我释怀，并不是我不够智慧不够努力，而是癌症这个反生命的物种似乎比人类"更适于生存"。人类智慧有限，攻克癌症尚需时日。

30年来我看得最多的是病人眼里的恐惧与绝望。癌症是一种与死亡连接最直接最紧密的疾病，“单是癌症这个字眼，据说就能杀死那些此前一直为恶疾所苦、却尚未被它立刻压垮的病人”（《活力平衡》）。只要患了癌症，即使是早期发现、预后最好、生存率最高的癌症，患者也难以摆脱“那一天”的阴影——死亡的代称，无论多么看得开的患者也忌讳直接说出死亡这两个字。面对可能出现的“那一天”，每个患者都有自己的难以割舍。我最难以割舍的是细胞。或许是因为30年来几乎每天都要和细胞打交道，内心深处便有了一种细胞情结。我喜欢通过电镜看细胞，犹如从望远镜里看星空，小小的细胞和浩瀚的宇宙有着同样神秘的不可知。100多年来，无数科学家从破解“生命之谜”入手寻找癌症的真相，如今遗传学的研究已经深入到了细胞分子层面。人们通过电镜观察染色体，从而做出种种推理，就像通过太空望远镜对宇宙的奥秘所做的种种假说。实际上，遗传学研究本身就是不断地从一种推理进入另一种推理的过程。在所有的推理中，我最相信古德菲尔德的结论：“癌症起于人，止于人。”他是一位严谨的精神病学家，“古德菲尔德综合征”（短期记忆无法转化为长期记忆）病因的发现者。“起于人止于人”陈述了一个事实：二战之后，人类向自然环境中释放的化学物质，几乎把整个地球变成了一个巨大的化学容器，癌症被演变成一场人为的化学事件。世卫组织说超过80%的癌症是由环境（包括生活方式）因素引起的。这个结论得到了全球肿瘤学界的认可。在这场化学事件中，地球上所有的人都是参与者，也是受害者。这不是抽象的推理，而是有着实际的根据。在我们医院，无微不至地照顾铃铃的几个人，国学学者廖雅萱、饭店老板尤纪良、菜农吴魄门、企业家张汉楚，还有市环保局局长郭天淳，虽然他们职业不同，地位不同，却一环扣着一环，相互间存在着直接或间接的“致癌”的因果关系，细究下去，包括我，包括所有的患者，包括整个人类，都能够被癌症串联起来。如果把我们这个星球比作浩瀚宇宙中的一个小细胞，那么人类中的每一个个体都是地球细胞里的一个基因片段，紧密相连，构成了一条奇妙的染色体长链。在这条长链上，谁都有发生“突变”的可能，谁都有成为一个“致癌因素”的趋向，可能给他人“致癌”，也可能被他人“致癌”。

第五章

一、一切营养归肿瘤

铃铃瘦了，椭圆形小脸变得有点尖了，脸上一层薄薄的暗黄，活泼好动的劲头也减弱了。患者的消瘦如同肿瘤的加冕大典，标志着癌症已经掌控了机体的运转。从消瘦开始，本属于患者机体的营养物质，从此就改变了所有权，成为肿瘤的生长资源。

人体内有什么样的资源？55%—61% 的水，15%—18% 的蛋白质，10%—15% 脂类，3%—5% 的无机盐，1%—2% 的糖类（碳水化合物），以及维生素、纤维素和矿物质，这些宏量和微量的营养物质，如同土地和矿山，粮棉和水源，属于机体的生产资料和消费资料。它们经过新陈代谢，转化成为驱动生命运转的能量。丰厚的营养物质，对癌细胞的分裂、增殖、扩张，同样必不可少。能不能最大限度地占有资源，决定了铃铃肺叶上的这个肿瘤的未来发展。

和免疫系统的决战获胜之后，铃铃肺叶上的肿瘤伸出癌细胞的伪足，得意地挥动着，向整个生物界宣告它是一个新的物种，一个“具有不死的特性和增殖能力”的强大的有机体，一个屹立于自然物种之林的“更加完美的生命”——把癌症视为一种生命体，许多杰出的肿瘤学家都有这样的共识。为了实现成为“完美生命”的梦想，癌症进入了高负荷增长时期，开始从生理基础上改造铃铃的机体机能。癌细胞无节制地分裂，数量迅猛扩增。这些基因突变的怪胎，比原细胞体积大得多，细胞骨架组装紊乱，细胞核的形态畸形多样，有巨核、双核、多核或异形核，就像西西里岛传说中的独眼巨人，相貌丑陋，形体荒诞。这样的怪物，代谢极度亢奋，胃口大得像无底洞，对营养资源的消耗到了无以复加的程度。为了保障供给，癌细胞四面出击，肆意掠夺。它们的首选目标是蛋白质——protein，源于希腊语 Prote Edios，意为“第一必要”。这种有机大分子提供的热量占人体总热量的 8%—15%。没有蛋白质就没有生命。癌细胞利用自己的强势地位，直接抢夺正常组织的蛋白质分解产物，用来合成肿瘤组织所需要的蛋白质。一切营养归肿瘤。癌细胞闯入流通渠道，捕捉那些流动的营养物质。流动的营养物质如同流通的商品，按照生理机能流向身体所需要的地方。癌细胞拦路抢劫，凹陷质膜，伸出伪足，施展“内吞”（吞噬、胞饮）手段，将流动营养颗粒物和液体吞入体内。抢夺了产品，癌细胞仍不满足，它们还要占有分子加工厂——每一个细胞都有一个通过代谢产生能量的分子加工厂。占有了分子加工厂，就能一劳永逸地从代谢基础上获得对所有营养物质的控制权。癌细胞的占有手段极其强横：改变基因的蛋白质编码程序。如同颁布了一道生物化学指令，直接宣布你的东西归我了。编码改变了，所有权也就改变了。失去了所有权，正常细胞不得不执行癌细胞发出的信息指令，指令中包含了肿瘤对蛋白质的需求量和种类——因为缺少某些独特的生长信号，癌细胞不具备产生某些蛋白质的能力。就这样，分子加工厂源源不断地为肿瘤的生长、扩张、转移，提供了能量支撑。

掠夺并没有就此结束。癌症还要创建一个完整的病理生长体系，取代健康的生理机能，让整个机体都按照自己的恶质化特性运行。铃铃体内的这个肿瘤，得意地坐在肺叶上，好像它才是“宣发肃降”的“相傅之官”。原本机体自然调节的生理活动，氨基酸分配，蛋白质合成，新陈代谢强度，细胞分裂次数，甚至包括呼吸频率、血液流速，全都被它纳入了癌病理体系，由它来“治节出焉”，统一实施。在多细胞生物体中，每一个细胞的新陈代谢，都与整个生理机能活动协调发生，这是自然形成的分子运转体系。在这个体系中，细胞的代谢生长，受多种生长因子控制。生长因子能够刺激细胞分裂、增殖，调节细胞对各种营养元素的吸收。癌细胞不甘受制于生长因子，采用基因突变方式，改变了生长因子信号的基因编码蛋白，信息通路被“组成性”激活，生长因子失去了作用。经过这样的改造，癌细胞便为自己的无限分裂、长期扩张建立了稳固的病理机制保障，拥有了凌驾于机体机能之上的、独立的、自主性生长的癌特权。

铃铃瘦了，虽然还没有被癌症掠夺到“恶质化”的消瘦状态，但病容已经呈现出来。她患的是肺腺癌，肺癌的一种。在所有癌症中，肺癌属于激进派，最冷酷的杀手，疯狂的掠夺者——发病率、死亡率位列众癌之首。在所有肺癌中，肺腺癌属于温和派，生长相对较慢，一副温良恭俭让的样子。癌症的生长速度用倍增时间计算（越到晚期长得越快）。肺癌平均倍增时间为78—88 天，而肺腺癌需要 120 天。生长慢，说明了代谢强度低，对人体的掠夺没有那么疯狂。表面上看，它似乎能够仁慈地对待正常细胞，给它们腾出了生存空间，留下了维持生命的营养物质。它似乎占据了道德的高峰，也可能赢得了好名声，然而这正是它的伪善、狡黠之处。因为生长较慢而难以被早期发现，一期发现率仅占 20%。铃铃就在这 20% 之内。但这并不能说明她的幸运。在肺腺癌温和的表象后面，隐藏着更大的狠毒。它发病率最高，占原发性肺癌的 40%—50%；死亡率最高，号称癌症第一杀手。它转移得早（微肿瘤癌细胞转移），扩散得快，尤其喜欢选择大脑、骨骼、肝脏、肾脏这些重要器官作为新的领地。一旦开始转移、扩散，就会变本加厉地作恶。它和激进派的肺癌，掠夺的本性没有什么两样。对于生命，对于生命资源，它从不珍惜，绝不放过，毫不留情。此刻，这个腺癌肿瘤神情阴郁地——它总是那么阴郁地趴在铃铃的肺叶上，算计着何时开启铃铃生命时钟的倒计时，它要把这个小女孩掠夺一空，推入生命机能衰竭的绝境。摘除这个肿瘤，已经刻不容缓。唐恒国很清楚这一点。所以他宁肯暂缓自己的前列腺癌手术，也要先为铃铃做手术。

二、比道德高尚，比善心单纯

临近手术，铃铃像过节一样兴奋。“我要做手术了。”她跑到公园里，逢人就说。“我一定要勇敢，不怕疼。”她蹲在风雨花前说。“是不是做完手术，我的病就好了？”她满脸挂着笑，问妈妈。妈妈刚回答了是，她接着又问，一遍遍没完没了。爸爸郭家康来了。“老爸，你的宝贝女儿，很快就要回家了。”她换上爸爸带来的新衣服。她把手术当成了过节，特意让爸爸给她买了新衣服。

郭家康笑了，笑得很勉强。他是那种既任劳又任怨，宁肯自己受委屈也要让老婆孩子过得好一点的男人。他和妻子李嘉怡都在私企当白领，日子过得还算不错。铃铃是他们的独生女，不幸身体里长了一个肿瘤。一个肿瘤，足以掏空一个白领家庭多年积累的全部财富。铃铃没有大病医保——即使有，受年度最高支付额度限制，也不足以维持癌症的长期治疗。日子过得越来越艰难。为照顾女儿，李嘉怡辞了职，生活的重担全落在了郭家康的肩上。每天下班后，他前半夜送外卖，后半夜当代驾，拼死拼活想着多挣点钱。夫妻俩发誓，即使砸锅卖铁，也要治好女儿的病。眼看铃铃就要手术了，手术和术后治疗的费用仍未凑齐。所有能借钱给他们的人，全都找遍了，可是即使最慷慨的人，也不愿意把钱借给别人用来治疗癌症。他决定卖房子。这年月房子虽然很值钱，变现却并不容易。常有癌症患者说，比癌症更痛苦的是癌症的治疗，但在郭家康看来，比癌症的治疗更痛苦的是没有钱治疗癌症。正当他走投无路之际，救星出现了。一个叫姚海莉的中年女人愿意借钱给他。她来自地下金融界，有一个专门搜寻人间疾苦的情报网。“济贫救困，是我们的本分。”她的话说得感人，条件却过于凶狠：借 20 万，写

25万的借条。她的公司转账给他25万，然后派人和他一起去银行取走5万现金。这种巧妙的“套路贷”模式，能够规避可能出现的任何法律风险。郭家康很清楚，“虚钱实契”和其中错综复杂的猫儿腻，会生成一个肿瘤式的债务，越长越大，越背越沉，永远也还不清。他硬着头皮答应了。为了治好女儿的癌症，他宁愿背负这个债务肿瘤。

郭家康把一张银行卡交给妻子。他隐瞒了真相，说是朋友借给他的。李嘉怡去收费处交钱，却惊喜地发现，铃铃所有的费用都已经交齐了。

铃铃的医疗费来自“天使基金”。基金成员有吴魄门、尤纪良、张汉楚、郭天淳、廖雅萱、唐恒国，还有那位为了给女儿交学费、化疗没做完就出院了的刘全有。唐恒国曾经想过为铃铃免除医药费。铃铃是世界上最低龄肺腺癌患者，临床首例，从医学研究出发给予特殊关照，也在情理之中。他没有这样做。他已经把铃铃当成了自己的孙女，于情于理都应该由他来照顾。他不想拿别人的钱来帮助自己的孙女。他决定独自为铃铃承担医疗费。他的决定遭到了癌友们的反对。因为谁都不想放过帮助铃铃的机会。他们甚至为此开了一个会。

“应该，由我……”廖雅萱做了舌癌手术，说话含混不清，“我来……承担……”她想要为铃铃承担全部的医疗费用。这是她此生第一次给别人物质的帮助，作为灵魂工程师，她从来只用精神的力量帮助别人。

“为什么你要全部承担？”尤纪良问廖雅萱，“因为国学，因为道德，因为她是您的学生？”这也是他自己想要求得答案的问题。

“不，不……”廖雅萱连连摇头，“心里……”她摸摸胸口。她一直把国学作为高尚道德的起源，最初让铃铃进春蕾蒙学班，就是因为国学，出自道德。她目的很明确，为国学培养一个优秀的接班人，这里面有未来的责任，也有传统的道德。自从目睹铃铃在雾霾中“擦天”之后，她对铃铃产生了一种新的情感，从骨子里疼爱她，只想呵护她，不想再让她承继什么了，这种情感不带有任何附加因素，却包括了完整的人性。与之相比，国学变得轻浮了，道德变得杂乱了，她甚至觉得她此前的那些国学和道德受到功利基因的掌控，已经发生了似是而非的畸变，成为绑架人心的锁链、浸润灵魂的肿瘤。她不想让铃铃再沿着她的路走下去了，只想让铃铃活下去，活得快乐，活得长久。这样的改变，不亚于一场艰难的手术，医生为她割除了舌体的癌，她为自己清除了心中的癌。

廖雅萱词语简短，比比划划，尤纪良没有全懂，他只明白了一点，廖雅萱和他一样，既不是同情弱者，也不是道德高尚，帮助铃铃是他们发自内心的一种情感需求。

“帮助铃铃的机会，谁也不能独占。”张汉楚说。

“这孩子身上，有一种启动善心的能量。”郭天淳感慨地说。凡是和铃铃打过交道的人都想帮助铃铃，他分析过其中的原因，一方面在于铃铃自身的可爱，另一方面在于癌症——虽然癌症经常被当作邪恶的隐喻，但癌症比任何疾病都更能够启动人的善心。

“不，不完全是善心。”张汉楚觉得“善心”这两个字用在铃铃身上，似乎有些狭隘，有些浅薄，“我也说不清为什么，感觉自己内心有一种需要，迫切想为铃铃做点什么。”

“各尽所能，钱多的多出，钱少的少出。”吴魄门说，“让我们每个人，都能为铃铃尽点儿心意。”

“谢谢你们。”唐恒国的语气，似乎代表了铃铃的家人。

“应该谢谢铃铃。”张汉楚似乎找到了准确的内心感觉，“不是铃铃需要我们的帮助，应该说，帮助铃铃是我们内心的需要。”

经过一番争执，大家一致同意，为铃铃建立一个医疗基金。

“就叫天使基金。”郭天淳提议。

大家都说这个名字好。在他们心中，铃铃就像一个天使，一个拯救灵魂的小天使。拯救天使也离不开经费。尤纪良、郭天淳各捐了 5 万。吴魄门是菜农，家境不宽裕，捐了 1 万。张汉楚那辆老掉牙的路虎揽胜，一位好朋友关照性地出 20 万买去了，他拿出了 5 万。给自己治病都舍不得花钱的刘全有，转来了2000元。唐恒国和廖雅萱，一个是爷爷，一个是老师，分别捐了15万，他们私下里达成了协议，铃铃的后续治疗，无论需要多少钱，都由他俩分摊。

得知了事情的经过，郭家康、李嘉怡感激涕零，无以言表。郭家康去找姚海莉还钱。已经亏了5万，只能认了。可是没想到，姚海莉拒绝他还钱。“我知道你需要钱给女儿治病，我同情你的遭遇。”她的声音带着母性的温柔，“钱，你放心用吧，不到期限，我不会催你的。”她胸前的丰乳微微晃动着，似乎是在标榜她的母爱。

郭家康恍惚觉得，姚海莉的丰乳，象征着一个自我标榜的母亲，对这样的母亲，他有一种习惯性的崇敬，也有一种本能的畏惧。他不由得打了个寒战。用乳房来标榜母爱，这种女人往往是惹不起的。“谢谢您。”他小心翼翼地说，“我已经有钱了，您的钱，现在就还给您。”

“合同期限还不到，你现在还钱，要交违约金的。”

“可是……”

“没有可是，只有诚信。”

“您已经拿去5万了。”

“那是借贷成本。”

“哪有那么高的成本呀？”

“钱是你自愿借的，合约你也签字了。”姚海莉微笑着发出了威胁，“我不希望和你打官司。”

郭家康知道，打官司他必输无疑。合约的每一项条款都有利于对方。他查阅过姚海莉近几年打过的十几个官司，债务人都输得很惨，不少人连住房都被法院拍卖抵债了。这个地下经济的女金融家，不把债务人压榨干她是不会罢休的。他禁不住瞥了一眼她胸前的丰乳，这对丰乳幻化成两个巨大的肿瘤，沉重地压在他的身上，压得他喘不上气来。“我，我遵守合约。”他只能屈服。

“我知道你对我有偏见，心里正在骂我，但你不要忘了，我是在你走投无路的时候，借钱给你的，虽然你现在不需要了，从情理来说，你应该感谢我，我就是你的救星。”姚海莉居高临下，理直气壮。

“您盘剥我，坑害我，还要让我把您当作救星，对您感恩戴德，有这样的道理吗？”郭家康愤愤地说，“如果不是为了女儿，我也不会跌入您的陷阱。”

“我同情你的女儿，同情天下所有贫困、病苦中的孩子。我对孩子，充满了爱心。因为有了我，我的爱心，我的行业，许多的失学儿童才能回到学校，患病的孩子才能得到救治。我做过的善事绝对比你多得多。”姚海莉似乎很喜欢充当母亲的角色，“我借钱给急需用钱的人，赚取一点利息，最终是为了帮助更多的人。取之于人，用之于人，这也是博大的母爱。”

“一个贪婪、冷酷的女人，能算得上母亲吗？”这句话郭家康没敢说出口。他害怕触怒了姚海莉。

三、必须承受的痛，必须承担的责任

铃铃右侧卧位躺在手术台上，麻醉剂悄无声息地抑制了她的中枢神经系统，没有痛感，没有意识，全身肌肉松弛，像是睡着了，睡得很沉。刚刚她还皱着眉头问麻醉师：“是不是要给我割一个大口子呀？”她不怕癌症，怕刀口。“不是大口子，是小口子。”麻醉师比划了一个1元硬币大小的圆。“比我妈妈生我的刀口还要小。”铃铃舒展开眉头。手术室里响起了笑声。

唐恒国拿起手术刀，目光紧盯着铃铃身体左侧，这里有一条虚拟的胸部标志线，从腋窝中央垂直向下，被称为腋中线。看得久了，这条无形的线在他眼中早已变成了一条真真切切的实线。他要在腋中线第五肋间，切一道3厘米小口。同样的位置唐恒国不知给多少患者切开过肌肤，闭着眼睛也不会有偏差，可是他依然慎重地考虑这一刀该怎样切才能最大限度地减少对铃铃肌体的损伤，减轻术后疼痛和疤痕造成的心理创伤。“选择医生这个职业，就意味着我们要过负有责任的生活。那么，问题在于，接受这份责任之后，我们该怎样做好这份工作。”《医生的精进》里的这段话，唐恒国视为座右铭。

手术刀精确地切开了皮肤、皮下组织和肌肉层，血管钳分开肋间肌，穿刺针刺穿壁层胸膜，置入一个开放式套管。3D 胸腔镜顺着套管进入铃铃的胸腔，扶镜手把镜头稳定在最佳视觉位置，一个广阔的胸腔世界立体地呈现在大屏幕上：丘陵般的肌肉群，纵横交错的神经、血管，无色透明的淋巴液如同一汪汪清泉，还有枝杈繁茂的支气管树，支撑着顶天立地的肺。壁层胸膜下，半透明的脏膜如同平滑光亮的绸缎，覆盖着整个肺的表面。每当看到胸腔内的景象唐恒国都会感到震撼，为造物主的伟大，也为人类科技的伟大。“伟大科技是伟大时代的唯一标志。”3D 内镜手术标志着外科医学进入了新时代。“任何一个时代，如果没有出现伟大的科技成果，都不可以妄称新时代。”多年来，唐恒国始终目不转睛地盯着世界医学科技的时代标志，率先开展了胸内镜手术，从二维到三维，从四孔、三孔、双孔到单孔（切口），“如果不能创造伟大的科技，能够紧跟，也是一种幸运。”

铃铃的肺是淡红色的，稚嫩清纯。在左肺上叶，病灶清晰可见。肺腺癌像个晦暗的老幽灵，蛰伏在清纯的淡红中。对这个老幽灵唐恒国再熟悉不过了，它是一个由腺癌细胞聚合起来的集团式的肿瘤组织。在这个组织内，每一个腺癌细胞都是骇人的。腺癌细胞嗜酸，有一个夸张的核，比正常的细胞核大两倍，胞质内紫红（或灰红）色的胞浆幽暗地闪动着，胞浆内的空泡产生的黏液如同地狱犬的口水令人作呕。所有这些特征，都显露出某种强权的贪欲。腺癌细胞出现在一个 6 岁的女孩体内，说明了天道不再仁慈，天理失去了公正。

唐恒国毫不犹豫地拿起了超声刀。没有锋利的刀刃，能够像凸透镜聚焦太阳光一样聚焦超声波，化声音为利刃，用声音的能量切割病灶，精确、微创、出血少，这样的科技创新像是神话。每当拿起超声刀，唐恒国心中就会充满自信。在他看来，现代科技才是真正的“下济而光明”的天道。肿瘤警觉地绷紧了身子。它似乎知道这把来自现代科技的超声刀的厉害。唐恒国紧盯着肿瘤，轻轻地移动超声刀，沿瘤体边沿切了一个楔形，完整地把它切割下来。他用抓钳抓住瘤体，塞进乳胶袋内，顺着套管拽到体外。一连串的动作，细微、精准、迅速，精妙绝伦。在错综复杂的胸腔内切除肿瘤，一不留神就会有癌细胞脱逃，导致种植性转移。手术的好坏，决定了预后的生存期。

肿瘤被封在标本袋里，如同关进牢笼，它掠夺生命的权力被解除，接下来要接受病理法庭的判决——零下 20 摄氏度低温急速冷冻，病理医生把它切成薄片，做病理检测。经年累月和癌症打交道，唐恒国早已看透了癌症，癌症不仅伤害人体也伤害人心，在侵蚀患者的同时也侵蚀医者。剥夺了一些人的生命，也成就了一些人的荣耀。制造贫困，也催生富有。既有死亡威胁，也有利益诱惑。对一些人来说，疾病就是利益，而癌症是所有疾病中具有最高利益价值的疾病。唐恒国拎起标本袋，注视着这个老幽灵，它似乎不再是一个由癌细胞聚合成的生物体了，隐约可以看见里面滋生了一些虚幻的非生物成分。“纯生物的肿瘤，在这个时代已经不存在了。”唐恒国时常感慨。他赞成哈佛医学院教授阿图 · 葛文德所做的职业反思，“在这个躁动、无序、动荡不安的时代，作为其中的一部分，医学不可能独善其身。更何况，医学界不过是由我们这样一群普通人组成的而已。人类易受迷惑、身心脆弱、眼界狭隘的弱点，我们身上一个都不少。”战胜癌症诱惑的唯一方法就是约束贪欲，尤其是权力的贪欲。当了院长之后，他眼里的癌症在生物学定义之上，又多了一个隐喻——权力的滥用，一个肆无忌惮的权力就是一个恶性肿瘤。“把权力关进制度的牢笼里，癌症的利益价值也就消失了。”每次用抓钳把肿瘤装进标本袋里，唐恒国都会闪过这种超越医学的念头。他时常用被切割下来的肿瘤告诫自己，决不做任何权力越轨的事情。他把每一台手术都当作一次灵魂的自我剖解，在剖解中实现“医生的精进”。

病理结果回报：TNM 分期为 IIa 期。TNM 是 70 多年前一位法国医生提出的肿瘤分期形式，后来美国癌症联合委员会做了修订，国际抗癌联盟又做了修订，从此判断癌症的病情便有了国际分期标准。TNM，这三个字母对患者来说是生死攸关的标志：T 表示原发肿瘤大小状态，N 是区域淋巴转移状态，M 指有无远处转移。长在铃铃肺上的腺癌为 T1，原位癌小于 3 厘米；N1，有区域淋巴结侵犯；M0，没有远处转移。唐恒国稍稍松了口气。按照 TNM 病理分期，铃铃的病情尚在医学的掌控之中，无须向命运祈祷。但铃铃的这个肿瘤长相丑陋，形体不规则，边界模糊，边缘不光滑，有分叶和毛刺，表现出浸润性生长的特征。为此，唐恒国决定扩大手术范围，切除铃铃的左肺上叶，阻止残留癌细胞转移。他刚刚闪过这个念头，扶镜手立刻把镜头聚焦到左肺上叶。经过长期磨合，扶镜手如同唐恒国的第三只手，能随时感知到他的心念。

唐恒国凝望着铃铃淡红娇嫩的肺。做了 30 年的胸腔手术，他对肺产生了一种超越职业的特殊情感。他看见了一棵大树，耸立在胸腔之中，主干伸展开两根粗壮的树杈，支撑着两蓬巨大的树冠。在这棵大树上，气管分生出支气管，支气管反复分支，越分越细，一直分到 23—25 级，最细的支气管比头发丝还细，每一条细支气管末端都有一团肺泡。在这棵大树上，有 7 亿多个肺泡，肺泡和数不清的毛细血管组成了近百平方米的呼吸膜，薄薄的，平均厚度不到1微米。氧气通过气管、支气管进入肺泡，从肺泡向血液弥散。“森林是地球的肺，肺是人体的森林。”在他看来，“切除一个肺叶，如同毁掉一片森林。”每次要切除肺叶或者支气管肺段时，他心里都会有隐隐的痛。为了挽救整个的肺而切除一部分肺，这是他必须承受的痛，必须承担的责任。

唐恒国一手拿着卵圆钳向后牵拉肺上叶，一手拿着电钩沿心包表面、肺门前上方打开了纵膈胸膜。这里有出入心脏的大血管、食管、器官、胸腺、膈神经和淋巴组织，稍有不慎就会给铃铃造成不可逆转的伤害。他不断地更换器械，超声刀、分离钳、冲洗器、推结器、切割吻合器，这些带着长柄的器械就像他手指的延伸，在意念的驱动下，每一个步骤都精准到位。他打开叶裂——也许是因为考虑到有一天人类会给肺做手术，造物主在构造人类脏器的时候，特意在肺叶与肺叶之间留了一条间隙，这条间隙被称为叶裂。肺叶之间，叶裂既是分界线，也是连接线。叶裂的结构让唐恒国看懂了造物主的哲学：保持间隙才是完美的连接。他把肺下叶向上牵拉，打开肺下韧带。肺下韧带是他最为钦佩的一个肺部组织。它固定肺，决不禁锢肺，而是让肺拥有自由呼吸的权利。它柔软而坚实，由下而上托着肺，而不是自上而下牵拽肺，既保持了肺的稳定，又不给肺造成压力。这样的功能，是一种胸怀，一种品德，一种开明的管理体制。唐恒国拿起切割吻合器，切断并缝合了动脉、静脉、支气管。他用抓钳把切下的左肺上叶放进取物袋内，顺着套管拖拽出来。

唐恒国的目光转向了淋巴结。这种哺乳动物特有的器官，承担着清除病菌、产生免疫应答的重任。数百个淋巴结分布于人体各个部位，构成了生命的防卫系统。很难想象，淋巴结之间相互连通的管道，竟然能够被癌细胞变成转移、扩散的捷径。尤其腺癌细胞，淋巴结转移率高达36%—47%。他仔细地观察这些豆粒状的小器官，判断其中有哪些可能被癌细胞所利用。他凭借经验，把相关部位的淋巴结清扫干净。接着，冲洗胸腔，检查气管残端有没有漏气。确定无误后，他开始缝合皮肤切口。铃铃的手术，这里是起点，也是终点。这种实习医师也能完成的技能，他没有交给助手。他小心翼翼地缝合了只有3厘米的小切口，整齐、细密、干净，无论从技术层面还是审美层面，都堪称完美。

唐恒国亲自推着转运车，把铃铃送往重症监护室。手术等待区外，和铃铃关系密切的几位癌友，每人一朵风雨花，正焦急地等待着。他们一大早就去采了风雨花，送铃铃进手术室。花很小，花瓣简单，香味清淡，并不美艳，但铃铃喜欢。“勇敢坚强的面对”的花语，铃铃懂，虽然她只有6岁。带着风雨花的寄托，铃铃去闯关了，闯那座过早出现的生死关，而他们一直在外面守候着。铃铃出来时仍未苏醒。唐恒国微笑着向他们点点头。他们悬着的心，终于放下了。

四、“根治主义”的悖谬

铃铃的左肺上叶搁在手术盘里。它是一片无辜的肺叶，被一个肿瘤当作了根据地，我必须把它切割下来了。离开了人体，原本的淡红变深了，有些紫黑，失去了生动，略显僵硬，凝着血痕，我能感觉到它的无辜。“对不起。”我发自内心地说。向切割下来的器官道一声歉，这是我 30 年手术生涯养成的习惯。30 年来被我切割下来的器官累积得越多，我对它们的歉意就越深。歉疚来自无奈。用株连器官的方式打击癌症，这是医学的无奈，也是人类社会的无奈。每次道歉之后，我都要仔仔细细地查看被我切割下来的器官、组织，从审美的层面回望手术的过程。可以说，我切割了它们，它们就成了我的“作品”。我端起手术盘，从各个角度细细观察铃铃肺叶上的切口、刀痕、断面：细节上是否存在瑕疵？程序上能不能进一步改进？技术上还有没有可以提升的空间？我不是完美主义者，但完美是我的追求。手术体现了技术，在技术之上，还有艺术，手术是拯救生命的艺术。

癌症手术的艺术性显现在一幅简洁的图案上：一把利剑，刺穿了一只螃蟹的硬壳。这是抗癌协会的标识。螃蟹和癌症源于同一个古希腊词语：karkinos。希波克拉底是最早把癌症命名为螃蟹的人。没有文字记载他为什么要把癌症称为螃蟹。有肿瘤历史学家考证，这是因为肿瘤和肿瘤周围膨胀的血管形似螃蟹，肿瘤造成的疼痛如同蟹钳的夹痛。希波克拉底命名了癌症却没有勇气给螃蟹插上一把剑。他不主张以暴力手段对付暴力的癌症。他认为对隐藏在身体内的肿瘤最好不要硬碰。这个原则出自希波克拉底誓言：“不能给病人带来痛苦与危害。”在他那个时代，治疗癌症最保守的方法是在病灶处放置一只活螃蟹，或者涂抹用螃蟹粉制成的药膏。最激进的疗法是烧灼肿瘤。据说烧灼疗法来自4000多年前的古埃及名医印和阗，他喜欢用火钻烧灼封闭病灶溃疡。为了某种自豪的需要，人类历史上曾经有过许多传说的神医，印和阗不是传说，他的医案记录在一张长5米、宽33厘米的莎草纸上保留至今，医案中就有关于乳腺癌的描述。虽然他在“治疗”项下写了一句“没有治疗方法”，但后人还是把火钻烧灼用于了癌症治疗。时至今日，在治疗癌症的三大主体手段（手术、放疗、化疗）中，手术依然作为首选。利剑刺穿螃蟹——抗癌协会的标识绝妙无比，既有癌症，也有手术刀；既有历史，也有现状。

另一位希腊医生盖伦，继承了希波克拉底的体液学说，把癌症的病因归结为黑胆汁瘀滞。医生可以切除癌症，胆汁还会流回原处，“不要误入歧途而实施手术，”他说，“手术只会让你丢脸。”盖伦对人类医学的影响长达千年之久。一代又一代的肿瘤医生，遵循盖伦的学说把手术排斥在正统的癌症疗法之外。“当癌症持续了很长时间且已扩散，你就不应该再靠近它。”公元10世纪西方最杰出的外科医生阿布·卡西姆·扎哈拉维说，“我根本不具备治愈任何一位癌症患者的能力，我也没有看到别人成功过。”他是一位“铸剑”大师，研制的手术器械临床沿用了近千年，却不敢把剑插在螃蟹壳上。外科学界对癌症的忌讳延续到公元15世纪，医生们宁可给病人放血，用诸如野猪牙、狐狸肺、螃蟹眼之类的奇奇怪怪的药物清除瘀滞的黑胆汁，也不给癌症病人做手术。

我研究过肿瘤医学史。我发现医疗形态能够精准地体现社会形态，有什么样的社会就有什么样的医疗，自古如此。中世纪，神权剥夺了思想的自由，至尊的信仰囚禁了科学，使得肿瘤医学背着古老的药箱缓缓爬行了千年之久。然而即便在黑暗中，仍然有一批勇敢的外科医生，衣兜里揣着锈迹斑斑的手术刀，躲进澡堂、理发馆和诊所的暗室，悄悄为病人割除肿瘤。外科医生们躲躲藏藏地熬到了文艺复兴，在思想的自由的驱动下，解剖学从刑场和坟地里爬了出来，拉开了近代文明的序幕。达·芬奇登上了解剖学舞台。

这个集艺术的浪漫和科学的严谨于一身的怪才，拿着手术刀和素描笔，剖解开 30 多具尸体，把人性的尊严和人体的美展现在世人面前。他和一批杰出的解剖学家共同澄清了盖伦关于人体结构的种种谬误，不可撼动的“真理”被颠覆了。达·芬奇证明了没有永恒的真理，只有认知的局限。他用一部精确度与现代数字成像技术不相上下的人体解剖素描图，诠释了一个新的历史认知：复兴就是变革，变革的最强大的驱动力来自于解剖。没有解剖精神的变革都是虚伪的变革。

在解剖学的引领下，经过数百年的演进，19 世纪末，麻醉术和消毒术两项重大成果，为癌症手术成为一门独立的医学分支奠定了基础。外科医生们拿起手术刀，自信满满地向癌症发起了总攻。没过多久，他们就陷入了困境：在切除肿瘤的同时，保持正常组织和器官完好无损，即使具有鬼斧神工一样的技艺也难以做到。肿瘤的浸润和转移破坏了人体自然结构的解剖学边界，手术后的复发，迫使医生反复给病人做手术。死于手术刀下的患者并不比死于癌症的少。但医生们仍然坚信自己拥有“一刀铲除癌症”的能力。手术刀激情荡漾，充满想象，毫无顾忌地从人体结构的“非自然边界”下手，大范围切除器官组织，决心对癌症斩草除根，只要有一个癌细胞残留人体也不能容忍。我从肿瘤医学史中发现，根除，这是一个医学和社会学都喜欢使用的词语。现代政治修辞把癌症隐喻为某种内在的不可救药的社会状态和那些拥有致命的恐怖能量的东西。所有的事物、人、思想和制度，只要具有腐败、侵蚀、扩张、虚伪、狠毒、掠夺、恐怖、摧残人性和难以治愈的特性，都会成为癌症的意象，都在根除之列。医学要根除癌症，社会学要根除癌症的意象，根除，意味着无情切割，狠绝地扩大手术范围，哪怕株连无辜器官、伤害整个机体也在所不惜。根除，成为 19 世纪肿瘤临床外科的一个坚定不移的信仰：根治主义。

根治主义在 19 世纪末、20 世纪初被威廉·斯图尔特·霍尔斯特德发挥到了极致。他被西方医学界誉为“现代外科学之父”，据说他从人体上切除下来的肿瘤足够建一座癌症博物馆。他宣称用“妇人之仁”的手术处理癌症只会“让癌症从刀下得以逃脱”。他的手术堪称根治主义的典范，根治，根治，为了根治宫颈癌而清除盆腔，为了根治前列腺癌而掏空骨盆，为了根治乳腺癌而截去肩膀和锁骨，毫不留情，决不手软，宁可错割再多的器官组织也不能让一个癌细胞残留。霍尔斯特德旗下门徒众多，以他为核心，形成了一个对抗癌症的“霍氏王国”。在他的王国里，铲除癌症如同铲除政敌。用激进、极端、残酷的手术方式，毁损形体，破坏功能，制造残疾，他们如同酷吏，用对待政敌般的狠毒，开创了“肉刑”手术的新纪元。然而，酷吏的狠毒并不能根除政敌，“肉刑”手术也不能彻底治愈癌症。一组组高死亡率、高复发率的临床数据对“根治主义”提出了质疑。他们不在乎，在他们看来手术的成功与否取决于“病灶是否切除”，而不是“切除病灶能否治愈患者”。根治主义者喜欢用一句阿拉伯谚语为他们创造的致死率而辩护：“没有治死许多病人的医生不能称为好医生。”

我曾受教于霍尔斯特德任教过的约翰·霍普金斯医学院，由衷敬仰这位“现代外科学之父”。留学期间，我时常望着他的画像，想象着他以身试药研究麻醉技术的感人场景，同样感人的是他率先戴橡皮手套实施手术这样的小事。他创立的手术新技术、革新的外科治疗手段，数量之多，在外科医学史上绝无仅有。他是临床医学教育家，发表过 169 篇论文，一部《外科医生的培训》成为世界各国外科医师进阶的教材。但他绝不靠“论文立身”。他的手术技艺达到了一个时代的巅峰，观赏霍尔斯特德的手术就像在观赏“一位艺术家与患者的亲密接触，抑或一位威尼斯风格或佛罗伦萨派凹雕或是镶嵌大师在展现其精彩的手艺”。整个医学界都在仰望他。他一辈子没有放下手术刀，以根治主义的大无畏精神挑战癌症，开创了外科手术史上的一个里程碑时代。和所有伟大人物一样，晚年的霍尔斯特德固守着青春期的某个生理“节点”而不肯挪步，如同一位不知该如何选择王朝发展道路的国王，口中自信满满，目光却闪着疑惑。极端切割的手术方式既没有根治人类身体的癌症，也没有根治人类社会的癌症——腐败、萧条、贫困、犯罪，还有专制和战争，在20世纪初扩散到整个世界。癌症手术，即使切割范围不断扩大，切除得更加彻底，甚至超越了人体的生理极限，癌症仍然能够复发。在一片临床治愈率的质疑声中，“霍氏王国”摇摇欲坠。一向温文尔雅的霍尔斯特德变得不耐烦了。“如果一个外科医生有兴趣提供最好的统计数据，那么他大可自便。”虽然意识到根治主义道路已经走到尽头，但他仍然不肯改变前行的方向。对他来说，如果放弃了根治主义的信仰，“霍氏王国”也就失去了存在的意义。最终，幻想破灭，身心疲惫，依赖麻醉药物度日如年——他曾经为了亲身检测可卡因的麻醉效果，导致可卡因成瘾。他试图以毒攻毒，用吗啡来治疗可卡因依赖，结果毒上加毒，形成双重药物依赖。用后一种错误纠正前一种错误，这是人类特有的一种习惯。权威越大的人，这种习惯越顽固。

从实习医生开始，在手术台熬了30年，我也熬成了权威。对癌症患者，权威这两个字意味着生命的救星。几乎所有病人都企盼着我能成为他们的主刀医生。30年来我亲手割除的肿瘤连同被株连的器官组织足能装满一间屋子，可是癌症就像韭菜一样越割越多。一茬接一茬的病人进来，一茬接一茬的病人离去，虽然治愈率不断提高，但发病率攀升得更高。我割除的肿瘤越多，对手术的自信心就越加动摇。我凝望着铃铃的左肺上叶，它蜷缩在手术盘里，露出一副无辜的样子。我恍惚看见了印和阗、希波克拉底、盖伦、霍尔斯特德，他们每一个人都代表了一个里程碑。他们对我指指点点，印和阗说我的超声刀不如他的火钻好用，希波克拉底指责我违背了他的誓言，盖伦抱怨我没有挤出黑胆汁；因为我在霍尔斯特德任教过的医学院留过学，他更是毫不留情地训斥我背离了根治主义的信仰。大师们让我无所适从。几千年了，癌症没有变，人们对癌症的认知却在不断改变，不同的认知派生出不同的治疗方式，希波克拉底否定了印和阗，霍尔斯特德否定了希波克拉底，现代微创手术又否定了霍尔斯特德，究竟哪一种认知更接近癌症的真相，哪一种方式能更有效地治疗癌症，对此我越来越疑惑。医学对癌症的认知已经深入到了基因层面，微创手术正逐渐占据临床外科的主导地位，可是人们对癌症真相的认知仍然遥不可及，癌症的“不确定性”越来越难以把握。我时常幻想，有那么一天，一种普世的药物能够轻而易举治愈所有的癌症，手术刀从癌症的治疗程序中隐退，根治主义以一种温和的形态得以实现，到那时，希波克拉底与霍尔斯特德或许就会合二为一了。

和癌症拼斗了30年，斗来斗去自己也患了癌症。当年立誓攻克癌症的雄心壮志，现在想起来觉得可笑。和晚年的霍尔斯特德一样，我也开始怀疑自己的手术能否经得起生命的检验。我为铃铃担心。她这台手术，难度并不大，耗费的精力却是最大的。30年累积的经验，30年练就的技艺，全都凝结在铃铃的手术中。从割开肌肤的第一刀开始，我似乎就觉得，30年的手术生涯，都是在为这个6岁的女孩做准备。虽然深信这是我此生最完美的一台手术，可是心中依然充满担忧：有没有癌细胞残留或种植性转移？术后会不会复发？接下来的化疗她弱小的身躯能不能承受？让铃铃活下去，活得快乐，活得长久，成了我的一种情感需求。30年来，铃铃是我情感投入最深的一个病人，虽然此前我们并不相识。这个小天使让我感受到了这一辈子的价值：“拯救一个生命，就是拯救了整个世界。”（《塔木德》）

此时，铃铃正在等待苏醒，我捧着铃铃的左肺上叶，祈求那些里程碑式的大师，护佑这个6岁的小女孩。

第六章

一、不可背离的“核心通路”

唐恒国躺在手术台上。在手术台边站了30年，躺在上面还是第一次。给别人割了30年的肿瘤，终于需要别人给自己割肿瘤了。医生、护士正在做术前准备。他沮丧地望着头顶上的无影灯，灯盘上有12只LED灯泡，像12只眼睛，嘲讽地看着他。他崇敬无影灯。消除本影，照亮黑暗，让世界更加透明，“无影灯效应”具有物理和社会层面的双重意义。而此时，前列腺上的那个肿瘤，让无影灯失去了效应。他陷入了一个任何光源都无法驱散的阴影中。不是因为恐惧，而是因为对病因的疑惑。在现已查明的与前列腺癌有关的因素中，他排除了不健康饮食、性活动过多，以及种族、地区和宗教因素（可能有关）。剩下的可疑因素只有两个：遗传，运气。遗传指的是家族有前列腺癌病史的人，比没有家族病史的人，患前列腺癌的绝对危险指数高6倍。他的父亲死于癌症。父亲原在省城医学院当讲师，1957年被下放到偏远小镇当兽医，郁郁寡欢，患了胃癌没等到落实政策就去世了。但至今没有证据证明胃癌与前列腺癌存在着遗传关系。看来，只能怪罪运气了。有时候运气也有它的科学依据。霍普金斯大学肿瘤学教授福格尔斯坦另辟蹊径，提出了癌变“运气论”：超过60%的癌症基因突变，可归咎于细胞在分裂过程中发生的DNA（脱氧核糖核酸）复制随机错误，而不是遗传或环境因素。细胞每次分裂都会发生几个突变错误，幸运的是大多数突变都发生在垃圾 DNA（不编码蛋白质序列的基因）上。“它们偶然发生在癌症驱动基因上，这就是坏运气。”虽然“运气论”并未得到肿瘤学界的普遍认可，却能够让那些沮丧绝望的癌患，稍稍感到一点安慰：运气不好，谁也怪不得。仰望着无影灯，唐恒国仿佛看到了父亲的身影。父亲人生的坏运气和细胞的坏运气发生了重叠，这两种坏运气之间是否存在着某种信号通路的链接？他知道，无论什么癌症，都有一个相同的根源：信号通路失调。

癌细胞在唐恒国的前列腺上聚合成了一个肿瘤，这个肿瘤占有了他体内的营养资源，改变了他机体的生理机能，也就是说，他的生命已被癌症操控，不再属于他了。借助一个器官而控制整个机体，所有的肿瘤都拥有这种强大的能量。一个器官上的肿瘤，凭什么能够操控整个机体？凭着癌细胞对基因的控制权：控制基因的物质存在方式，控制基因的信息表达内容——物质性和信息性，是基因存在的两个基本属性。基因的物质性和信息性集中体现在蛋白质上。在细胞里，基因编码蛋白质。蛋白质就像分子开关，时而开启时而关闭，这种分子开关现象被称为信号通路：细胞外的分子信号——激素、生长因子、细胞因子、神经递质以及其他小分子化合物，在分子开关的作用下穿过细胞膜，进入细胞后发生一系列酶促反应，操控细胞的新陈代谢、营养摄取、生长、发育与繁殖。可以说，控制了信号通路，就等于控制了细胞的思想和行为。一种蛋白分子的开启、关闭，能够激活或者灭活其他蛋白质。细胞的癌变，本质上就是信号通路失调。癌细胞利用信号通路，在唐恒国体内创建了一个病理禁区。在这个禁区内，正常细胞的生存空间被挤占，营养资产被剥夺，更悲惨的是，属于它们自己的信号通路被改变，失去了编码蛋白的自由，也就失去了健康表达的话语权，只能服从癌基因的编码指令，接受癌细胞的生物信息。发现前列腺癌后，唐恒国做了尿检，尿液中含有大量 EN-2 蛋白。这种奇妙的多功能转录因子，原本是一种生命秩序的表达，把健康、有序的信念注入脊椎动物的胚胎，让胚胎发育的每一个器官都能够仁爱、平等，和谐共处，避免出现粗暴野蛮的变态生长。可是任何健康的东西，到了癌症手里全都会变成病态的东西。癌细胞通过分泌、内摄，攫取了 EN–2 蛋白，把它异化为肿瘤标志物——EN–2 蛋白的数量与多种肿瘤的生长有着密切关联。EN–2 蛋白经过肿瘤表达，和谐变成了生物强权的理由，仁爱变成了畸形生长的面具，平等变成了挤压正常细胞的代名词。癌症利用 EN–2 蛋白，在机体内掀起了如同性状和行为改造般的激烈的生化反应，“肿瘤想要生存、长大和传播，它就必须能够控制癌细胞的行为，同时还要将那些在癌细胞周围的正常细胞拉入自己的团伙”。英国萨里大学的科学家在一篇研究报告中描述说，癌症既要统一瘤体内的癌细胞，又要统一瘤体外的正常细胞，实现这两个统一，必须要有一条目标一致的信号通路。变异的 EN–2 蛋白就是肿瘤用来控制细胞的一条重要通路。在肿瘤阵营中，常有一些癌细胞，也许是因为对残酷的生化反应持有异议，它们让自己进入静息状态。它们属于癌细胞中的“落后分子”。可是一旦吸收了肿瘤中的 EN–2 蛋白，便如同受到了某种精神刺激，立刻就会被激活，或改变形态，或融合成细胞团，疯狂地投入到征服整个机体的斗争中。肿瘤阵营外的正常细胞，原本在健康的生命体系中享受着生理的自由，这是癌细胞最不能容忍的。癌细胞把 EN–2 蛋白向它们抛洒过去，“正常细胞如果吸收了肿瘤 EN–2 蛋白，也会展示出许多癌症的特征”——细胞周期紊乱，细胞交流消失，分化能力丧失等等，“成为与癌细胞融合而成的杂合细胞”。杂合细胞分裂、扩散、转移速度更快，对化疗与放疗的耐受性更强。在发现“运气论”之前，福格尔斯坦教授曾有另一项重大发现：一个癌细胞内至少有 11—15 条通路失调。任何肿瘤都有大量的基因突变，遍布于整个基因组，使得肿瘤表面上呈现出多样性、多元化的特征。但肿瘤生物学发现，“表面上看起来大相径庭的各种癌症，常常产生于相同或类似的通路失调”。几乎所有肿瘤中，失调的核心通路都大致相同。也就是说，在多样、多元的假象之下隐藏着癌变的一致性。癌症给信号通路划分了方向，凡是逆向而行的，都要被关闭分子开关。癌症给那些参与代谢的有机大分子、小分子圈定了禁区，凡是逾越界限的，都要被断绝营养物质。癌症给双螺旋上的生命“字母”（AGTC）修改了排序，凡是触犯癌基因组图谱的，都要被抹除编码。在癌症的病理机制中，不管你是癌细胞还是正常细胞，都必须把癌蛋白作为生长活性的基本元素，把癌基因的核心通路作为分裂生长的既定路径，这种变态冷酷的病理机制，体现了癌症对永生的追求，也折射出人类“自己的追求，埋藏在我们的胚胎和器官重生中的一种追求。有一天如果癌症成功了，它将产生一个比其宿主更加完美的生命，具有不死的特性和增殖的动力”（《众病之王》）。可是癌基因组果真能产生“完美的生命”吗？唐恒国不止一次地思考过这个问题。也许是因为受了前列腺癌的刺激，情感因素超越了医学，使得他对癌症这种疾病产生了从未有过的恨意：癌症对蛋白编码和信号通路的控制，最终将改变生命遗传法则，改变人类的现有性状，把人类变成另一种生物，一种浑身缀满疙瘩肿块、形体萎靡、头脑萎缩的怪物，这样的生物体可能具有长生的特性，却没有思想也没有欲望，麻木不仁，只知不停地加工蛋白质，为癌症提供营养资源，可以说，癌症是一种最狠绝、最阴毒的毁灭人类文明的疾病。

唐恒国躺在手术台上，仰望着头顶的无影灯，他是肿瘤外科医生。肿瘤医生身体里长了肿瘤，这的确是一件令人沮丧的事情。为了平复心情，他开始想象自己的前列腺。隐藏在盆腔深处，连接膀胱、包绕尿道的前列腺有一个浪漫而羞涩的名字：男人的“秘密花园”。前列腺的重量只有20克左右，这样一个微不足道的小器官，却扛举着人类生命不可或缺的三种伟大功能：控制排尿、分泌前列腺液（精液的精浆成分）、输送精液。于尿液，它处于排泄的终端；于生命，它是繁衍的源头。它像菩萨的净瓶，里面的甘露是清稀的，淡浅的稻草黄，含有精胺、锌离子、酸性磷酸酶、蛋白水解酶、纤维蛋白酶、脂族多肽等营养丰富的有机分子物，用来滋润生命的种子：精子。不知为什么，男人的前列腺是肿瘤最青睐的器官之一。在癌症发病率排行榜上，前列腺癌位居第6，有资料说被解剖的60岁以上的男尸，三分之一有前列腺癌的某些症状。从生殖的源头控制生命，就等于抓住了生命的要害。如此准确的行动，就好像受到某种主观意识的支配。唐恒国觉得有趣，癌症很可能就是一种具有反生命的主观意识的异形生物。他忍不住笑了。和癌症打了一辈子交道，从来都是用肿瘤学的专业思维探究癌症，躺在了手术台上，竟然会启动形象思维把癌症想象成了一个魔幻故事，虽然不够专业却算得上科普。这个故事可以讲给铃铃听。他心想。“可以开始了吗？”麻醉师问。他点点头。麻醉师向他的静脉里注射麻醉药。他眼前闪现出铃铃的身影。今天铃铃该下床活动活动了。虽然之前他已经嘱咐过，但仍然有些不放心。这孩子，有没有出去走一走呀？

二、冲破“癌症楼”

唐恒国躺在手术台上的时候，铃铃出现在了花园里。这是她术后第四天。本来昨天就该出来活动了，因为雾霾，只能待在病房里。她身体的亏弱尚未恢复，走路略有不稳，但人见人爱的样子丝毫未减。李嘉怡牵着女儿的手，不断叮嘱她走慢一点。癌友们纷纷过来和她打招呼。这些天花园里少了铃铃，就像少了一份欢乐。见铃铃那么快就能活动了，他们又高兴，又惊讶，都想知道手术的经过。李嘉怡不想让铃铃多说话，替她回答癌友的问题。铃铃趁机溜去看风雨花。她已经好几天没见到风雨花了。风雨花开得格外鲜艳，好像是为她的手术成功而欢笑。她蹲下身，闻闻花香。

不远处的连椅上，坐着一个人，手里捧着一本《癌症楼》，眼睛却扫视着周围的癌友。他叫楚中天，本市的一位经济学家，肾癌患者，两天前刚刚住院。多年前，冲着索尔仁尼琴的诺贝尔文学奖的名声，他买了这本书，没看几页就扔到了书架上。书里讲述了一个陈旧的故事，与现实毫无关系，引不起阅读兴趣。查出来肾癌，他立刻想到了《癌症楼》，找出来看了两遍，越看感触越深。“癌症楼”把社会的疾病投射进文学的想象，用荒谬的肿瘤医院隐喻荒谬的极权制度。“我不需要任何隐喻来读这本书，癌症病房就是我受拘的国度，我的监狱。”一位患浸润性宫颈癌的女人，讽刺地对她的医生穆克吉说。楚中天读这本书同样不需要解读其中的隐喻，他觉得他的肾癌比大洋彼岸的那个宫颈癌更诡异凶狠，直接就是一个赤裸裸的残暴君主。这个有形的生物体如同某种虚幻的思想，覆盖了他的大脑皮层，支配着他的一言一行，把他变成了一个“癌症人”——除了癌症、癌症的治疗、癌症的痛苦与死亡，其他什么都不能想，顾不得想，也不敢想，即使做梦也只能做癌症梦。就像“一种密实而持续不断的拉引力，要把所有的人和所有的事都拖入癌症的轨道”。穆克吉感触地这样说。此刻在楚中天眼里，整个世界都变成了癌症的世界，生活中的一切都离不开癌症。环视四周，绿树花丛中，晃动着一片蓝竖条纹的病号服。这种宽大、单调的服装，如同“囚服”一样因为没有个性而显得失落、颓丧、麻木。刚刚住进来两天，他已经深切地感受到，癌症是一种能够剥夺人的身份的疾病。一个人如果患上了癌症，余下的人生就会与癌症纠缠不休，直到生命的终结。眼前这些癌友，有的是初次入院，有的是“二进宫”，甚至“三进宫”，无论他们此前来自哪个阶层，处于何种地位，拥有何种身份，只要穿上了病号服，就只剩下一种身份：癌症病人。

在这个癌症的世界里，他看见了一个不一样的小精灵——铃铃。他不由得走了过去。一只小蜜蜂扇动着翅膀，悬停在风雨花上方，嗡嗡地叫着。铃铃眼睛里闪着喜悦的光影，目不转睛地盯着小蜜蜂，嘻嘻地笑着，好像周围的一切都不存在。一个小女孩，能够在癌症统治的世界里无忧无虑，专注于眼前的美好景象，楚中天觉得这孩子一定有一颗自由、强大的心。“可爱的小蜜蜂。”楚中天情不自禁地说。

“你也得了癌症？”铃铃说。

“你怎么知道？”

“长癌症的人都喜欢小生命。”铃铃推理说。

楚中天惊诧地看着铃铃。“你的逻辑思维很强。”他做了自我介绍。

“我是铃铃，我有专业，我的专业是国学。”铃铃一本正经地说。

楚中天被铃铃的神情逗得差点儿笑喷了。“你就是那个国学小神童？”

“雅萱阿姨不喜欢别人叫我小神童。”铃铃说，“她说我就是比别的孩子聪明一点，勤奋两点。”

“我小时候，别人也叫我小神童，长大了就变得笨了。”

“癌症楼？”铃铃看见了楚中天手里的书，“楼房得了癌症，是比喻吗？”

“你能猜出来比喻什么事物吗？”

“癌症楼，就是有病的楼……”铃铃想了想，“比喻豆腐渣工程。”

“有道理。”楚中天并不觉得铃铃的推理有什么不对。社会存在决定社会意识。负面的社会意识来自负面的社会存在。“癌症楼，指的是关押癌症病人的地方。”

“为什么要关押病人？”

“很久很久以前……”楚中天没有说《癌症楼》的历史背景，他不想让那个特殊时代的悲剧伤害铃铃幼小的心灵，他编起了童话，“有一个国家，把癌症病人关押在癌症楼里……”

“那个国家里有一个很坏的国王，人民过着穷苦的生活，得了癌症没有钱治疗，国王就把他们关起来等死……”铃铃按照自己的想象续编着故事，“后来，来了一个小天使，帮助大家团结起来，冲破了癌症楼，也治好了癌症。”

“冲破癌症楼……”楚中天神情凝重起来，“癌症能治好吗？”

“能，一定能。”铃铃说，“唐爷爷说，只要勇敢，有耐心，就一定能打败癌症。”

“你的故事，比这本书里的好。”楚中天由衷地说，铃铃续编的故事，让他产生了一种冲破“癌症楼”的冲动，“谢谢你，铃铃。”

“谢我什么呀？”铃铃不解地问。

“谢谢你帮我明白了一个道理。”

“什么道理？”

“大人的道理。”

“小孩子也能帮大人明白道理？”

“有些道理，小孩子明白，大人不一定明白。”铃铃让楚中天明白了一个最简单的道理，“癌症楼”无论多么强固，总能被冲破。

小蜜蜂飞走了，越飞越远。“再见小蜜蜂。”铃铃连连挥手。

“自由的小蜜蜂。”楚中天感慨地说。小蜜蜂越飞越远，不一会儿就不见了踪影。“小蜜蜂飞出了癌症楼。”

有时候，一个简单的景物，能够让困境中人顿悟。“在癌症里，最奢侈的就是飞翔的自由。”楚中天触景生情，展开了联想。冲破“癌症楼”，给思想插上翅膀至关重要，这是战胜癌症的精神力量。他在微观经济学领域活了20多年，应景的、命题的论文写了不少，获过奖，评上了高级职称，但真正有独立见解的论文几乎没有。他自费出版的《楚中天论文集》，在圈内也曾有过不小的反响，患癌症后重新翻看这些文字，感觉就像是趴在“癌症楼”里写出来的，除了臃肿晦暗，没有一点鲜活的色彩。“一堆思想的癌蛋白。”他第一次厌恶了自己的文字。就生物的本质而言，任何思想都是一种蛋白的表达。健康的蛋白具有生动、鲜活、自由的特性，而癌蛋白的表达则是沉闷、僵化、蛮横的。楚中天意识到，“癌症楼”最可怕的不是对躯体的囚禁，而是对灵魂的囚禁。他看见了一个人，从这个“受拘的国度”里走了出去——普利莫·利维，他最喜欢的一位意大利传记作家，在纳粹的集中营里被折磨得不成人样，得到解救之后，竟然发现“集中营最致命的性质，就是它令人丧失了对营外生活的渴望”。他心有余悸地说，“最令人恐怖的是它抹杀了未来，伴随着这些抹杀的是道德和精神的死亡，由此让囚禁的现状化为永恒”。癌症不是集中营，却与集中营一样具有囚禁灵魂、抹杀未来的特性。楚中天不想成为“癌症楼”永恒的囚徒，他要找回被癌症废黜了的身份和人格。虽然没有翅膀，但灵魂可以飞翔。小蜜蜂让他心生一念，作一篇用健康蛋白表达的真正有意义的论文，哪怕活不到5年生存率，也要为自己保留一点未来。不久后，他开始了癌症经济学的研究，用了几年时间，写出了一部《癌症经济》，在经济学界和肿瘤学界引起了巨大反响，这是后话。

三、捆绑了肾文化的老根

我带着《癌症楼》，住进了肿瘤医院。在这个肿瘤聚集的地方，我真切地体验到了失去自由的痛苦。癌症像一条既能捆绑躯体，也能拴住灵魂的锁链，把我牢牢地拴在了“癌症楼”里。这家三甲肿瘤医院，上千张床位，从未空闲过。唯一的活动场所就是小花园。每天至少有几百个病人到花园里“放风”，相互交谈的话题只有一个：癌症。在这里，任何个体的自由，独立的思想，美好的记忆，甚至习惯、爱好、个性，都被癌症剥夺了。“在生活中，癌症能够消耗、吞噬我们的一切。”一位著名的临床肿瘤医生说出了我的感受。我是肾癌，在传统文化中，肾是生命之根，也是精神之根。癌症锁住了我的肾，等于从生命的根基上剥夺了我的自由。

我属于脊椎动物。我有两个肾——腹腔内，腰部后侧，一左一右挂着两个大扁豆状的实质性器官，那就是我的肾。我的肾归属于泌尿系统。负责过滤血液中的杂质，维持体液和电解液平衡，产生尿液经尿道排出体外。此外，还能通过内分泌调节血压。不幸的是，我的右肾长了一个恶性肿瘤。在成人癌症中，肾癌占 2%—3%；在癌症总发病率中，肾癌连前十位都排不上。如此低的概率，被我摊上了。肾癌患者的 5 年生存率，Ⅰ期可达 92%，Ⅱ期 86%，Ⅲ期 64%，到了Ⅳ期只有 23%。我属于Ⅲ期。肾癌真正的可怕之处在于它的隐蔽性。它是癌症中的狙击手，悄无声息地潜伏着，一旦扣动扳机就是毙命一击——50%—60% 以上的患者没有症状。无症状肾癌有时会出现轻微的间歇性疼痛，很容易被忽略或者误诊。如果出现血尿、剧烈疼痛、腹部肿块，便已是中晚期了。

我最初的感觉是双足乏力，腰肢酸痛，欲望减弱。根据我从那些五花八门的“养生大讲堂”上学到的知识，自我诊断为肾虚。夜晚做了一个梦，梦见两枚虚弱蔫蔫的肾，摆出一副诲人不倦的样子教导我。右肾说，肾为先天之本，生命之门。左肾说，根本虚弱了，一虚百虚；命门破损了，一损俱损。肾的教诲，让我有些恐慌、焦虑。我沿着《内经》划定的那条肾经（肾足少阴脉）去寻找强壮命门的方略，起于小趾之下，斜走足心，穿越腹腔、肾、肝、肺、喉、舌根，途经 27 穴（左右合 54 穴），最终抵达了肾文化的老根。在这条老根上，男人最看重的就是肾。古时候对于男人，强大的肾，甚至比一颗强壮的心还重要。一对好肾加一支强大的军队就是一个伟大的帝王，而优柔寡断、朝令夕改的亡国之君差不多都是肾虚的君王。一对好肾加一笔巨大的财富就是一个卓越的商人，商人如果肾虚最终都会像西门庆那样败光家产。既无权又无钱的人，只要有一对优秀的肾，至少还是女人心目中的强壮男人。《内经》说："肾者，作强之官，伎巧出焉。"肾的用途，在男为之作强，在女为之伎巧。中医认为，肾和性的关系最为密切，肾强则性能力强，肾虚则性能力弱，不能作强就是阳痿。男为阳，女为阴。男人的全部意义就在于阳。阳若痿，气血阴阳失衡，面色晦暗无光，肌肉松弛，头发干枯，双目无神，怕热畏寒，精、气、神皆无，致使百病丛生，从灵魂到躯体，全都随之而痿。这样的男人，为帝则不能治国，为商则不能赚钱，为夫则不能事妻，还能做什么？

对我来说，治国、赚钱、事妻这些都不重要，我是经济学家，第一重要的是构建经济发展的理论框架。可是肾虚让我失去了潜心做学问的耐心，一鸣惊人的念头越来越强烈。我自认为站在了经济学的理论巅峰，几乎没有一个我看得上的经济学家，即便得过诺奖的，我也不放在眼里。我急功近利，好大喜功，急不可耐地试图提出一个改变世界经济学格局的理论。狂妄的念头让我变得焦躁不安，心里慌兮兮的，脑袋里的宏伟选题一个接着一个，却半步也迈不出去。在失去耐心的同时，也失去了骨气。肾主骨生髓。肾虚，导致我骨骼酥软，走路都小心翼翼，总担心出现骨折。久而久之，生理的软骨影响得心理也骨气不足，谨小慎微生怕做错了什么、触犯了什么。一方面雄心勃勃，一方面惶恐不安，如同陷入了冰火两重天的苦地。没骨气与缺乏耐心，病根都在肾虚。按《内经》说法，肾的功能特性是蛰伏、封藏、收敛、固摄精气。耐心就体现了蛰伏和收敛的能力，其中包含了远大志向、敬畏精神。耐心的生理基础在于肾精。按中医五行学说，五脏（心肝脾肺肾），与“五神”（神魄魂意志）、“五志”（喜怒思忧恐）的关系，肾对应的神明是“志”，对应的情志是“恐”。“肾藏精，精舍志。”这是中医的基础理论之一。肾精所化生的元气推动五脏六腑的功能活动。肾精足，五脏气血充盈，“五神”明强，“五志”平和，才能够有足够的耐心，立大志，成大事。肾精虚，做事就没有坚韧的耐心，志向就没有牢固的根基，为人就没有敢作敢为的骨气。得了癌症后，我心生一个疑惑：从《内经》至今，我们补肾养肾 2000 多年，为什么软骨症和耐心缺乏症，反倒越发严重了。

为了能够引领世界经济学，我开始补肾了。最初喝的是药酒，用各种动物和植物的残骸浸泡而成的药酒，褐红色，略有些发黄，这样的颜色调和给人一种浮躁感。这种药酒比我的肾虚还缺乏耐心，竟然迫不及待地宣称它是整个人类健康的“守护神”。我越喝，心中的躁火越盛。于是改吃“六味地黄丸”。我认识的男人兜里大都揣着这种巧克力豆般的黑色小药丸，大把大把地吞咽，空气里弥漫着浓浓的中药味儿，似乎生活在一个肾虚的世界里。中医儿科鼻祖、宋仁宗太医钱乙，他发明六味地黄丸的初心是为了治疗小儿先天不足、发育迟缓，后来被明嘉靖太医薛己推荐给官场中的男人补肾。两位先朝太医绝没有想到几百年后“六味地黄丸”会成为拉动中药经济的一服重药。我稀里糊涂地跟着一个庞大的肾虚群体吃了好几盒，看了中医，才知道“六味地黄丸”对我有害无利。肾虚有不同的虚：肾阴虚，肾阳虚，肾经虚，肾气虚。六味地黄丸是专门滋补肾阴虚的，而我的虚，属于肾阳虚，结果越吃越虚。我换了补肾阳虚的药，药丸、汤剂、膏浆，变来变去吃了六七种。如此多变源于我心中的急躁，总想着一夜之间让阳虚的肾强壮起来，几天感觉不到效果便急忙另换一种。肾里散发的中药味儿，自己都能闻到。我开始尿血，腹部的疼痛越来越强烈、频繁。我被诊断为肾癌Ⅲ b 期，区域性淋巴结受累。还算幸运，仍可以手术根除，存在着进入 64% 的 5 年生存率范围的可能性。我半是庆幸，半是懊悔，如果不是自己胡乱补肾，早点儿去医院做个超声或CT扫描，我的肾癌在I期就能检查出来——I期有92%的5年生存率。我为自己的愚蠢补肾而愧疚。

一幕幕回想过往，我终于明白了，一个器官，一旦被拽入了文化层面，就容易发生癌变。从表面来看，导致我急躁、狂妄、恐慌骨软、缺乏耐心的原因是肾虚，然而在"阴阳离绝，精气乃绝"的表象下还存在着一个真实的肾癌。普遍的肾虚启动了个体细胞的基因癌变。"只要勇敢，有耐心，就一定能打败癌症。"铃铃的话，被我当成了座右铭。冲破"癌症楼"，铃铃能做到，我也能做到。我开始化疗了。医生说，如果肿瘤缩小了，还有手术的可能性。这让我看到了希望。我要争取进入那64%的5年生存率。我可不想葬身在"癌症楼"里。

四、在阴阳接壤的狭隘地带

和楚中天一样，需要铃铃帮助冲破"癌症楼"的还有梁思酌。他把铃铃请到了自己的画室。铃铃惊喜地看见了自己，站在一幅油画中。"和镜子里的我一样一样的。"她说。画面上的背景是闪着亮光的雾霾，这样的雾霾看起来并没有什么危害，有些像彩云。雾霾中的铃铃，面带笑容，胸怀大志般昂首挺胸，眺望远方……

整幅画刚刚完成，散逸着松节油的清香。画家梁思酌在一旁观察着铃铃的表情，神情有些紧张，当听到铃铃的赞语时，他放松地笑了。

油画的名字叫《擦天的女孩》。灵感就来自铃铃。

那天，红色警报，梁思酌到雾霾中写生，无意中看见铃铃在雾霾中大口大口呼吸，似乎要把整个天空的雾霾全都吸进自己的肺里。这令人震撼的一幕，引发了他的创作冲动。“雾霾中的女孩。”他一下子就想好了主题。习惯了主题先行的创作模式，为一个偶得的素材而产生创作冲动，他很少有过。他支起画架，却无从下笔。擅长宏大光明的主流题材，这种背景晦暗的小叙事到底有什么意义，该如何表现，他怎么也想不明白。市美协主席、画院院长，获奖无数的一级画家，为画一幅画而犯愁，他还是第一次。他的创作冲动被一时的思路闭塞抑制了。无奈，去找铃铃。他想要知道，这个小女孩在雾霾中近乎疯狂的举动，到底是为什么。雾霾散去，天很蓝，蓝层单薄，透着苍白，如同化疗后的癌症病人，看起来有些虚弱。这样的蓝，被癌友们称为“癌症蓝”。在雾霾中憋闷已久，癌友们兴奋地仰望蓝天，畅快呼吸。梁思酌感觉不到兴奋。在他眼里，“癌症蓝”没有张力、缺少生动的灵魂，就像一幅僵硬呆板的行画。他找到了铃铃。两个人的交流是从癌症开始的。

“你是什么癌？”铃铃问。在肿瘤医院，铃铃的名气比他大。他认识铃铃，铃铃不认识他。

“我是血癌。”梁思酌说。

“你长了我的癌，我长了你的癌。”

“为什么这样说？”梁思酌疑惑地看着铃铃。

“大人容易长肺癌，小孩容易长白血病。”

铃铃说得没错。梁思酌是急性淋巴细胞白血病，血癌中最凶险的一种，占儿童急性白血病的80%、成人白血病的20%。

“你是肺癌？”

“我是年龄最小的肺腺癌。在我以前，从来没有小孩得过肺腺癌。”

“小孩子免疫力强，你一定能治好的。”

“唐爷爷也是这样说的。”铃铃说。

“那天我看见你站在雾霾里……”梁思酌试探着问，“为什么？你是生气了吗？”

“天被雾霾弄脏了。”铃铃说，“我想把天擦干净。”

梁思酌想到了一个细节，雾霾中，铃铃把浑浊的空气吸进肺里，沉淀之后，呼出一缕缕白色的气体，如同小溪流入浑浊的大河，在河面上形成了一条弱小的清流，铃铃呼出的气体在灰暗的天空中抹出一道道净白。当时，这个细节被他忽略了。“你想把天擦干净？”一个6岁的小女孩，想要承担起拯救蓝天的责任，让他感到悲哀。

“唐爷爷说，雾霾是一级致癌物。”铃铃说，“如果没有雾霾，我就不会得癌症。”

“擦天的女孩。”梁思酌脑子里灵光一现。之前的“雾霾中的女孩”，显然有些弱了。“我想给你画一幅画，可以吗？”

“你是画家吗？”

“算是吧。”

“为什么要给我画画？”

“为了让大家和你一起擦天。”

“你要把我画漂亮一点。”

“你本来就是个漂亮的小姑娘。”

“嘻嘻……”铃铃笑了，“我的肖像权送给你了。”

梁思酌的白血病已经缓解，化疗进入巩固、强化阶段，药量减少，间隔拉长，他有了充足的时间。他在医院外的“癌症街”租了一套房子作为画室，开始了《擦天的女孩》的创作。他心中充满了希望，希望凭借这幅作品，进入美术史册。虽然参加过不少画展，得过许多奖，头上顶着油画大师的光环，但只有他自己心里清楚盛名之下其实难副的苦衷。他崇尚主流审美，作品题材宏大，色调明亮，富有教诲意义。在以往的作品里，不乏献身与牺牲的题材，可是当血癌把生死观从对他人的空洞说教变为自身的真实选择之后，梁思酌固有的审美动摇了。他把自己留存的作品翻出来，都是他自以为的珍品，一遍遍地看着，越看越沮丧。看不到灵气和个性，最可怕的是没有灵魂，死气沉沉地待在画框里，如同一幅幅装饰画，倒挂在“癌症蓝”的天空上，起着粉饰病弱灵魂的作用。这样的作品，能参展、得奖、卖高价，但不可能在美术史上留存下来。反思以往的创作，他发现有种种复杂的难以摆脱的美学之外的因素，就像癌症对正常生理机能的控制，缠绕着他的思想、审美，甚至技法。他决心要摆脱“非主体因素”的制约，回归艺术的本源，创作一幅真正具有艺术价值的作品，即便是遗作，也要能够传世。画家到了他这个层面，载入史册就会成为最大的野心。为了实现这个野心，他选择了印象派。他到雾霾中寻找莫奈，却发现了铃铃。铃铃的“擦天梦”，启动了他的审美灵感，一辈子积累的审美经验突然喷发，他进入了一种可遇而不可求的创作心态。他觉得自己画了一辈子画，都是在为了创作这幅《擦天的女孩》而做的准备。

梁思酌拿起调色板，眼前闪现出那个失去了阳光的雾霾天。天地间密密麻麻悬浮着带有毒素的微尘颗粒，如同空中的癌细胞。他把灰白黑颜料挤在调色板上，又融进一点鬼魅的紫色，用厚重杂乱的笔触戳涂画布，顿时，疯狂、邪恶、贪婪的雾霾主色调逐渐显现出来。不知为什么，他有些恐慌。这样的色调会不会触犯什么？他是市美协主席，在这座城市的美术界拥有不可撼动的地位。他的作品，哪怕是随便涂抹的，买家也会争破头。会不会因为审美的改变而失去原有的荣耀和利益？他感觉到体内的白血病细胞在骨髓、血液、淋巴中肆无忌惮地冲撞，他几乎要窒息了。他不知道该怎样选择。死神启动了他留存史册的愿望，固有的审美因此而动摇，迫使他做出改变，可是把死神引入他的生命的癌症却把他禁锢在原位。他发疯似的把各种不同的颜料挤在调色板上胡乱搅和。顿时，一片杂乱的色彩在眼前闪动着，他看见了一堆堆有机分子绚丽变幻的颜色反应，那是无与伦比的蛋白质，创造了思想，也创造了审美。当浪漫的幻想与死亡的威胁同时在一个似是而非、摇摆不定的头脑里出现的时候，很容易产生令人晕眩的杂乱。杂乱是癌症的催化剂。癌基因最容易被杂乱的因素所激活。他恍惚听到了癌蛋白强硬的思想表达：现存的利益，不能放弃；未来的辉煌，必须夺取。这是一次非生即死的审美的探索与变革。他的生命和他的审美，同时来到了阴阳接壤的狭隘地带。在这样一个不伦不类的时空里，生命的残辉和死亡的冥色混合在一起，把他未来的希望涂染得半明不昧。他不知道该选择什么样的审美，才能既保住现实，又拥有未来。改变，很可能失去原有的荣耀和利益；不改变，终有一天会被人类艺术的发展趋势所淘汰。他举起调色板，祈祷自己的基因能够编码出一种全新的审美蛋白，这种蛋白所表达的审美理念具有跨时代的特性，让他的艺术生命永葆青春，今天辉煌，明天灿烂，永不没落，永不朽烂。他深吸一口气，定了定神，重新开始调色。依然是灰白黑，只是因为比例不同，变成了和谐的灰、纯净的白、凝练的黑，这样的色调看起来很安全，却让他莫名地产生了一种性冷淡的感觉。他加入了一些红，使得整个色调似乎隐藏着深层的欲望，如同一剂跳动的春药。再次修改，在灰白黑中融入了蓝，平静地涂抹在画布上。蓝色给灰白黑增添了亮度。他模糊了阴影和轮廓线，让雾霾不再那么可怖，变得含蓄、宁静、安稳，透射出希望的光。

在这种蕴含着希望的雾霾中，梁思酌最初看到的那个小女孩不见了，画布上的铃铃不再悲苦无助，她脸上充满了自信，嘻嘻地笑着，立于天地之间，如同拥有神奇法力的小天使，挥挥手就能驱散雾霾，笑一笑就能让阳光洒满人间。雾霾中的铃铃是弱小的，画布上的铃铃是强大的。雾霾中的铃铃是悲苦和不幸的，画布上的铃铃是快乐和幸运的。目睹不幸而描绘美好，这是崇高的思想境界，也是绝妙的审美境界。他得意地欣赏着《擦天的女孩》，仿佛看见了莫奈，站在伦敦的烟雾中，呆望着滑铁卢桥附近如同人类的咽喉般的“病恹恹的烟囱”——莫奈由此而领悟到印象派的真谛，满足地笑了。梁思酌也笑了。他的雾霾比莫奈的雾霾更光明、更积极、更健康。他相信，这种化腐朽为神奇的审美必将转化为战胜癌症的力量。

梁思酌让铃铃来看《擦天的女孩》。“就像镜子里的我。”铃铃说。看了一会儿，她似乎发现了差异，“还是和我不一样，她像大人，我是小孩。”

“你仔细看看。”梁思酌有些失望。

“好像我们俩的心，不一样。”这是铃铃表达不清的一种感觉。

“你再仔细看看。”梁思酌感到郁闷。

“越看越不一样。”铃铃心直口快，“我不喜欢。”

铃铃走后，梁思酌沮丧地陷入了沉思。回想起雾霾中的铃铃，他恍惚看见一只被群狮咬断了脖子的小羚羊，发出哀鸣的惨叫。雾霾中的铃铃与画布上的铃铃如同两个不同的灵魂，一个带着暗影，一个灿亮耀眼。一个真实灵动，一个虚夸呆板。这样的作品怎么能载入史册？屋子里弥漫着亚麻油氧化酸败的气味。身上粘满了黏稠的油彩，如同一层僵死、伪善、呆傻的外壳，把他裹卷得严严实实。他一屁股坐在地上，求助般地望着铃铃。铃铃在画布上看着他笑，好像嘲讽他是个胆小鬼。癌症操纵了审美，而他却充满了惧怕。他缺少的就是追求审美自由的勇气。没有勇气，就没有灵魂。他把刚刚画好的画扯了下来，他要重新开始。不久后，急性淋巴细胞白血病侵入了他的脑室和大脑周围的淋巴。他接受了高渗透放疗。在难以忍受的痛苦中，梁思酌企盼放疗能够把他从固有的审美模式中解救出来。《擦天的女孩》已经融入了他的生命。他只想画好。

五、血循环系统中的病态审美

一个异变的白细胞，白血病细胞，从我的某个基因里爬出来，以几何倍数分裂、增殖，向四面八方弥散，密密麻麻拥堵在我的骨髓、血液、淋巴中——急性淋巴细胞白血病，一种极度凶险的没有肿瘤实体的癌，在摧毁我的身体的同时，也从我的灵魂深处得到了一些根深蒂固的东西。为了淡化恐惧，我尝试用审美的眼光欣赏白血病。实际上，所有的癌症都可以从审美的视角加以欣赏。如果把癌细胞放大1000倍，每一个个体都是美丽的，像水母、海葵、珊瑚，像待放的花、绚丽的菌，像美杜莎纠缠的蛇发，美丽惊艳——在有癌的世界里美与丑的界限会变得模糊不清并最终消失。可惜，癌细胞似乎不喜欢个体的展现，它们具有强烈的群体意识，喜欢聚集，喜欢庞大，喜欢肿胀，喜欢把单体融入群体，凝聚成肿瘤的团队。当单体融入群体之后，单体之美就不复存在了。一个肿瘤的外表，看不到癌细胞的单体的色彩，只有整个肿瘤团队的颜色，或淡黄或暗红，或灰白或深黑。一般来说，不同的肿瘤有不同的颜色，但每一个肿瘤都只有一两种颜色，单一呆板、枯燥乏味。与色彩密不可分的是形状。肿瘤的形状极其荒诞，很少有单一形状，由柱体、锥体、旋转体、截面体拼凑堆积，浸润式的生长方式使得一个肿瘤几乎可以囊括所有的几何形状，既杂乱又蠢笨。一方面是颜色的单一,一方面是形状的杂乱。一方面是失去自我的细胞，一方面是至尊强大的肿瘤。一方面是不循规则的突变基因，一方面是难以治愈的顽疾。数量惊人的癌细胞用群体性的审美表达，在人体内描绘了一幅呆傻无趣的“绝症招贴画”。

“绝症招贴画”。这是一些非主流画家、评论家对我的作品的贬评。此前对这样的非议我根本不屑，贬评说明了妒忌。患了血癌，站在生死线上，回望自己的作品，才发现他们的贬评似乎有些道理：缺少灵气，没有个性和张力，看不到灵魂，造型呆傻，色彩乏味，就像从肿瘤的审美中脱胎出来的。审美是一回事，获奖是另一回事。在全市油画界我是令人羡慕的参展专业户、获奖总冠军。为什么？一个客观原因：符合需要；一个主观原因：固有的创作套路。我的套路契合了历年油画展的“大数据”：大画幅、暖红调、饱满厚重、热烈与激情、视野宽广、故土家园，等等，还有获奖经历、人脉关系，这些囊括了题材、色彩、构图以及“非主体因素”的关键词，合成了一种能大大提高作品参展、获奖概率的套路。即便如此，他们也不应该贬低我，指责我。从一个名不见经传的小画家一步步走到了今天，个中苦楚，只有自己知道。苦从何来？画画的人太多太多，多得泛滥成灾。在所有职业中，画家这个职业门槛最低，不论有没有学历，一张纸、一支笔就能入门。低门槛造成了生存难。几十万、上百万人挤在同一口锅里抢饭吃，生存之难，可想而知。要想活得好，唯一的捷径就是获奖。靠什么获奖？套路。套路决定了获奖，获奖决定了利益。如同公司上市，获奖的画家很容易成为艺术市场上被追捧、炒作的“龙头股”。经过股票式的炒作，作品的销售价格远远大于它的艺术价值，“市盈率”高得离谱。就这样，整个画界泡沫泛起，市场萎缩，倒霉的是那些和中小股民处于同一社会层面的收藏人。比市场萎缩更可怕的是艺术灵魂的萎缩。灵感、灵气、个性、自由精神、探索勇气，全都被模式化、商业化抹除了。我硬着头皮走出国门，在莫奈的故乡举办了一次画展，花了不少钱，期望得到世界的认可。面对纯正的艺术殿堂，金钱的敲门砖作用失灵了。除了几个熟人参加开展仪式，展出期间冷冷清清。我引以为傲的“绝症招贴画”在另一种文化中，甚至还不如大猩猩的涂鸦引人关注。我并不在意。我只需要一个在国外举办的画展，仅此而已。回国之后，这次画展被渲染成了“引起西方油画界强烈反响”的重要画展。“墙内开花墙外香”的自然规律被颠倒了。音乐、舞蹈、影视，甚至相声、小品，当今各类艺术形式走出国门都是如此。在“世界知名油画家”的光环映照下，我恍惚看见特立独行的莫奈用疑惑的眼神看着我，好像我是一个雾霾中人。和当今那些自誉为国际影星、国际导演的人一样，我沉浸在虚幻的荣耀中，以为自己真的就“世界知名”了。

如同基因突变引发癌症，膨胀的荣耀最容易成为权欲的癌基因。我萌发了一个念头：当市美协主席。小小的美协，在体制内属于最微不足道的一个机构。可是画家们却为争夺主席的位置斗得你死我活，犹如争夺一个王位。美协主席掌握着美术资源，这个头衔本身就能把作品价格提高数十倍，甚至数百倍。尤为重要的是，这个职位拥有至高无上的审美权，也就是作品的定价权。我的竞争对手，个个都有足够的作品资源，都有四通八达的门路。为了击败对手，我用自己独特的方式取得了上面的认可。当然，民意测验也是不可忽略的。为了得到一个好口碑，我私下里向会员们承诺：当上主席后，首先打破利益审美的禁锢，清除审美中的非艺术因素，建立个性审美、自由审美的创作环境。这种具有乌托邦特征的审美理想，连我自己都不相信，可是对于那些缺少人脉资源、只能在画板上一个色彩一个色彩地描绘未来的小画家，却具有极大的吸引力。就这样，我赢得了上心，也赢得了民意，如愿以偿地当上了市美协主席、画院院长，成为一名艺术官员。从审美的被主导地位跃升到主导地位后，我很快就陷入了苏珊·桑塔格所描绘的那种“文化分裂”的尴尬境地：“一旦昔日的被压迫集团获得了权力，它就成了一个既得利益集团。”（《疾病的隐喻》）一方面，个性审美、自由审美的乌托邦理想，在死气沉沉的繁琐事务和利益争夺中消耗殆尽，而我却不能丢掉它们，因为这是我的承诺，是我取代前任的“合法”基础，丢掉了承诺就会失去民心，执政的“合法性”就没有了根基；另一方面，为了维护既得利益，又不得不把曾经被自己承诺要抛弃的固有的审美理念偷偷塞进“乌托邦的空壳中”。我似乎沉溺于一种不伦不类的审美修辞学的游戏中。“如果玩游戏只是为了获胜，那么每一次胜利都是一次葬礼。”这个心理学规律恰如我的病理过程。我的骨髓内发生了白细胞分化成熟障碍。似乎为了争夺审美权，白细胞们不等成熟便迫不及待地涌入血液，成为白血病细胞。在它们的挤压下，红系、粒系、巨核系细胞数量急剧减少。整个血循环系统，原本由各种血细胞的个性审美所组成的多元化的审美体系，被白血病细胞唯我独尊的病态审美所取代。我头晕、乏力，鼻腔、口腔、牙龈出血。我的身体对我的职位，越来越力不从心了。我有了危机感。危机感越强烈，审美权就攥得越紧。

在浮躁的时代，总有一些画家愿意以一种自由、平静甚至卑微的心态创作自己喜欢的作品。我讨厌这种人。他们触犯了我的审美原则。我自以为拥有不可触犯的审美权，代表了主流审美的绝对真理，在我的审美之外，一切类型的审美都是庸俗的，都是低级趣味的表象，必须坚决摒弃。我利用自己掌握的参展、评奖等美术资源，严格控制画家的创作活动，给他们布置选题，统一采风写生，也就是说，我不仅要管画家画什么，还要管他们怎么画，迫使他们改变审美倾向，遵循我的审美理念创作“产销对路”的作品。得了癌症，我惊恐地发现，上位前我所做的审美承诺不过是一种肿瘤式的承诺——并非夸张，也不是童话，而是人体的真实。肿瘤向生命承诺，“它将产生一个比其宿主更加完美的生命，具有不死的特性和增殖动力”（《众病之王》），可是“要想让别人相信连它自己也不相信的东西，它显然就不能利用劝说，而只能利用催眠术”(《疾病的隐喻》)。用什么语言催眠？蛋白——在生物学眼中，语言就是蛋白质，任何自以为了不起的思想和语言，都不过是蛋白质这种有机大分子的表达形态，仅此而已。肿瘤分泌出一种淋巴特有的蛋白，涂刷在瘤体外层，拥有了与淋巴组织相似的性状。这种蛋白伪饰就像是一种隐喻修辞，词与物、现象与本质随着癌细胞的不断分裂而分裂，“以至于越走越远，再也找不到物，而现象再也不是本质的再现，而成了一种语言泡沫”。从修辞学的意义上说，癌蛋白“不是用来说明什么的，而是用来掩盖什么的”(《疾病的隐喻》)。肿瘤以此取得了免疫系统的信任。可是一旦变得足够强大，肿瘤就会变本加厉地压榨、掠夺营养资源，让机体病变、衰竭，失去了生命的自由。持续一年的治疗，我的病情时好时坏，反反复复。最初的化疗，很快便显现出奇效，白细胞数量如自由落体一般直线下降，几乎降到零。现代医学在拯救我的同时，也把我推到了生死边缘，有那么几天，化疗的副作用使我命悬一线，处于一种免疫功能丧失、对环境影响毫无抵抗力的状态，即便是一次感冒、一个小炎症都可能要了我的命。我所遭受的折磨，任何语言都无法描述。只要看看我蜡黄的脸、瘦弱的身躯和光秃秃的脑壳，就可以知道我承受了怎样的痛苦。

遇到铃铃之后，我才意识到，审美的癌症比肉体的癌症更可怕。雾霾中的铃铃让我萌发了创作灵感：擦天的女孩。灵感刚一闪现，固有的审美模式便悄无声息地出现在我的调色板上，暖色，明亮，热烈，激情，一股无形的力量按照既定程序操控着所有的色彩搭配，而我的作用只不过是一只机械臂，把颜料涂抹到画板的固定区域。出现在画板上的铃铃，已经不是触动我的灵魂的那个孤单、无助而又倔强，在雾霾中像个可怜的小动物一样挣扎着的铃铃，她更像一个拥有强大力量的天使，仰望天穹，挥挥手就能驱散雾霾恢复蓝天。我终究未能摆脱那种参展、获奖、卖画的基本套路，笔触僵硬，色彩鲜亮，构图呆板，看起来更像一幅平庸媚俗的行画。我灵感的初衷如同染色体易位般地发生了突变。随之而来的是病情的反复。白血病的强大力量在于它的无形。这种没有肿瘤实体的癌，如同一种无形的意识，操控着我的生理变化，也操控着我的审美。它从不与化疗药物直接对抗，而是躲避到我的大脑里。我明辨是非的大脑，竟然昏聩地为癌细胞构筑了一道坚实的“血脑屏障”——通过静脉注射的化疗药物，无论多么强劲，都难以越过这道屏障。癌细胞严密封闭了我的大脑，把我的审美牢牢固定在旧有的模式中。在癌细胞的禁锢下，最奢侈的就是审美的自由。我接受了痛苦的脊髓穿刺，把药物直接注入脊髓液。还有全脑放射，高渗透的X射线直接穿过我的颅骨，以防止白血病细胞在脑中增殖。

经过治疗，病情缓解，我进入了巩固、强化治疗阶段。药量减少，间隔拉长，我可以出院，每周过来化疗一次。我不想出院，血癌在我身体内设置的种种禁忌仍然存在，待在医院里我心里踏实。我的白血病不仅仅是一个疾病的事实，也是疾病的审美和疾病所隐喻的东西。对我来说，治疗审美的癌症，没有比铃铃更好的医生了。诱导、强化、维持、治愈，这些必不可少的化疗程序，同样适用于审美癌症的治疗。我把创作《擦天的女孩》当作对审美癌症的放化疗，我相信，如果我的审美癌症能够治愈，身体的癌症也就治愈了。

我得了白血病，如果还有什么值得庆幸，那就是，白血病是一种文艺癌。在文学艺术中，血癌常常被当作表现人物形象和情感美的载体。与其他癌症不同，血癌不伴有可见的身体变形，也不会带来手术的创伤，它导致的虚弱，反而显现出生命的顽强与活力，这恰恰契合了东方审美的情感特性。正如狄更斯对肺结核的描述：“死亡与生命如此奇特地融合在一起的疾病，以至于死亡获得了生命的光亮与色泽，而生命则染上了抑郁和恐怖……”自从肺结核被医学战胜之后，人们便把“生命的光亮与色泽”移植给了白血病，使它成为文学艺术中多愁善感的女主人公的常见病。《血疑》《泡沫爱情》《蓝色生死恋》……在诸多的影视剧中，白血病是最具煽情性的一种疾病，柔弱美丽的女主若要患上一种致命疾病的话，那一定是白血病——之前是肺结核。东方审美的理想美女，柔弱是最基本的元素。而白血病恰恰能提高这种柔美的意象。女主纯净的心灵净化了疾病，多情的伤感弱化了死亡。这时候，现象便取代了本质，隐喻便主导了事实，可怕的血癌变成了一种罗曼蒂克的疾病，进而拨动心弦，让大众的灵魂战栗。尽管白血病后来逐渐演变成为一种商业化艺术的疾病符号，一种博取票房和收视率的套路，但它毕竟率先摆脱了“绝症招贴画”式的枯燥乏味。

我忽然冒出一个妥协的念头，如果抹除现实主义因素，画一幅具有柔美意象的《擦天的女孩》，突破自我意识中的审美禁锢或许就会容易些。可是“擦天的女孩”不是“文艺癌”的柔美意象，而是冷冰冰的真实。它用一种可见、可触知的形式，显现出人类对环境的悲哀和梦想。在审美层面，柔美意象替代不了冷冰冰的真实。我的血液里布满了癌细胞，每一个癌细胞都是一道不可逾越的审美禁忌。选择柔美意象，和癌细胞达成审美妥协，可是癌症能答应吗？

第七章

一、代谢蜕化的致命作用

唐恒国给铃铃派了件任务：劝劝郭天淳，让他听医生的话，配合治疗。郭天淳不想治疗了。他曾把生命的希望寄托于手术，但瘤体过大，已不适宜手术。医生决定先给他上化疗，等瘤体缩小后再做手术。最终能不能达到预期，谁也不能保证。起初是绝望，绝望激活了幻想。幻想着癌症没有那么狠绝，会给他留下一线生机。他相信了“要与癌症和平共处”的说法。诸如此类的语言，在那些养生保健的讲堂上经常可以听到：不要对抗癌症，对抗会破坏生理机能稳定，引发机体动荡；你不反抗癌症，癌症就会给你活路。诸如此类的感官化语言，由于模棱两可，描述粗糙，逻辑模糊，对绝望中人反而具有很强的蛊惑力。在幻想中，郭天淳向癌症臣服了。臣服，至少能维持身体机能的稳定，只要保持稳定，生命就能延长。“如果不做癌症的‘朋友’，就只能做癌症的僵尸。”他选择了做“朋友”。多活一天是一天，哪怕在这个冷血“朋友”的折磨下痛苦地活着，也好过成为僵尸。他拒绝了化疗，加入了一个另类疗法群体，学会了冥想。在冥想中爬山涉水，奔波于各个系统、器官和组织间，找到所有的细胞家族，有200多种，逐一劝说它们千万不要触犯癌细胞，癌细胞要什么就给它们什么，为了机体稳定的大局，宁可忍饥挨饿，也要满足癌细胞对营养物质的需要。这种癌奴般的“朋友”

式的屈从，并没有换来癌症的怜悯。他日渐消瘦，肝上的肿瘤却脑满肠肥。

唐恒国多次劝说，郭天淳一点儿也听不进去。无奈，只好让铃铃出面。

“我一定能让他好好打化疗。”铃铃自信地说。

“你有什么办法呀？”唐恒国很好奇。

“他要不听话，我就告诉他爸爸。”铃铃严肃地说，“让郭爷爷管着他。”

“哈哈哈哈……”唐恒国笑弯了腰，“好好，就这么办。”他让铃铃把自己编写的《细胞代谢思维导图》带给郭天淳。用童心的纯真和科学的逻辑廓清心念的暗影，这是迷茫中人的唯一出路。

郭天淳正在输营养液，除了营养液他拒绝任何药物治疗。父亲来了。父亲年近八旬，是一位铁艺工匠，人称郭铁艺。他的铁艺生涯始于1958年，当时人们迷上了炼铁炼钢，纷纷把自家的铁锅、铁铲、菜刀、门锁，还有先人的棺材钉扔进土高炉里，炼成铁饼子、铁渣球，后来被丢弃在高炉的废墟里。郭铁艺把它们捡回来，重新锻造成生活用品，偶尔有做得精致好看些的，被左右邻舍视若珍宝地当成了工艺品。那个年代，人们对美的渴望到了饥不择食的程度，使他从铁匠转型到了铁艺。80年代初，他建立了自己的作坊，靠铁艺制品谋生。他一辈子省吃俭用，供儿子上完大学，考上了公务员，当上了市环保局局长。没想到，耄耋之年，他引为自豪的儿子，患了癌症。

“爸——”见父亲来了，郭天淳坐起身，不小心压住输液管，针管回血。

“好好躺着。”郭铁艺给儿子整理好输液管，“你越来越瘦了。”

郭天淳面色憔悴，身体消瘦、乏力，皮肤干燥，肌肉萎缩，食欲不佳。癌细胞超强的代谢能力，过量消耗了营养资源，把他身体正常的生理代谢机能全都搅乱了。他出现了“蛋白质—能量营养不良症”（PEM），也称消瘦症。“医生说正常的病理反应，等输完营养液，就好了。”他宽慰父亲。

“当年我挨饿的时候，也没有你这样瘦。”郭铁艺看着儿子，想起那个没饭吃的岁月，他饿得皮包骨头，铁锤都拿不动了。

“爸，对不起。”

看着父亲沧桑铁锈般的面孔，郭天淳忍不住想哭。父亲年轻时，赶上著名的“三年自然灾害”，长期营养不良，也曾得过消瘦症。他出生时，灾荒已经过去，但父亲依然保持着“舔碗底”的习惯，至今未改。那个时代的饥饿消瘦症，比现在的肿瘤消瘦症要多得多。消瘦症属于代谢病。维持人的正常的生理功能运转，需要足够的蛋白质和热量，如果营养不良，蛋白质和热量不能满足机体需要，必然代谢紊乱，引起消瘦症。父亲的消瘦症打着天灾人祸的烙印，他的消瘦症盖着环境污染的印章，两种不同的原因，在两代人身上产生了相同的病理症状，郭天淳觉得似乎命运也有自己的代谢方式，命运的代谢紊乱了，才会分泌出这样的恶作剧。（由饥饿和疾病引起的消瘦症，虽然都有营养不良的特征，但代谢机理并不完全相同。）

“我这把年纪了，只盼着能治好你的病，别无所求。”

“爸，您放心，我的病一定能治好。”

“嗯，我放心……”

父子俩相互宽慰，但心里都清楚，癌症，尤其是肝癌，绝不是那么容易治愈的。

“郭伯伯好。”铃铃来了，抱着一本大书，“还有郭爷爷好。”她看见了郭铁艺。

“铃铃，你什么时候化疗？”郭天淳问。

“这是唐爷爷给你的。”铃铃板着面孔，一副气哼哼的样子。她把《细胞代谢思维导图》递给郭天淳。这是唐恒国编写的科普讲义。

“铃铃，谁惹你生气了？”郭铁艺问。

“郭爷爷，你要管管你儿子。”铃铃说。

“他……”郭铁艺惊诧地望着铃铃，“他犯错误了吗？”

“他不听唐爷爷的话！”

“呵呵……”郭天淳忍不住笑了。

“不许笑。”铃铃严肃地说，“唐爷爷让我告诉你，你的病，不一定能治好，不治绝对好不了。”

“我知道了。”郭天淳说。

“如果听唐爷爷的话，你的病就能治好。”铃铃说。

“铃铃，他怎么不听唐院长的话了？”郭铁艺问。

“唐爷爷让他化疗，他就是不化疗。”铃铃说。

“你，你放弃治疗了？”郭铁艺问儿子。

“我……”

“你好好看看唐爷爷写的书。”铃铃指着《细胞代谢思维导图》，“唐爷爷说，看了他的书，如果你还不听他的话，他再也不劝你了。”

“我会看的。”郭天淳说。

“郭伯伯，你就听唐爷爷一次话吧。”铃铃语气缓和了，“治不好病，你答应我的事就办不成了。”郭天淳答应过，帮铃铃造一个擦天的机器人。

“铃铃，我会好好治病的。”郭天淳说。

“铃铃，爷爷谢谢你。”郭铁艺感动地说。

郭天淳循着《细胞代谢思维导图》，进入了微妙、神奇的细胞代谢领域。在这里，他看见了发生在细胞内的一系列有序的化学反应，这是生命的最基本的运动形式。任何一种生物，无论多么强大，它的生长、繁殖、保持结构，应对外界环境变化的生命过程，说到底就是一些有机分子的化学反应过程。渺小的有机分子构建了大生命，也构建了大社会。细胞的分子动力机制，浓缩了人类生产活动的全部要素，资源、科技、劳动、分配、消费、热血、汗水与思想，宏大的社会生产活动在小细胞的代谢中显现出它的规律。代谢方式与生产方式有异曲同工之妙。细胞把营养物质转换成生命能量，通过两种代谢方式实现：一种是线粒体（粒状或棒状细胞器）有氧呼吸，一种是糖酵解无氧氧化。正常情况下，细胞只有在缺氧状态下才会使用糖酵解代谢，而癌细胞，即使氧气充足，也会依赖糖酵解。这是癌症的特权。糖酵解是一种原始的代谢方式，能量转化效率很低。当今的高等动物早已进化到有氧氧化代谢，可是癌细胞却抛弃先进，选择落后，与生命文明的进化逆向而行，这是一种生物机能的蜕化，小分子孕育了大倒退——向落后的产能方式倒退，向低劣的生存形态倒退。《细胞代谢思维导图》让郭天淳看到了一幅可怕的景象：数十亿、数百亿的癌细胞，在机体内展开了一场疯狂的代谢方式的大倒退。它们点燃核糖体（细胞内合成蛋白质的场所），冶炼蛋白质，挥霍糖类、脂类，虚耗核糖核酸（RNA），滥用脱氧核糖核酸（DNA），高投入、低产出，这里面没有理性，只有狂妄；没有进化，只有蜕化，在蜕化中衍生出一个“瓦博格效应”——“为什么肿瘤细胞大量消耗葡萄糖却不能高效产能？”1924年，德国生理学家奥托·瓦博格提出的这个疑问，几十年后才找到了答案：为了更多地占有更优质的生命资源。用什么办法占有？蜕化，蜕化，蜕化，尽管蜕化是最糟蹋资源的一种生物运动方式，但癌细胞拥有代谢强度的优势，资源糟蹋得越厉害，就越能够占有更多的优质营养物质，尤其是氨基酸——在细胞质量中，葡萄糖对碳原子的贡献为10%—15%，而氨基酸的贡献可以达到20%—40%。过去肿瘤学界一直以为，癌细胞的组成材料大多来自葡萄糖。麻省理工学院的生物学家最新发现，氨基酸才是癌细胞的最大材料源。原始的糖酵解代谢方式在癌细胞内的复归，说明了人类的机体内有一个规律：蜕化生成病理性特权，倒退产生恶质化利益。从生物进化的意义上来说，癌症就是一种以蜕化为特征的疾病。蜕化是癌症生长、浸润、扩散的能量源泉，蜕化释放的分子能量，足以把人类的生命文明拖拽入万劫不复的绝境。

代谢方式的蜕化具有致命的危险：机体过量消耗，呈现出恶病质（cachexia）状态，直至脏器机能衰竭。此时的郭天淳，身体机能正逐渐向恶病质转化。在癌细胞的掠夺下，正常细胞陷入了饥馑的困境，营养极度匮乏，它们走投无路，启动了“自噬”程序，开始“自己吃自己”了：把自身胞质中的一些可溶性蛋白，甚至细胞器，置入溶酶体的“反应瓶”内，利用其中的水解酶溶解消化，转换为分裂新细胞的能量。这是一幅惨不忍睹的画面，为了生存，为了生命的延续，正常细胞残忍地吃掉了自己身体的一部分。对此，郭天淳百思不得其解：按正常逻辑，癌细胞应该给正常细胞保留适当的营养，只有让宿主活下去它们的营养资源才不至于断供。可是恰恰相反，癌细胞竭泽而渔，大量分泌多种厌食因子（作用于患者的下丘脑），抑制患者食欲。没有头脑的癌细胞，似乎是在故意制造饥饿。联想到自己乏力慵懒、沮丧绝望和心灰意冷的生理、心理状态，郭天淳明白了，癌细胞看似不可理喻，正体现了一种高明的权谋驭术。正常细胞的饥饿，对癌细胞来说是有利的。饥饿能够瓦解免疫的力量，摧垮肌体对抗疾病的斗志，粉碎健康的梦想，削弱向上的意识，从而使癌细胞的代谢能力不断增强，增殖、扩散、转移得更快，肿瘤在身体内的地位就会更加稳固。把制造饥饿看成是癌症深思熟虑的行为，丝毫也不过分。《细胞代谢思维导图》的科学的原理戳穿了那些“和癌症做朋友”之类的感官化口号的欺骗性。癌症根本就不可能与健康的生理机能和平共处。对癌症的顺从，换不来苟延残喘的活路。郭天淳顿时产生了强烈的抗争意识：不消沉，不屈从，坚定信心，鼓舞斗志，只有战胜癌症，生命才会有光明的未来。

二、伪装的毒与化了装的药

铃铃开始化疗了。手术很彻底，但不能说明癌症已经根治。铃铃肺叶上的肿瘤至少聚集了20亿个癌细胞，要把20亿个癌细胞一个不漏地彻底清除，难度之大，可想而知。也许手术之前已经有癌细胞从最初生长的地方游移了，也许手术中已经发生了癌细胞“种植”转移——再漂亮的歼灭战也会有漏网之鱼。残存的癌细胞也许正在微血管内游动，也许已经在某个器官组织内建立了新的根据地，可是要从组成铃铃身体的几十万亿个细胞中找到残存的癌细胞——它们的大小只有几十微米——无异于大海捞针。

唐恒国给铃铃上了化疗，用化学药物灭杀可能残留的癌细胞。“与癌症战斗，比做任何事情都要有忧患意识、危机意识。”他说。

铃铃躺在病床上。床头挂着吊瓶。吊瓶里装着药液。输液器在药液和静脉之间建立起一条物理通道。吊瓶里的药液顺着软管流入滴斗，一滴一滴，犹如滴水泉，当滴斗水柱压力大于静脉压时，药液便穿越针头进入铃铃的静脉。铃铃眼睛盯着滴斗，问妈妈："这里面是什么药呀？"

"是顺铂。"李嘉怡坐在床边。

"打了顺铂，我能好了吧？"

"能，能……"

"顺铂是谁发明的？"

"是一位意大利的化学家。"

"这位化学家一定很懂阴阳五行。"

"你怎么知道的？"

"雅萱阿姨说，所有的科学发明都离不开阴阳五行。"

"睡吧，睡吧……"李嘉怡摸摸铃铃的头，"睡醒了，药就打完了。"

铃铃一滴滴数着滴落的药液，李嘉怡陪着女儿数，数着数着，铃铃睡着了，睡着了的铃铃脸上带着笑，李嘉怡心里一阵阵揪心的痛。她想起了一句关于化疗的名言：每一种药都是伪装的毒，每一种毒都可能是化了装的药。瓶子里的滴液让她感到害怕。这些滴液能救铃铃的命，也能要铃铃的命。如同人心，既能释放无限光明，也能制造无边黑暗。她见过不少化疗病人，恶心呕吐、掉头发、吃不下饭、口干舌燥、弱不禁风、内分泌失调、免疫功能下降……铃铃只有 6 岁，能受得了吗？即便痊愈出院，能彻底摆脱癌症吗？同病房的老奶奶，肺癌治愈 10 年了，还是复发了，她说人只要患了癌症，就要准备和癌症抗争一辈子，时缓时急的生命保卫战再也难以止息。这话听得心寒。铃铃能平平安安度过这一辈子吗？李嘉怡麻木地数着滴液，泪水涌出了眼眶。

滴入铃铃体内的化疗药物有两种：顺铂和培美曲塞。唐恒国亲自开的处方。顺铂是当今抗癌药物的绝对主力——在人类 4000 年的抗癌史中，主力药物不断变换，昨天是螃蟹眼（古代西方流行的抗癌药），今天是顺铂。即使后来居上的靶向药物在一些癌症的治疗上显示出了惊人的疗效，顺铂的抗癌主力地位依然不可撼动。

一个疗程没做完，副作用就在铃铃身上显现出来了。先是恶心、呕吐。嘴里苦苦的，胃里翻滚着，什么东西也不想吃，水也喝不进去，感觉随时都会吐。化疗开始之前，尤纪良特意为她制定了化疗食谱。他绞尽脑汁把饭菜做成了童话故事，用食材的搭配和摆盘造型，组合成《好饿的毛毛虫》的绘本故事：从星期一到星期天，毛毛虫吃了 7 样东西。“星期一”毛毛虫“啃穿了一个苹果”。毛毛虫的身子是用牛肉、鸡肉、鱼片、蔬菜拼接起来的，毛毛虫的头是一个西红柿汁小馒头，苹果是一个苹果造型的水果派——铃铃开心地吃了起来。吃了没几口，一阵恶心，全都吐出来了。美丽的童话未能化解化疗药物对铃铃肠胃的刺激。铃铃很坚强，不哭不闹，即使吐，也强忍着吃。医生用止吐剂减轻了她的呕吐反应。毛毛虫吃了 7 样东西长大了，一个疗程也结束了。

第二个疗程开始后，一觉醒来，枕头上全是头发。铃铃伤心地一根根捡起头发，有一大把，都是从毛囊根部脱落下来的。毛囊细胞，一种成体干细胞，有强大的自我更新和增殖能力，具有多种分化潜能，能够生成上皮细胞等其他高分化细胞。这些类似癌细胞的特性，使毛囊细胞更容易遭受化疗药误击。本来铃铃的头发细滑柔顺，亮亮的，每一根发丝都闪着灵气。掉下来的头发失去了光泽，干枯毛糙，微微有些灰白，好像变得很失落。铃铃攥着头发，一根根数着，数到 100 还没有数完，她忍不住哭喊起来：“我不想掉头发，不想掉……”

“把头发剃光吧。”李嘉怡说，“剃光了就不会掉了。”

“会不会很难看呀？”铃铃说。

“医院里那些剃了光头的小朋友，你觉得他们难看吗？”

“不难看。”铃铃说，“我觉得他们勇敢。”

“等化疗完了，铃铃就会长出新头发，比原来的还好看。”李嘉怡说。

铃铃化疗的时候，郭天淳也接受了化疗。化疗之前，他特意问过唐恒国：“我的病，治愈的几率有多少？”

“没有任何一个医生敢打包票治愈癌症，但是不治疗，绝对好不了。”唐恒国没有直接回答，“我们一定会尽全力的。”

“铃铃也跟我说过这样的话。”郭天淳坦然地说，“无论结果如何，我都会积极面对。”摆脱了“癌奴”意识，他好像获得了重生。他和癌症的抗争，不再是为了求活命了，有了尊严的诉求，活命固然重要，有灵魂地活着更重要。即便机体失去了健康，也要保持灵魂的健康。

郭天淳的转变让唐恒国感到欣慰。在癌症中，这样的觉醒实属不易。为了增强郭天淳的心理承受力，唐恒国给他讲了化疗可能出现的问题。他借用美国化疗师威廉·沃格洛姆的话说：“没经过化学和药学训练的人，可能不会意识到治疗癌症有多难。”化疗难就难在，癌细胞始终保持着某些来源细胞的印记。癌细胞高速增殖，不停分裂，化疗药物正是根据这些特性来识别、攻击癌细胞的。不幸的是，人体内许多正常细胞和癌细胞具有相似的特性，所以很容易成为癌细胞的替罪羊，受到化疗药物攻击。杀敌一万自损八千，对此，顺铂无奈，奥沙利铂无奈，烷化剂和抗代谢等所有类型的化疗药物全都无奈。“能不能战胜癌症，很大程度取决于患者对化疗副作用的承受力。”唐恒国鼓励郭天淳。

“化疗就像一场求生的变革，具有两面性，绝处逢生的一面和不可救药的一面。绝处逢生说明命不该绝，不可救药应该坦然面对。”对于化疗的副作用，郭天淳有自己的理解。

第一天化疗，郭铁艺来了。他打开一个绒布盒，取出一件铁艺人物雕塑：一个被坚硬的钢铁赋予了柔软身姿的小女孩，身体略微弯曲，神情里流露着期盼，倔强地仰望天穹，似乎在抗拒着来自上天的重压。造型简约，光泽黝亮，有天使的光辉，也有卖火柴的小女孩的暗影。

“《擦天的女孩》！”郭天淳惊叫，“这够得上一件艺术精品了。”

“铃铃这孩子，给了我灵感。”郭铁艺干了半个多世纪的行活工匠，竟然因为一个小女孩，迈出了艺术创作的第一步。

“爸，您这是人生的大转折呀。”郭天淳笑着说，“您一定会大器晚成，成为艺术家。”

“我专门给铃铃做的。我要感谢她对我儿子的开导。”

“铃铃一定会喜欢。”

“我喜欢，我喜欢。”铃铃爱不释手地捧着自己的塑像，“这是我呀，和我一样一样的。”她对梁思酌说。

梁思酌也是来看铃铃的。“这是哪位大师的作品？”他接过塑像，仔仔细细地端详着，“一件了不起的艺术精品。”

“哪有什么大师呀，是我做的，我就是个打铁的。”郭铁艺说。

“精品，精品。”梁思酌赞不绝口，“您是怎么构思的？”

“没有什么构思，心里怎么想，就怎么做。”郭铁艺说。

“心里怎么想，就怎么做……”梁思酌感慨地说，“道理人人都懂，可是有几个艺术家，能够真正做到？”他注意到了塑像对暗影的表现，这正是他画不好铃铃的原因，不是因为技法，而是一些“非主体因素”的影响。

“郭爷爷是艺术家。”铃铃说。

“当之无愧的艺术家。”梁思酌感慨道。

“艺术家不敢当，艺术创作，我要继续下去。”郭铁艺开心地说。干了半个多世纪的行活工匠，因为一个小女孩，迈出了艺术创作的第一步，他忽然觉得自己有了新的人生追求。

三、虚幻的生命救星

比癌症更痛苦的是癌症的治疗。两个疗程后，铃铃的白细胞（WBC）减少到2000多，而正常人的白细胞是4000—10000。铃铃头晕、乏力，四肢酸软，口腔黏膜溃烂，已经用上了“增白针”。这种增升白细胞的针剂，又称粒细胞（白细胞的一种）集落刺激因子，能够促进造血干细胞向中性粒细胞增殖、分化。“增白针”减轻了化疗的副作用，同时也带来了新的副作用：皮疹、头痛、胸痛、腰痛、骨痛、低热，造成转氨酶升高、消化道不适及肝功能损害。让所有的治疗手段都转化为对人体的伤害，让所有捍卫生命的力量都去毁损生命，这正是癌症的高明之处。要么受癌症的折磨，要么受癌症治疗的折磨，癌症把癌症的治疗推入了一种两难的绝境。癌症的折磨，抗癌药物的副作用的折磨，一种副作用叠加另一种副作用的折磨，在这样的局势中，是与非、正与邪的疆界被打破，似乎人世间的一切都变得混乱不堪。6岁的铃铃承受着成年人也难以承受的痛苦。她的小圆脸变得尖长了，体重从20公斤减到11公斤。蜷缩着身子，蔫蔫地躺在病床上。“我好难受。”铃铃少气无力地说，“我不想化疗了。”

女儿的痛苦在母亲心中被放大了100倍，李嘉怡心疼得浑身发抖。她觉得自己就要活不下去了。她不忍心再让铃铃受罪了：有没有一种替代化疗的办法？她在癌友中打听，听到了许多另类疗法治愈癌症的神奇传说。在医院花园，一些被判了“死刑”的病人和他们的亲属，每天都会聚在一起，相互交流着各种各样的抗癌奇迹，大都是“神医模式”的道听途说的传闻。他们还有一个“神医门”微信群。对于走投无路的人来说，听神话传说能够得到短暂的慰藉。李嘉怡偶尔也会过去听听，之前并不怎么相信，此刻，面对铃铃难以化解的痛苦，所有的传说都变成了真实的希望。

在传说的引导下，李嘉怡来到“癌症街”。环绕肿瘤医院的几条街道被人们统称为“癌症街”，商铺一家挨着一家，所有的经营项目都以癌症为赢利点。十几家癌症诊所，拾遗补缺，给相信另类疗法的癌症病人做一些辅助治疗。其中名气最大的是德医双馨诊所。诊所主任华阙，传说现已发现的上百种的人类癌症，几乎都被他治愈过。

走进诊室，李嘉怡顿时惊呆了。满墙的锦旗闪着神医的光芒：济世良医，妙手回春，华佗再世，扁鹊复生，药到病除，悬壶济世，杏林春暖，大医精诚，功同良相……自古以来所有赞美医术医德的经典词汇，在这里几乎都可以见到。墙上还挂着经络图和阴阳五行图，诊台上摆放着《黄帝内经》。奇怪的是，诊所里冷冷清清，没有病人，只有一个医生悠闲地坐着。

“您是华神医吗？”李嘉怡问。

“华主任出诊了，肿瘤医院请他去会诊。我是他的学生。”医生说，“您要看病……”

“我女儿得了肺癌，正在化疗。”李嘉怡说，“我想问一下，有没有办法减轻化疗的副作用。”

“减轻化疗的副作用，最好的办法是不化疗。”

“您是说，不做化疗了？”

“立刻停下来。”医生斩钉截铁地说，“化疗不仅毒害人体，还会刺激癌细胞，加快肿瘤转移扩散。”

“可是……”

“你应该相信中医，没有西医，中医也能治好癌症。”

“您也能治好癌症？”

“我治好的癌症，不止一例两例。”医生讲故事般地给李嘉怡讲了许多他治愈癌症的病例，“即使我治不好，还有我的老师，没有他治不好的癌症。”

正说着，华阙回来了。50 多岁的人，头顶秃了一半，身形疲惫，神色沉重，带着忧伤。

“您是华神医？”李嘉怡问。

“我不是神医。”华阙阴沉着脸，吩咐学生，“关门，不接诊了。”

“华神医，我女儿……”李嘉怡说。

“我不是神医！”华阙吼起来，“停诊了，谁的病也不看。”

“您什么时候接诊？”李嘉怡着急地问。

“永远也不接诊。”华阙冷冷地说。

“老师，为什么？”学生问。

华阙没有回答，盯着墙上的锦旗看了好半天。突然，他发疯似的把墙上的锦旗一面面全都扯了下来。“华佗，扁鹊……”他边扯边喊，把锦旗扔在地上，一脚一脚地踩着，“妙手回春，药到病除……”

“老师……”学生不知所措。

“也许这就是神医的性格。”李嘉怡猜想，“难怪他什么癌症都能治。”她悄悄离去，想等神医心情好了，带铃铃一起来。

几天后，铃铃的难受减轻了，李嘉怡带她出来散步。遇到一堆交流抗癌神话的人，李嘉怡立刻被吸引过去。他们的神医传说里总有一个千篇一律的情节：每当一位接受西医治疗的人在临近死亡的最后关头，都会有一个神医从天而降，妙手回春，让患者恢复健康……

这个类似刑场上的“圣旨到”的情节，在某种特殊的文化语境中，令人百听不厌。每当一个故事讲完，一位名叫王红道的花甲老男人，他是“神医门”的群主，就会用那个特定年代的“控诉式”的语言，揭露西医西药的罪行：治标不治本，花钱多副作用大，把病人当成小白鼠，越治病越重……他面色憔悴、目光暗淡，说话时挂在腮帮子上的松弛的皱纹不停地晃动着，如同游移的信仰。“中国人如果信西方的医，就是数典忘祖。”他眯缝着浑浊的小眼，义愤填膺地揭露着西医谋财害命的阴谋。铃铃不喜欢这个人。他得了食道癌，被江湖郎中耽搁到晚期，吃饭喝水都困难，被逼无奈来到了医院。经过化疗，肿瘤缩小，病情大有好转。他不知感恩，反而抱怨西医害了他，经常找医生、护士吵闹。连他的家人也说他精神不正常。任何事物，只要让他受益获利，他都要攻击；只要让他受苦受难，他都要歌颂。“一个老变态。”铃铃悄声说。这句话，她是听尤纪良说的。她对这些人的神话故事毫无兴趣，自己跑到一边玩去了。

铃铃看见花园草坪的一棵大树下，孤零零坐着一个人。他脸上密密麻麻的皱纹就像一幅经络图。双手抱着脑袋，似乎不好意思让人看见他的秃顶。他目光呆滞，犹如失去了灵魂。见他可怜的样子，铃铃就想安慰他。

“你是新来的吧？”铃铃问。

“刚来了半天。”他说。

“你好像很害怕。”

“有一点儿害怕。”

“我刚来的时候，也很害怕。”铃铃说，“过两天就不怕了。”

“哦。”他好奇地望着眼前这个小女孩。

“得了癌症，大人比小孩更害怕。”

“为什么？”

“因为大人比小孩懂得多。”

“有道理。”

“你是什么癌？”

“脑癌。”

“我是肺癌。”

“我已经晚期了。”

“晚期也不怕。”铃铃被化疗折磨得身体虚弱，声音很小，说出来的道理却很强大，“唐爷爷说，得了癌症不能害怕，只要勇敢，就能治好。”

“谢谢你。”他呆滞的眼神闪现出亮光。

“铃铃，该回病房了。”李嘉怡从远处走来，她认出了和铃铃说话的人，“华神医，是您，您又来参加会诊了？”刚刚还有人在讲华神医的治癌传奇，她正想着带铃铃去他的诊所。

“我……”华阙说，“我来住院了。”

“住院？”李嘉怡以为自己听错了，“您怎么会住院呢？”

“爷爷得了脑癌。”铃铃说。

“可是……”李嘉怡说，“大家都说您是神医呀。”

“神医是什么？”华阙神情严肃地说，“一个虚幻的生命救星，一种征服人心的权谋，人世间最不可以相信的就是神医。”

“可是……您诊所里有那么多锦旗……”

“凡是挂锦旗的，凡是说自己是华佗再世、扁鹊重生的，有一个算一个，都是忽悠人的。”华阙的声音里充满了恨意，听起来像是在指责别人。

四、站在幻想的巅峰上

我，华阙，代表历代中医，代表《黄帝内经》和《神农本草经》，代表阴阳五行文化，同时也代表西医，向整个人类宣告：癌症的末日到了。在人类的疾病史上，有过许多古老的恶疾，天花、流感、黑死病、疟疾、霍乱，它们曾经摧垮过王朝，灭绝过文明，最终都被人类医学打败了，如今只剩下癌症，一个4000年（从古埃及文字记载以来）高龄的老恶魔，虽然它没有参与过对人类种族灭绝般的杀戮，却称得上恶疾中的恶疾。它用改变基因的方式，长久地折磨着人类。改变基因，就是改变物种性状，从生命文明的根基上取缔人类。是我，挺身而出，终结了癌症的恶行，挽救了整个人类。

这并非痴人说梦。锦旗可以见证。我诊所里的墙上挂满了锦旗，每一面锦旗都代表了一个被我从阴阳界碑前挽救回来的患者。任何癌症病人，即便被西医宣判了死刑，被手术、化疗、放疗折磨得奄奄一息，甚至连最前沿的靶向药物都无能为力的人，只要经过我的治疗，都能够活蹦乱跳地回到正常的生活中。我治愈过肝胆肺胃肠肾的癌，治愈过淋巴食管胰腺膀胱乳腺子宫的癌，还有白血病和黑色素瘤，现已发现的上百种的人类癌症，我全都能治。从此以后，手术、化疗、放疗、靶向药物、免疫疗法、基因编辑，一切医疗手段，临床现有的或正在研发的，都可以从抗癌战线隐退了。我自豪地望着墙上的锦旗，锦旗显现出一座巅峰，人类抗癌史和肿瘤医学的巅峰，而我就站在这座巅峰之上。

把我推向巅峰的是中医秘籍宝典《黄帝内经》。把这部人人皆知的古老医书称为秘籍，绝不过分。它的字里行间，隐藏着一套从病因病机分析到诊断治疗的抗癌密码。仅癌症这个名称，就有许多代码：昔瘤、筋瘤、肠覃、石瘕、痈疽。癌症是基因病，基因也有代码：真气。“真气者，所受于天，与谷气并而充身者也。”真气有三个特性——先天性、物质性、遗传性：“先天天癸始父母，后天精血水谷生。”（《医宗金鉴》）现代生物学认为，基因是遗传物质，储存遗传信息，指导蛋白质合成，精确复制自己。可见，真气与基因的特性完全一致。在所有的代码之上，还有一个“源代码”：阴阳五行。阴阳五行构架了《内经》独特的医学体系。这个体系，超越时空，隐含着现代医学全部的重大发现。“万物负阴而抱阳。”阴阳存在于万事万物之中。天地有阴阳，昼为阳夜为阴，日为阳月为阴。人体有阴阳，气为阳血为阴，六腑为阳五脏为阴。人体是个小宇宙，细胞也是小宇宙，同样有阴阳之分。红细胞为阳，白细胞为阴；精子细胞为阳，卵子细胞为阴；细胞分裂为阳，细胞凋亡为阴。细胞的所有构件，细胞核、线粒体、内质网、核糖体、细胞膜、细胞骨架，全都有自己的阴阳属性。即使深入到基因，在生命的本质中，依然可以看到阴阳规律的运行轨迹：DNA（脱氧核糖核酸）为阳，RNA（核糖核酸）为阴；核苷酸为阳，氨基酸为阴；核糖体为阳，蛋白质为阴。1665年英国科学家罗伯特·胡克发现了细胞，300多年来西方科学家对细胞的研究已经精细到了分子水平，却始终未能领悟阴阳之道的奥妙，分子生物学缺少了东方的灵魂，所以面对细胞的癌变，西医至今无可奈何——除了切除肿瘤、杀灭癌细胞之外别无他法。而我，循经络，走穴道，潜入细胞，环绕染色体，察阴阳，辨五行，终于找到了阴阳五行在基因复制和细胞分裂过程中的运动轨迹，弥补了细胞生物学的缺陷。

对于癌症的治疗，《内经》有一个核心程序：“谨察阴阳所在而调之，以平为期。”这句话破译出来，就是对癌症不能只求灭杀，要通过调节阴阳平衡，实现突变基因的自我修复。以平为期，四个字包含了一切——统一、对立、互化，疏通、顺应、条达，以正化邪，留人存正，恢复机理自稳态，这是癌症治疗的最高境界。从《内经》开始，2000多年来，历朝历代的老中医，研究了成千上万的抗癌疗法，有祖传秘方、老汤老药，还有针灸、拔火罐、刮痧、气功，扶正祛邪，理气活血，温经消积，除湿清热，散坚化瘀，但万变不离其宗：调节阴阳，以平为期。在《内经》密码引领下，顺着岐黄古道医风，顺着周而复始的阴阳轮回和五行相生相克的循环，顺着五官七窍的朝向，顺着十二经络、奇经八脉和五脏六腑的网络连接，我从浩瀚的古代医典中找到了大量的癌症方，筛选整理，另行配伍出能够让癌变基因恢复原状的方剂——“阴阳平衡基因修复抗癌方”。“国际抗癌新疗法合作组织”为我颁发了证书，证明我为攻克癌症开辟了一条新路。如果诺贝尔奖是公平的，相信早晚我也会成为得主。

《内经》说，大医治国。什么是大医？坚持阴阳自信、经络自信、本草自信的医，坚守“精光之道，大圣之业”(《内经》) 的医。正因为有这样的坚持、坚守，我才能够破译《内经》密码，攻克癌症。遗憾的是，虽然我几乎能治愈所有的癌，但有一种癌我却无能为力，那就是我自己的癌：脑胶质瘤。最先的症状是耳鸣、晕眩，后来呕吐、面部肌肉麻痹、肢体震颤，再后来阵发性头痛、吞咽困难，视力减退，出现叠影。凭借多年与癌症打交道的经验，我怀疑脑子里长了东西。我没有找中医望闻问切，望闻问切根本不可能对体内肿瘤做出直接准确的诊断。我做了核磁共振。影像图片上清晰地显现出，我的左脑前额叶皮层部位长了一个鸡蛋大小的肿瘤。

在中国，脑癌的发病率、死亡率排名第九。这不算可怕，可怕的是45岁至64岁年龄段的脑癌病人存活率只有16%，而我恰恰就处在这个年龄段。我惶恐不安，神医的自信动摇了。我面临着生与死的选择：接受中医治疗，还是西医治疗？此前我一直告诉病人，西医治癌症三种主要手段——手术、化疗、放疗，存在着“三高一低”的缺陷——复发性高、死亡率高、费用高，治愈率低，只有中医标本兼治，才能从根本上治愈癌症。可是癌症长到自己身上，我却六神无主，恍惚觉得脑瘤像个小怪物，在我的脑回沟上蹦跳踩踏，似乎要毁掉我大脑的记忆、判断、分析、思考和操作功能。一阵剧烈疼痛，墙面上所有的锦旗上都出现了两个大字：梦幻。有时候，只有当你看清了梦幻，才能从梦幻中清醒。什么药到病除妙手回春，什么华佗再世扁鹊复生，我其实从来没有治愈过一个癌症病人，一切都是我用美丽的幻想编织的荣耀。

编织荣耀，从虚夸开始。一般来说癌症病人身体都比较虚弱，只要在药方中加入补气血的药物，短时间内会让病人感觉有了精神。凡是感觉到精神好些了的病人，都被我归于治愈之列。为了给虚夸奠定坚实的基础，我杜撰了一串串治愈癌症的故事，病人有名有姓，治疗过程详尽细致——我从来不使用数据，数据容易露出马脚。我把杜撰的故事讲给病人听。讲故事是取得信任的最有效方法。我所知道的神医，都是从讲故事开始的。患绝症的人特别容易相信神医的故事。我的故事在患者间口口相传，越传越广，越传越神，头上就有了光环。光环引来了锦旗。癌症病人最懂得感恩，病情略有好转，就会送锦旗。我墙上的锦旗一部分来自病人，一部分是我托人制作的。锦旗具有耀目的特性，是征服人心的最有效手段，连我自己也产生了幻觉，以为真的就治好过那么多的癌症病人。坦白地说，给我送过锦旗的病人，没有一个还活着。

任何神医，无论多么传奇，都离不开《内经》。没有《内经》，神医就少了灵魂。《内经》开创的阴阳医学、五行医学，是中医防癌抗癌的理论基础。在文化渊源的作用下，阴阳五行对中国人有一种天然的亲和力，凡事只要和阴阳五行挂上钩，人们就不会怀疑。信息时代，古老的阴阳学说如果不能与现代肿瘤学对接，就难以赢得人心。对接并不难，阴阳五行具有包容万事万物的博大胸怀，大到天体宇宙，小到细胞基因，全都能与之对接在一起。每逢给患者讲癌症，我都会用阴阳学说解释原癌基因和抑癌基因。这两种基因的突变存在于所有的癌症中。原癌基因促进细胞分裂——升发为阳；抑癌基因控制细胞分裂周期——抑制为阴。它们相辅相成，共同调节细胞生长、增殖和凋亡的动态平衡。在外源性致癌物质（所有的致癌物质都有阴阳之分）的刺激下，原癌基因被激活，也就是阳盛突变；抑癌基因被灭活，也就是阴虚突变，细胞分裂就会失去控制，癌症由此而生。阴阳盛衰与癌症病理就这样天衣无缝地套接起来。在诸如此类的套接中，我恍惚看见细胞内的各种有机大分子、小分子，那些生命的基本物质，向四面八方散射出阴阳文化的灿烂光辉，光照寰宇。通过古老文化与现代生物学的套接，我发明了“阴阳平衡基因修复抗癌方”。我经常想象着这种抗癌方的奇效：基因突变恢复了正常，断裂、移位的染色体得以还原，无限分裂的癌变细胞能够自然凋亡了。过度的想象容易产生幻觉。我似乎觉得这些画面是从电子显微镜里观察到的真实。幻觉中的创新成果，得到了“国际抗癌新疗法合作组织”的认可，他们给我颁发了证书。这是一个有名无实的学术团体，由几位名不见经传的小专家发起，搞了一次很夸张的会议，自以为能够影响国际肿瘤学界，到头来谁也没有把他们当回事。我交了会费，获得了证书。我的神医幻觉一直持续到脑子里长了肿瘤，才如梦方醒，懊悔不迭。

我知道，中医救不了我，西医也未必救得了我。我恍惚来到阴阳界碑前，看到了一大群人，面带病容，愁眉不展，忧虑重重，他们已经越过了生死线，再也回不来了，其中就有被我推过去的人。一个治癌人，变成了癌症推手。在生命结束之前，我只想告诉世人：迄今为止，没有任何一种中医治疗方法能够独自、彻底治愈癌症——至少在我这里没有，一例也没有。翻开一部中医史，从《内经》问世开始，2000 年来，凡是号称为华佗转世、扁鹊再生的，凡是自称有祖传秘方、来自御医家族的，凡是宣称治疗癌症取得“突破性进展”的，凡是用气功、意念、诵经和蜂毒、火疗、拔罐、扎针、放血等江湖疗法治疗癌症的，诸如此类的人，有一个算一个，不是骗子就是牛皮大王。还有各种“死不休”的惊人之语：手术和放化疗只能加速癌细胞扩散，西医头痛医头脚痛医脚，要与癌症和平共处，饿死癌细胞，吃这个可以防癌吃那个可以抗癌，诸如此类的话，有一句算一句，不是虚言妄语就是心怀叵测。

就要离开人世了。我恋恋不舍，舍不得阴阳，舍不得五行，舍不得经络。仰望三张“圣图”，我看见两条黑白小鱼，携着金木水火土，在人体内铺展开十二经络、奇经八脉，如同网络把五脏六腑、四肢百骸、皮肉筋脉、七窍二阴全都连成了一个整体。经络真是个奇妙的东西，说它存在，西医的手术刀把人体从表皮到内脏、血脉，一层层、一件件翻了无数遍，连细胞、基因都用电子显微镜找了一个遍，至今没有发现它的踪影；说它不存在，中医却能把它描绘成图，用来诊病治病，千年不变。“视之不见，名曰微；听之不闻，名曰希；搏之不得，名曰夷……”《道德经》说，看它看不见，把它叫作微；听它听不到，把它叫作希；摸它摸不到，把它叫作夷。经络的真实存在，或许就在道中。

我舍不得灵芝、党参、黄芪，舍不得仙鹤草、红豆杉、冬虫夏草，舍不得牛黄、蟾蜍、全蝎、鳖甲……扶正祛邪的，散坚消积的，解毒化瘀的，理气活血的，古老的抗癌药有数百种之多，全都存在我的药柜里，弥散着浓浓的中药味，我能从中辨别出每一味药的气味。中药是冒死尝出来的。从神农尝百草日遇七十二毒开始，数千年的医家、患者以身试药，无数人为此而付出了生命，终于从大自然中找到了它们。经过刀切、碾轧，水里泡，锅中煎，火上焙，它们变成了丹丸膏散汤，自以为是济世救人的灵丹妙药，却有时灵有时不灵，有人管用有人不管用。它们在黑暗中摸索，跌跌撞撞地走过了几千年，终于遇到了化学，老瞳孔在夜间扩大了，黑暗中看清了自己的分子结构。灵魂在混沌中清醒，辨别方向是多么地不容易。

我更舍不得我的前辈。前辈们聚集在岐黄杏林，有扁鹊、华佗、张仲景、孙思邈、李时珍，有金元四大家、明清四大家，还有伤寒、温病、千金、局方、温补、攻邪、火神七大门派，他们代表了医术，也代表了医德。

似乎预见到子孙后辈的医者在某一个历史时段要出点医德上的小问题，百岁老药王孙思邈在天地间写下了四个大字：大医精诚。

五、只有一个原罪

华阙就要做手术了。切除脑肿瘤在所有的癌症手术中难度最大。癌组织与脑组织间边界模糊，要么伤及脑神经，要么残留癌细胞，在这里，“分寸”的艺术失去了魅力，不偏不倚、无过无不及的中庸之道变成了毫无意义的空谈。华阙很清楚可能出现的肢体麻木、运动不便、语言障碍、记忆减退、情绪混乱之类的后遗症。手术前他想见见唐恒国。肿瘤学两大医种，他认为自己是中医的代表，唐恒国是西医的权威，他有许多话要对唐恒国说。在“癌症街”的一个小茶馆里，这两个医者，也是患者，一个脑癌，一个前列腺癌，面对面地坐在一起，一场中医和西医的对话就这样开始了。

华阙：我不是骗子。

唐恒国：我了解过你，你是一个医德高尚的人，用自己的钱，帮助过许多贫困患者。你所做的一切，都是为了中医的复兴。

华阙：我为中医而自豪，但绝不否定西医。中医西医各有所长。中医简约到经书，西医复杂到学科；中医无形于经络，西医有形于肌体；中医抽象在阴阳，西医具象在解剖；中医宏观至宇宙，西医微观至基因……

唐恒国：中医西医千差万别，根却连在一起，源于巫术。对抗癌症，它们曾经走过同一条路。17 世纪前，西方的药铺里摆满了令人眼花缭乱的抗癌药，有狐狸肺、山羊粪、乌鸦脚、乌龟肝、螃蟹眼、野猪牙，体现了以毒攻毒、以恶制恶的勇猛精神。一部《1618 年伦敦药典》，晚于《本草纲目》15 年，记载了各种奇异药物：胆汁、血、爪、鸡冠、羽毛、毛皮、毛发、蝎子、蛇皮、蜘蛛网、地鳖，各种各样的动物药、植物药、矿物药无奇不有。

这部令人叹为观止的西方药典，如同《神农本草经》和《本草纲目》的翻版。

华阙：伦敦“老药典”和中华“老本草”，药虽相似，但配制理念不同，用药文化不同，疗效也就不同。古典西医的抗癌药，制作简单，用药直接，寄希望于以恶制恶的某种意象，所以药效难以发挥，甚至适得其反。反观中医药学，背靠博大精深的东方文化，方剂配伍分君臣佐使，讲究四气五味六陈七情、十八反十九畏，药性搭配精细严谨，无论清热解毒还是活血化瘀，解表温里还是攻下理气，平肝息风还是重镇安神，全都遵循阴阳和合、五行生克的原理，如此配制而成的方剂是有思想有文化有灵魂的方剂，药效发挥以一当十。可见，中华“老本草”远胜于伦敦“老药典”。

唐恒国：在现代抗癌临床，“老药典”早已失去了作用，孤零零地待在藏书馆里，而中医的“老本草”依然在抗癌第一线奋力搏杀。中医西医同宗同源，即便同一个祖先，后世子孙也有不同的信仰选择。西医接纳了人类经典科学的所有成果，选择现代医学之路。而中医，始终坚守着《内经》的基本理论，坚韧不拔地沿着传统之路前行。

华阙：西医大逆，数典忘祖，抛弃了魔法、占星术和老药典，把解剖生理学、组织胚胎学、生物化学和分子生物学混杂起来，变得面目全非。中医厚道，恪守祖训，一代一代传承下来，有发展，有进步，却始终坚持藏象生理学、经络腧穴学的古老传统，始终没有背弃阴阳五行文化这面光辉的旗帜。

唐恒国：中医不是没有糟粕。就连伟大的《本草纲目》，也免不了有一些荒诞不经的东西，捆猪绳烧灰泡水治小儿惊风，上吊绳的灰水治卒发癫狂，洗裹脚布的水治伤寒温热，洗内裤的水治伤寒复发，还有头垢、耳屎、月水、尿桶板、猪槽垢土、寡妇床头尘土、灵床下的死人鞋，五花八门，无奇不有，全都成了治病的良药。

华阙：中医有糟粕，西医也有糟粕。在伦敦“老药典”里，就有用死于暴力者头颅上长出的苔藓治疗创伤，诸如此类的荒唐药，并不少见。为了《本草纲目》，李时珍辞去宫廷御医的职位，现在谁能做得到？历时 27 载，三易其稿，52 卷，收药 1892 种。如此巨著，即便混入糟粕，也是瑕不掩瑜。

总体上说，中医博大精深，坚持以阴阳五行为根基的唯物论、辩证法，为人类的自然科学和社会科学铺展了一条“精光大道”。

唐恒国：什么是医学的精光大道？是物理、化学、生物学、数学；是化学工程、计算机、人工智能、机械制造、自动控制……两位生物学家用物理模型，发现了DNA的双螺旋结构，这就是现代医学的精光大道，集经典科学之大成，闪烁着所有基础科学和综合科学的光辉。传统医学，包括中医也包括西医，前行了数千年，却赶不上现代医学数百年的发展，差距就在于科学含量。中医想要继续进步，必须接受现代科学，接受数理逻辑和经验实证，接受数理化语言符号，从阴阳论上做根本的改变。西医的进步，就是从否定体液说开始的。

华阙：中医和希波克拉底不一样。体液学说可以放弃，但阴阳不能动。阴阳学说是中医的信仰，中医的根基。阴阳在中医在。没有了阴阳，中医岂不成了无本之木。我能够接受现代医学的先进技术，但决不允许动摇信仰、毁损根基的东西进入中医。

唐恒国：没有什么是不可以改变的。坚持信仰，我们钦佩；固守僵化，我们反对。你应该知道，人的大脑中有一个血脑屏障，是由细胞组成的古老的防线，能够阻止毒素进入大脑。可是当脑子里长了肿瘤，血脑屏障却变成了一块“癌症保护区”，阻挡了化疗药物的进入。原本是生命的保护机制反而伤害了生命。继承人的固执死守就像血脑屏障，是在伤害中医。

华阙：中医早已经被伤害了，伤痕累累，衰弱不堪。令人难以置信的是，对中医伤害最重的人，竟然是一群为民族复兴而奋斗的精英。身患肝癌的孙中山决绝地说，中医是“一只没有罗盘的船”，即使“也可能达到目的地”，我也“宁愿利用科学仪器来航行”。陈独秀就像背叛革命一样背叛了中医，污蔑“中医既不解人心之构造，复不事药性之分析”。国学大师梁漱溟更是直截了当地把国医贬斥为“其实还是手艺”。生性多变的郭沫若唯独对中医的排斥立场始终未变，“我敢说我一直到死，决不会麻烦中国郎中的”。还有鲁迅那一声惊天地、泣鬼神的《呐喊》，“中医不过是一种有意或无意的骗子”。伟大的文化旗手把明治政府忘恩负义废除汉医的行径视为启蒙，“知道了日本维新是大半发端于西方医学的事实”。他发狠要把“苟有阻碍”中国人“一要生存，二要温饱，三要发展”的东西，“无论是古是今，是人是鬼，是《三坟》《五典》，百宋千元，天球河图，金人玉佛，祖传丸散，秘制膏丹，全都踏倒他”。时至今日，鲁迅的《呐喊》余音未消，西医的发展更是无情地把中医推到了可有可无的境地，甚至比 1929 年中央卫生委员会“废止中医药案”时的处境更可怕。

唐恒国：这就是现实。没有西医人们便无法生存，没有中医至多会产生心理的缺憾和伤感。任何一种事物，无论曾经多么重要，多么强大，多么神圣，到了可有可无、没人当真的地步，它便失去了存在的意义。中医的存在如果只是为了炫耀一种历史的辉煌，满足一种自豪的心理需求，它就走到绝路了。

华阙：正因为这样，能不能抢在西医之前攻克癌症，成为我们这一代中医传人的最紧迫、最重要的责任，这是中医复兴的最后一次机会。攻克癌症，复兴中医，我以此为使命。

唐恒国：对这个使命你过于执着，过于着急了。攻克癌症，你着急我也着急，中医着急西医也着急。我曾经不止一次地梦见过，有一本攻克癌症的秘籍，放在一座肿瘤山上，谁得到它谁就能成为攻克癌症的第一人，这就是一个着急的梦。卡夫卡说：“或许，只有一个原罪——缺乏耐心，因为缺乏耐心，我们被逐出了天堂；因为缺乏耐心，我们再也不能回去。”人类是以碳为骨架的生物，人类的原罪不是发生在伊甸园里，而是发生在碳基文明高速发展的时代。在碳组成的有机体中，碳水化合物是细胞构成的主要成分和能量物质，也是癌细胞的一个标识符。碳水化合物为癌细胞的生长提供了能量，使得癌症成为人类如影随形的伴生物。癌症就是一种缺乏耐心、急于扩张的疾病。癌症在碳基文明中形成了一种急功近利的病理趋势。正如雨果所说，谁得势，谁就受人尊崇。有钱就等于才能。中了大彩，就是一个出色的人才。只要你运气好，能事事如意，大家便认为你伟大。人们推崇的全是走捷径的。任何人在任何方面无论采用任何手段，只要达到目的，众人便齐声喝彩。这样的成功是才能的假象，是一种由上而下的慢性腐蚀教育，受它愚弄的是历史。雨果所描述的19世纪的“耐心缺乏症”，如同复发的肿瘤，在新世纪重演。历史的重演在某种程度上是因为基因的复制。“历史通过基因组重演，基因组借助历史复制。”（《基因传》）因此在攻克癌症之前，先要启动碳基文明自身的免疫机制，从基因组图谱的31亿个“字母”上，修复癌变的“耐心缺乏症”。我相信这些“字母”包括了耐心、专注、平和、沉稳、谦恭、理性的品德。不寻求捷径，不浮躁虚夸，不自以为是，不狂妄自大，以敬畏之心敬畏科学的普遍规律，敬畏以碳为骨架的生物的进化法则，或许这样才能赎回原罪，终结癌症。

华阙：虽然我并不赞同您对中医的看法，但不能不承认，缺乏耐心的确是现代文明的通病。正是因为缺乏耐心，我耽误了不少患者的病情，最终自己也得了癌症。住院后我经常出现幻觉，觉得脑子里的肿瘤滚动着，把我推到了生死界碑前……

唐恒国：生死界碑是阴阳文化的发源地。

华阙：我恍惚看见，弱弱的阳气和隐隐的阴气，飘忽不定，朦朦胧胧，似是而非……您说实话，是不是我已经不可救治了？

唐恒国：肿瘤压迫脑神经，出现幻觉这是必然反应。医生安排了手术，说明希望依然存在。你要做的是坚定信心。说点儿正能量的话吧。我从不排斥中医，对历朝历代的那些大医，我发自内心地敬仰他们，尤其是孙思邈，他的大医精诚的医德，绝不逊于希波克拉底的誓言，是留给现代医学最珍贵的财富。

华阙：我也敬仰一位西医，他叫嘉约翰。他给民族英雄林则徐治疗过疝气，为中华民族创办了第一所西医学校，出版了第一份西医杂志《西医新报》。他诊治过70多万名中国患者，做过近5万次手术，培养了包括孙中山在内的150名炎黄西医。在美国诞生，在中国逝世。他的国际主义光辉绝不比白求恩暗淡。白求恩是革命的天使。嘉约翰是上帝的天使。此前中国人一直视西医为“挖肝剖腹”的巫术，嘉约翰用精湛的医术消除了人们对西医的恐惧。黑暗中，上帝为革命点亮了灯火。

谈话之前，华阙和唐恒国都详尽地了解了对方，做足了准备，这是为了避免争吵。不知为什么，如今人们在谈论一些涉及自尊心的敏感话题时，很容易触发情绪的动荡。交谈中，他们尽量和缓地使用自己的语言表达观点。华阙的语言属于《内经》语系，具有感官化的艺术特点。《内经》是中华医学第一书，也是一部精妙绝伦的比喻大全——“取象比类”，这种独特的形象表述方式，即便那些伟大的文学作品也望尘莫及。他的话语中频繁出现阴阳虚实寒热燥湿风邪这类词语，用可见可触的具体物象，粗线条地描述抽象的医学概念以及生理和病理的因果关系，更像是艺术的想象。而唐恒国的语言属于数理化语系，严谨精细，具有相对论的特性，能够把时间拉慢，把空间放大，在有限的时空内清晰、精细地描述更多的现象，阐释更复杂的问题。在这样的语系中，医学的边界会随着基础科学的扩展而扩展，似乎没有止境。桌面上，一杯清茶和一杯咖啡散发着各自的香味儿。两个使用不同医学语言的人，并没有感到驴唇不对马嘴的尴尬。抛弃了非医学因素的干扰，相互间没有似是而非的狡辩，没有捍卫荣耀的偏见，没有争强好胜的争吵，就像碳基文明中的两个有机分子，悄然融合。

第八章

一、超级肿瘤与生化风暴

十几位“神医门”群友聚集在花园小亭，听群主王红道讲“世界抗癌第一神医”华阙的故事：美国一位超级富豪，癌症晚期，被多家医院判了死刑，他抱着一线希望，不远万里来到中国，服用了华神医的神药，肿瘤立刻消失了。这位患者，感慨地赞扬华神医是华佗再世、扁鹊重生，提出要为华神医建造一所全球最大的肿瘤医院……

王红道绘声绘色，滔滔不绝，正讲到兴头上，被铃铃打断了。“不对，华医生不是这样说的。”铃铃和尤纪良出来散步，在旁边已经听了好半天。

“是铃铃呀。”王红道笑着说，“那，你知道华神医是怎么说的吗？”

“华医生说从来就没有神医。”铃铃严肃地说。

“铃铃，小孩子不能撒谎。”王红道板起面孔。

“我没撒谎，华医生也得了癌症。”铃铃委屈地说。

“真的吗？”有癌友问。

“造谣，造谣。”王红道说，“华神医怎么会得癌症？”

“铃铃说的是真的。华医生已经住院了。”尤纪良容不得别人说铃铃坏话，“你讲的神医故事，都是瞎编的。华医生说，凡是说自己是扁鹊、华佗的人，都是忽悠人。”

“阴谋，阴谋。”忽然间，王红道面部肌肉僵硬，浑身颤抖，“这里面一定有阴谋。”

“阴谋？你说说，到底有什么阴谋？”尤纪良厌恶地说。

“有人用致癌物质，毒害华神医得了癌症。”王红道压低嗓音，紧张兮兮，“不对呀，即使得了癌症，华神医也用不着住院，他自己就能治好自己。他是被人骗进医院的。”

“你胡说。”铃铃生气了。

“这件事，一定不简单。”王红道说，“说不定，坑害华神医的坏人，就在医生里。”

“我害怕。”铃铃被王红道的故事吓得躲在尤纪良身后。

“你相信这种天方夜谭的故事吗？”尤纪良挖苦王红道。

“不管相信不相信，我们每时每刻都生活在危险中。”王红道神情严峻，好像正置身于险境中。

他是在那个动荡的年代成长起来的人，“警惕性”固化成了他的一种思维模式，年近古稀，依然未能改变。住院后，他习惯性地保持着对医生的警惕。他要求住双人病房、减免医疗费。遭到拒绝后，他拿出一张50年前的旧报纸，上面刊登着他的先进事迹：千年的铁树开了花——赤脚医生王红道用唯物辩证法指导针灸，让聋哑人开口说话的事迹。他曾经是“活学活用”先进标兵，披红挂花进过人民大会堂。他认为自己有资格享受特殊待遇。他指责医生虐待老一代先进人物。化疗出现了不良反应，怀疑医生存心害他。“现在的医护人员，白求恩精神没有了。”他经常叹息今不如昔，“还是我们那个时代好。”

“你头脑简单呢，还是不简单？”尤纪良挖苦说，“是不是编造一个荒唐故事，头脑简单的人就会觉得自己头脑不简单了？”

“你算什么东西？”王红道勃然大怒，“我不怕你的阴谋诡计。”

“你身体里就有一场阴谋，是超级肿瘤制造的阴谋。”尤纪良顺着他的思维习惯说。

“什么是超级肿瘤？”王红道神色紧张起来。

“就是你灵魂里的肿瘤，时时刻刻纠缠着你。”尤纪良严肃地说，“让你总觉得心里恐慌，经常想发脾气，什么都看不惯，身体里躁动不安。”

“好像是真的……”王红道陷入了沉思。

尤纪良不想再和他纠缠，赶紧拉着铃铃离开了。“真的有超级肿瘤吗？”铃铃问，“你是不是吓唬王爷爷？”

“我没有吓唬他，真的有超级肿瘤。”尤纪良看过好几本癌症的书，里面都有超级肿瘤，他尽可能通俗地说，“超级肿瘤就是最凶狠无情、最阴险狡猾、最狭隘自私、最懂阴谋诡计，能打败所有肿瘤的肿瘤。癌症是众病之王，超级肿瘤是王中之王。”

“我知道了。”铃铃立刻有了自己的理解，“超级肿瘤就是最坏最厉害的国王。”

“哈哈哈哈……”尤纪良摸摸铃铃的头，“铃铃，你的脑子，就是个超级聪明的脑子。”

王红道的食道癌已经到了晚期。25 厘米长的食管腔内，长了一个蕈伞状肿瘤。肿瘤的根扎得很深，穿透了食管壁的每一层（黏膜层，黏膜下层，肌层，外膜），恶心、呕吐、腹胀，吞咽困难，更可怕的是发生了肺转移。这个由恶变的鳞状上皮细胞群（食道癌中最多见的细胞类型）组成的肿瘤，就属于一个“超级肿瘤”（Hypertumors）。

超级肿瘤，是某一类癌细胞群在与免疫细胞和其他癌细胞群的长期、复杂的生化斗争中锤炼出来的癌症之王。在细胞的世界里，唯物辩证法的光辉照亮了有机化合物，对立统一规律支配了生物化学反应，矛盾双方的统一性与斗争性推动了癌细胞的分裂、生长、增殖、扩张、浸润和转移。在一个有癌的躯体内，稳定是相对的，动荡是绝对的。癌症是在内、外两个战场的搏杀中，逐渐确立了在机体内的强权地位。对外，与生理机能斗，与免疫细胞斗，与抗癌药物斗。与此同时，在肿瘤内部，癌细胞与癌细胞之间的争斗，也从来没有停止过，甚至比外斗更惨烈。

肿瘤世界有句名言：癌细胞也会癌变，癌症也会得癌症，这就是癌症内斗的写真。“癌症究其核心来说是一种遗传疾病。”（罗伯特·温伯格）但癌症并没有停留在“遗传”层面，像“细胞来自于细胞”（魏尔啸）那种克隆式的遗传。也就是说，正常细胞都是一样的，变异的细胞各有各的不同。癌细胞是叛逆的细胞，它们本身的分裂也具有叛逆性。它们从不循规蹈矩地承接母细胞的遗传信息。每一代癌细胞都会创造出不同于母细胞的基因，也就是说，癌症不是一种简单的克隆性疾病，而是“克隆与进化结合”的疾病；如果仅有克隆而没有进化，癌细胞就不会有如此强大的侵袭、生存和扩散的能力。癌细胞的每一次突变、分裂，“都在其家庭族谱产生一个旁系，这些旁系分成更多的支系，这些众多分岔路径的每一个细胞系不断积累着突变。这些细胞宗族具备了不同的习性和生存技能，它们便竞逐主导地位”（《细胞叛变记》）。虽然族谱派系不同，但它们都有一面共同的旗帜：基因突变。在这面旗帜下，各个亚系、支系的癌细胞，弱肉强食，惨烈厮杀，相互争夺在肿瘤内的控制权，争当突变的旗手。即使处于免疫系统的围剿中，惨烈的内斗也从未停止。历史学家说，王朝的全部历史，就是家族内部的战争。肿瘤学家说，癌症的全部历史，就是癌细胞与癌细胞之间的生化斗争。尤其当癌症占据了机体的主导地位后，内斗就会上升为主要矛盾。肿瘤越强大，内斗越激烈。不同谱系的癌细胞群，勾心斗角，尔虞我诈，你毒害我，我毒害你，其中的残酷险恶，绝不逊于一个王朝的宫廷争斗。胜者为王败者寇。适者生存的进化论同样适于癌症的世界。正是在你死我活的内斗中，超级肿瘤应运而生。超级肿瘤细胞群原本属于弱势群体，在癌细胞家族中地位并不高，但它们“抱着机会主义思想，妄图吃白食”。它们狡诈多变，暗中积蓄力量，隐忍后发，“不断吸食强势细胞群的能量，使得强势癌细胞群即便没有受到重创，至少也无法继续发育”（《细胞叛变记》）。经过长期惨烈的内斗，超级肿瘤细胞群逐渐占据了主导地位。由此而形成的超级肿瘤，生性多疑，警觉性很高。为防止被其他旁系、支系的癌细胞群所颠覆，超级肿瘤操控着各种有机化合物，在机体内启动了一场狂热的生化反应风暴，清算异己蛋白，阻断异议通路，抑制敌手的新陈代谢，把已生成的和潜在的威胁一个个清除掉。同时，从基因深处改造细胞的分子蛋白开关，让它们严格按照超级肿瘤的碱基序列生长、增殖，这样就在分子基础上确立、巩固了自己的统帅地位。总之，无论内斗还是外斗，超级肿瘤都显示了超越其他癌细胞的能力，它独断的病理个性、强劲的代谢意志、操控生理机能的高超智慧，是它成功的至尊法宝。

激烈的生化反应如同风暴般席卷了王红道的整个机体，所有的系统、器官、组织，所有的细胞和有机分子，全都被裹入其中。神经紊乱，肌肉萎缩，呼吸困难，脉搏微弱，代谢失衡，身体的每一个角落都被搅得动荡不安。也许是无奈，也许是天性，也许是之前受尽了其他谱系的癌细胞的折磨，那些处于风暴中心（肿瘤组织内）的正常细胞，把超级肿瘤当成了摆脱苦难的救星，为超级肿瘤合成蛋白质，生成血管，提供营养，开辟扩散转移通道——“正常细胞和癌细胞成长和生存之间的联结，远比我们之前想象的紧密：恶性肿瘤可以通过我们自己的身体获得营养壮大。”这是当今肿瘤学家的共识。癌细胞不断更新谱系，一代比一代更具不确定性，更诡异、贪婪，对正常细胞的掠夺、压榨，更残酷，更狠绝。正常细胞就像没长脑子一样，反而帮助超级肿瘤对付其他谱系的癌细胞群，尽管后者也是它们曾经拥护过的。王红道体内有几十万亿个正常细胞，其中的免疫细胞更是数量惊人，这些细胞拥有组建和捍卫生命的强大力量，足以和任何超级肿瘤相抗衡，可是它们好像习惯了臣服，只要是强者，无论谁它们都会拥护，直到把原来所拥护的推翻为止。正常细胞这种反常表现，给生物学和生物社会学留下了一道难解之谜。

王红道病床边的隔帘被拉上了。当帘子再次打开的时候，转运车把他推向了太平间。超级肿瘤夺去了他的生命。尤纪良和他住在同一个病房，目睹了他谢幕的时刻。他浑浊的眼球闪着微弱的光，神情恐慌地扫视四周，似乎在搜寻身边的阴谋。一口气没喘上来，心脏就停止了跳动，连抢救都没有来得及。死亡来得如此简单。死亡越简单，造成死亡的原因就越复杂。超级肿瘤刮起的生化风暴，引发了多个主要器官功能衰竭。尤纪良疑惑地望着王红道渐渐僵硬的面孔，想不明白他究竟是一个头脑简单的人还是头脑复杂的人。他编造的那些离奇的阴谋故事，只有头脑复杂的人才能想得出来；而编造阴谋故事这种行为本身，似乎只有头脑简单的人才能做得出来。有怎样的生命背景，才能折射出如此悖谬的灵魂？生前，他的疑心思维，闹得整个家族不得安宁。死后，家人并没有表现出多么悲伤，好像只有他离开了这个世界，家里才能得到宁静。

尤纪良没有把王红道的死讯告诉铃铃。几天没有看见王红道了，铃铃禁不住问："王爷爷去哪儿了？"

"去了一个再也不用担心有人害他的地方了。"尤纪良说。

"那里有没有超级肿瘤呀？"

"那里只有健康和快乐。"

"王爷爷死了。"铃铃心里有点难过，没有说出来。

二、医药学中的执政营养

癌症不会因为谁的离去而终止。肿瘤医院，患者一茬茬离去，一茬茬进来，癌症似乎成了人类命运的不可或缺。像是命运的安排，市长肖铭晨也来住院了。在自己的医院里，有两个病人是唐恒国特殊关照的。一个是铃铃，另一个是肖铭晨。对铃铃他有一种祖孙间的亲情感，对肖铭晨他出于感恩。这些年肿瘤医院的扩建、设备更新，都是肖铭晨力排众议给予财政保障的。肖铭晨住院当天，就让唐恒国陪着他去看望铃铃。

"终于见到国学小太阳了。"肖铭晨对铃铃早有耳闻。

"你认识我吗？"

“我在电视上见过你呀。”

“我不是小太阳了。”铃铃不好意思地说，“上次比赛我就输了。”

“哈哈……”肖铭晨笑了，“太阳也不可能总是赢，也会有输的时候。”

“市长是不是什么都管呀？”铃铃突然问。

“就算是吧。”肖铭晨说。

“市长管不管癌症？”铃铃问。

“这……”肖铭晨迟疑着说，“癌症归唐院长管。”

“市长管不管雾霾？”

“市长管环境。”肖铭晨说。

“雾霾让我得了癌症。”铃铃说。

“哈哈，我这个人大代表，该让给铃铃了。”唐恒国半开玩笑地说。

肖铭晨顿时神情严肃起来。每年的市人大会议，在他的政府工作报告中，环境保护所取得的成就，都是重要内容，从来也没有人提出过质疑。眼前这位6岁的女孩，用自身的癌症，说了真话。“是我的责任，我的工作没做好。”他惭愧地说。

唐恒国饶有兴趣地听着铃铃和肖铭晨的对话。一个市长和一个女孩，似乎在探讨一件关乎人类命运的大事。

“肖爷爷，你是什么癌？”铃铃问。

“和你一样，肺腺癌。”

“太好了。”铃铃拍手笑了。

“好？”肖铭晨不解。

“咱俩比赛吧，看谁的癌症先治好。”

“太好了，太好了。”肖铭晨学着铃铃，拍手说，“我跟你比。”自从患了癌症，他从未有过这样的快乐，铃铃伸手和肖铭晨击掌。和一个6岁的小女孩来一场抗癌比赛，让肖铭晨有了一种“人民公仆”的感觉。第二天，铃铃采了一束风雨花，送给肖铭晨。“这是抗癌花，能让你勇敢。”铃铃说。肖铭晨的病床边，鲜花多得像花店。他让秘书把所有的花全都搬走，只留下了铃铃的风雨花。于是，病房里，一束风雨花，摆在肖铭晨的床头柜上，显露着质朴的美。

肖铭晨开始化疗了。他和铃铃患同样的肺癌，用的也是标准的一线肺癌化疗药物：顺铂加培美曲塞。唐恒国每次来看肖铭晨，都会给他讲一课肿瘤医学发展史。这是肖铭晨要求的。他是一位科技型干部，在他看来，医药科学中蕴藏着丰富的执政营养。唐恒国看了看吊瓶里的滴液，给他讲起了顺铂。抗癌药里的青霉素，这是人们给顺铂的美誉。对一些曾经不可一世的实体肿瘤：卵巢癌、前列腺癌、睾丸癌、肺癌、鼻咽癌、食道癌、恶性淋巴瘤、头颈部鳞癌、甲状腺癌及成骨肉瘤等，顺铂均能显示出有效的抑制作用。“每一种杰出的抗癌药物，都有一个非同寻常的历史。”唐恒国说。

那是人类历史上很普通的一年：1845。意大利一位年轻的化学家，合成出一种铂金的电解产物——由一个铂和 2 个氯原子、2 个氨分子结合的配位化合物，命名为顺铂（DDP）。因为顺铂，唐恒国对 1845 充满了敬意。肖铭晨对 1845 同样充满了敬意。正是在这一年，一个叫马克思的德国人，果敢地向整个世界发起了挑战：“哲学家们只是用不同的方式解释世界，而问题在于改变世界。”（《关于费尔巴哈的提纲》）“顺铂挽救了生命，马克思改变了世界。”肖铭晨由衷地说。唐恒国告诉他，在马克思提出改变世界之前，还有一个世界——生物化学的世界，已经在一只烧杯里发生了颠覆性的改变。1828 年，马克思的同胞弗里德里希·沃勒，用普通的无机盐合成出原本只有肾脏才能产生的尿素。有机物和无机物的相互转化如同一场风暴，摧垮了合成领域和自然领域之间那道不可逾越的疆界——从希波克拉底的“体液”到中医的“精气神”，古代中西医都认为生物体内存在着某种神秘的生命“活力”。沃勒从细胞之外复制出这种“活力”，证明了“人体与一团激烈反应的化学物质没有差别”。合成尿素从物质上改变了人类的命运。“扫除了所谓有机物的神秘性的残余”，马克思和恩格斯借助合成尿素，形成了辩证唯物主义的自然观，至此，“一个共产主义的幽灵”，迈出了用革命的手段改变世界的第一步。也是从合成尿素开始，西医和中医分道扬镳，西医走向了生物化学，中医沿着阴阳五行之路继续前行。

一个院长，一个市长，这两个人讨论肿瘤医学史，总也避不开精神层面的东西。唐恒国说，顺铂是一种发明，也是一种精神。顺铂诞生的时代，化学家没有浮躁之心，专心致志地进行着各种化合物的基础研究，从不在意自己的研究到底有什么用途，有多大的价值和荣耀。顺铂因此被搁置起来。1965 年，美国生物物理教授罗森伯格发现，铂电极通电后产生的顺铂能抑制大肠杆菌的生长。实验中的这一次意外，被罗森伯格机敏地捕捉到了：顺铂能抑制细菌分裂，能不能抑制癌细胞的分裂、生长呢？没有事先的设定，没有统一的计划，也没有某种荣耀的导向，科研就是科研，自由探索的精神在偶然性中显示了必然的作用。进一步的研究表明，顺铂进入人体后能够穿透带电的细胞膜，与 DNA 复制，抑制核糖核酸（RNA）及蛋白质合成。随后，经过 10 年的研制和临床实验，120 年前的合成化学的一项“不知道有什么用途”的基础研究成果，终于进入了抗癌的主力军行列，成为人类的不可或缺。

吊瓶里的顺铂溶液，顺着软管、针头一滴滴流进肖铭晨的血脉。唐恒国讲述的历史，让他对顺铂肃然起敬。顺铂里蕴含着太多太多的东西，科学家的自由选择，原始创新的基础研究，对自然法则的理解，普世的科学真理，或许正是这些超越化学的元素，把对抗癌症的力量赋予了顺铂。顺铂进入了他的血液，顺铂的精神融入了他的灵魂。他是市长，一把手抓科技，他做到了。他的城市有多项赶超世界先进水平的科技成果。他为此而自豪。顺铂让他清醒，科学的管理者需要广博的视野。如果没有原始创新的基础研究，如果仅仅依靠他人的基础科学理论来研发产品，那么，我们所有为之骄傲的科技成果，都是舶来品。

化疗结束后，肖铭晨来找铃铃了，要带她出去散步。因为剃了光头，铃铃不好意思出门，整日憋在病房里。临来之前，他特意剃了光头。“嘻嘻，你也掉头发了。”铃铃笑了。“没关系呀，化疗完了，还会长出来的。”肖铭晨摸着自己的光头说。“等头发长出来，癌症就治好了。”铃铃也摸摸自己的光头。

肖铭晨拉着铃铃的手，去花园看风雨花了。

三、消灭种子与改变土壤

“市长管不管癌症？”铃铃提出的这个问题，让我惭愧。如果不是因为自己得了癌症，我根本想不起问一问我管理的这座城市每年有多少人患癌症，多少人死于癌症。我是市长，我有很多必须关注的数字，生产总值、财政收支、工农商业、科技、环保、旅游、脱贫、卫生教育、城市建设、重大项目、社会治安……我记忆的数字密密麻麻覆盖了大脑皮层，唯独缺失有关癌症的数字。我一直以为癌症的数字是小数字，由卫生部门分管，摆不到市长的议事日程。得了癌症，成了癌症统计数字中的一个符号，我才迫不及待地想知道这种关联生死的数据。秘书把世卫组织和国家、省、市的最新统计数据给我送到病房：癌症发病率、死亡率中国居全球第一。按世界年龄标准化率计算，平均每10万个中国人，就有186.5人新患癌症，106.09人死于癌症，这意味着，仅仅一年，癌症就把380.4万中国人关进了它的“集中营”，在生物的“毒气室”里杀害了229.6万人。可以说，在所有的疾病的隐喻中，癌症是最残酷的意象。我们这个近500万人口的地级市，去年新增8500多名癌症病人，死亡6100多人，癌症把人口平均寿命降低了近1岁。伴随失去的生命，还有经济的损失。癌症给城乡居民造成的间接经济负担超过40亿元，相当于全市一个月的财政收入。来之不易的幸福指数被癌症削减了。面对癌症聚合成的灾难，我惊出了一身冷汗：身为一市之长，我最不应该忽略的数字就是癌症的数字，最应该管的事情就是抗癌的事情。

市长应该管癌症。100多年前，魏尔啸提出的“社会医学”的理念，是这位现代病理学之父向全世界的政府官员提出的“管癌症”的建议。他瞪着一双凸起的大眼，“以显微镜方式思维”发现了白血病，也发现了隐藏在生物病理中的社会病理。每一种疾病都有它的社会属性，正如每一个社会都有它的疾病属性。“医学是一门社会科学，而政治只不过是大规模的或更高级的医学。”魏尔啸好像是专门说给我听的。“世纪末的癌症驻留在社会和科学之间的交界面上。”麻省理工学院肿瘤学家哈罗德·伯斯坦丰富了魏尔啸。癌症是生物的疾病，也是社会的疾病。我们的基因发生突变，我们的细胞无限分裂，我们的身体长出了肿瘤，全球每年新增2000万癌症患者，近千万人死于癌症，这场恐怖的大灾难是人类自己造成的。人类是自己的人祸。人类就像来自外星球的“狂热的化学仿造者”，乐此不疲地把10万余种化学物质倾泻到盖亚星球上，其中已经发现的致癌物有数百种之多。在化学的致癌物之上，还有社会层面的致癌物——扩张、投机、欺诈、掠夺、腐败、霸凌……“在我们这个因经济发展而导致破坏性的过度生产以及官僚体制日益强化对个体的控制的时代，既存在着一种对太多能量的恐惧，又存在着对能量不允许被发泄出来的焦虑。”苏珊·桑塔格用社会病理学的眼光，为美国的癌症找出了病因。她患过癌症，有不一样的感受。由“太多能量”而产生的恐惧与焦虑，能够造成广泛的精神创伤。因为拥挤、嘈杂，因为压制、压力，因为冷漠、敌视，肿瘤心理学证实了桑塔格，人们每天都在恐惧与焦虑中度过，持续诱发应激反应，致使人体过多地释放皮质醇、肾上腺素和炎症因子，免疫系统长久处于失调状态。这种由精神创伤引起的人体生理反应机制，和身体创伤所激活的生理修复机制一样，有助于癌症的生成、发展和扩散——精神创伤与癌症的关系，在当今肿瘤学界已得到普遍的认可。

“恐惧与焦虑”迫使人类开辟了一条新的抗癌战线：社会战线。至此，人类与癌症旷日持久的生化大战，便同时在两条战线上展开了更为惨烈的厮杀：一条是生物战线，一条是社会战线。生物战线上，有科学的主力军团。社会战线上，政府应该挺身而出，保护空气、肺和支气管，保护食物链、肠胃和肛门，保护土壤、睾丸和卵巢，保护河流和血液、湖泊和乳腺，保护大山和骨骼、湿地和淋巴，保护大海、冰川和肝胆肾脾，保护动物、植物和细胞、染色体、DNA——这是全世界所有政府的责任。从民心中凝练政策，从民富中增值国富，把国家的强盛植根于人民的富有与健康之中，每一位人类现代文明的执政者都应该从人民的舒畅中感受执政的快乐。

履行职责是一回事，感受快乐是另一回事。为了减少癌症，人类必须控制不受节制的、畸形的、混乱的类似癌细胞分裂般的发展模式。为此，有了《联合国气候变化框架公约》，有了《京都议定书》，有了《巴黎协定》。我的城市也行动起来，去产能，关闭“两高”（高耗能、高污染）企业，这不仅仅是经济健康的需要，也是抵御癌症的需要。“关停并转”有两种方式：一种是凋亡，用市场淘汰的手段启动高污企业的死亡程序，如同细胞的程序性死亡——在一定的生理、病理条件下，遵循自身程序，由多种基因调控的细胞的主动死亡。对拒绝死亡的“两高”企业，应当果敢地采用第二种方式——强制性死亡，就像用化疗杀死癌细胞。强制性关闭“两高”企业和化疗一样，副作用很大：财政收入减少、失业率增加、损失政绩、触动固有利益，诸如此类的副作用我们必须承受，否则便无法改变经济增长伴随癌症增加的发展模式。

我做过两次化疗，承受了常人难以承受的痛苦。第一次化疗后肿瘤消失了，不到一年又长了出来，第二次化疗正在进行。当身体对化疗的副作用达到承受极限时，癌细胞的耐药机制被激活，它们扛住了药物毒素，开始反弹。与癌细胞同时反弹的还有温室效应，人们期待的《巴黎协定》并没有减少二氧化碳排放量，去产能也难以彻底，被关闭的“两高”企业总有一些死而复生，经过化疗似的扫荡之后的假药、毒食品不断再现，这些说明“耐药机制”在人类的社会层面也被激活。自然环境和人类社会，两个不同的世界，“耐药机制”竟然无障碍通用，真是匪夷所思。细胞耐药机制的主体构件是一种分子泵。癌细胞利用分子泵把抗癌药物压排出由磷脂构成的细胞膜之外。社会的癌细胞也有自己的分子泵，那就是腐败的权力，能够从腐败的环境中排除法律和道德的因素。癌细胞不仅能排毒还能产生特定的解毒蛋白质，中和、化解药物毒性。社会“癌细胞”同样有自己的“解毒蛋白质”，那是一些在政治修辞中被称为“利益”的物质，具有瓦解、融化权力中人的公心和意志的功能。可以说，生物癌细胞和社会癌细胞使用了同一种“耐药机制”，它们究竟谁模仿了谁，我们不得而知。

社会是生命的运动形态。生命是细胞的运动形态。从生物的本质上说，腐败就是由细胞内的生化反应产生的。我市环保局和肿瘤医院联合进行了一次“环境与癌症”的研究，他们用严谨的数据确认，腐败不仅仅是环境恶化的主要推手，而且与人体的肿瘤具有直接的关联性。《内经》说：“膏粱之变，足生大疔。”膏粱代指腐化生活，肿瘤亦属大疔。癌症是腐败的隐喻，但腐败能够导致癌症绝不只是一种修辞，某些类型的癌症直接就是人的生命活动对腐败的生化反应。可以说，腐败如同社会机体的肿瘤，腐败的肿瘤足以引发生物的肿瘤。

治愈癌症很难，很难。“缓解症状是一项日常任务，治愈它，是人们的殷切希望。”（威廉·卡斯特）正是抱着这种殷切的希望，我如饥似渴地阅读了大量的与癌症有关的资料。在癌症中学习，在学习中抗癌。我惊奇地发现，肿瘤学100多年来的发展历程，几乎囊括了一部人类近现代社会发展史。在激荡的百年史中，为了根除肿瘤和社会弊端，人类尝试了无数种治疗方法，其中最有希望的是“土壤疗法”，也就是改变适宜癌症生长的人体环境。

当今抗癌三大主体疗法：手术、放疗、化疗，都是为了杀死癌症。“土壤疗法”不同，它通过改变机体环境，提高免疫机能，让癌细胞无法生存、无法转移，如同在人体内形成一个“不敢腐、不能腐、不想腐”的环境机制。腐败是社会的癌症，癌症是人体的腐败。腐败和癌症都是种子，只有在适合的土壤里才能生根发芽。“种子和土壤”的逻辑关系曾经在肿瘤学界引起了跨越百年的研究与思考。1889年，英国医生史蒂芬·佩吉特提出了一个“癌症转移模式”的设想：癌症转移是癌细胞与其环境之间病理关系的结果，一个器官是否会发生癌细胞转移取决于这个器官的局部生态系统，也就是

“土壤”。因为没有确凿证据，这一设想被弃置了一个多世纪。这期间整个人类都在寻找一种伟大的思想，试图一劳永逸地解决社会发展的全部问题。肿瘤学界同样沉迷于找到一种灵丹妙药，一了百当地根除所有的癌症。如同那些自视为绝对真理的思想总是给人类带来无穷的灾难，各种各样的“灭种”理论也把癌症的治疗引上了绝路。直到20世纪中叶，细胞生态学异军突起，才弄清了“种子和土壤”的逻辑：癌症的生成、生长和转移，是由于“癌细胞和宿主细胞形成了一个生态系统。最初，癌细胞是新环境的入侵物种。最终，癌细胞与宿主细胞之间的相互作用创造了一个新的环境”。肿瘤学家肯尼斯·皮恩塔如是说。癌基因引发癌症，但癌基因也需要一个能够被激活的环境。没有合适的土壤种子不可能发芽。所以，“不仅要问癌症对你做了什么，也要关心你对癌症做了什么。”肯尼斯的话振聋发聩，提醒了肿瘤学，也提醒了社会学。人类究竟为癌症做了些什么？构建了一个癌症需要的生长空间，并源源不断地为癌症提供营养资源。这是“一个畸形的、非自然增长的地方，一个充斥着挥霍、贪婪和情欲的地方”(《疾病的隐喻》)。这样的环境包括了两个层面：一个是能够引发癌症的外环境，一个是适宜癌症生长的内环境。可以说人类既培育了种子，也为种子改良了土壤。人类和癌症，机体和疾病，共同建立了一种奇妙的生存关系。癌症不断增长的发病率说明了种子已经无法灭绝，事已至此，唯有改变土壤。

饱受化疗之苦，我认为改变土壤是最好的抗癌疗法。它的意境是平和。它能灭绝癌细胞，却不毒害器官。能根除肿瘤，却不紊乱机体。能解除病痛，却不麻痹神经，也不伤害思维。此前各种各样的“种子疗法”，为了消灭病灶而制造残缺，限制味觉、听觉和视觉的自由，堵塞肠道或制造腹泻，不让骨髓造血，萎缩行走的肌肉，剥夺胃的消化权，侵犯肝的代谢权，冻结脑神经元的信息处理权，使肌体的活力僵化，使想象力和创造力衰竭，使向上的意志衰退，这样的疗法，癌症不怕，丝毫也不怕。不改变土壤，超级肿瘤总会再生，机体内的生化风暴就会永不止息。改变土壤，化邪恶于无形之中，维护健康而不以牺牲人体机能的自由为代价，大自然，大智慧，大视野，大胸怀，在经历了癌症带来的漫长的黑暗之后，肿瘤医学看到了希望，人类生命文明的光辉终于从“土壤疗法”中散射出来了。

我患的是肺癌。对我来说，改变土壤应该从肺抓起。“肺者，相傅之官，治节出焉。”按《内经》理论，五脏六腑，心为君主，一把手；肺为宰相，二把手。我是市长，城市的二把手。我的工作性质和肺的功能具有相通性。人体器官，最为操劳的就是肺。肺的工作千头万绪，最重要的是“治节出焉”，通过治理调节，使五脏六腑各司其职，功能稳定，身心舒畅，肌体强壮健康。“治节出焉”，关键在于分配财富。一个社会健康与否，取决于能否合理地分配财富。财富的合理分配体现了政治家的智慧。肺天生具有分配财富的智慧。《内经》说：“肺者，气之本。”人受气于谷。气是食物的精华。“谷物于胃，以传于肺。”经过人体所有器官的共同努力，从食物中提炼出精华，存放于脾胃——“仓廪之官”，从脾胃由下向上输送到肺，就等于上交到国库。而后由肺统筹安排，公平合理地分配给五脏六腑，四肢百骸，使全体脏器和组织都能够得到气的能量，精力充沛，心情舒畅，在上的不贪污腐败，在下的不唯唯诺诺，同阶层的不勾心斗角，大家齐心协力共同创建一个健康和谐的人体社会。

我躺在病床上，注视着床边的吊瓶，顺铂溶剂顺着软管、针头一滴滴流进我的血脉，耳边响起了魏尔啸深沉的声音：“治疗一个病人是无效的，有效的是治疗整个社会。”

四、生活中有比下蛋更好玩的事情

铃铃要出院了。四个周期的化疗之后，铃铃很快便恢复了活力。眼睛亮闪闪的，脸上带着笑，蹦蹦跳跳，说话的声音像小铃铛一样清脆，丝毫也看不出她曾经得过癌症、做过手术、接受过化疗。铃铃向郭天淳道别。廖雅萱、尤纪良、吴魄门、张汉楚相继出院，和铃铃关系密切的癌友只剩郭天淳。他的肿瘤已经出现了肝外转移，脸色蜡黄，身体消瘦，少气无力地躺在病床上。“你要好好吃药，好好打针。”铃铃说，“等你病好了，别忘了答应我的事。”铃铃的话，好像把生命的活力分享给了郭天淳。“忘不了，忘不了，造一个擦天的机器人。”他顿时觉得有精神了，“我还要给你申请专利呢。”

铃铃回家了，回到了学校。癌症的阴影消失了，脸上洒满了阳光。小区成立社区文化活动中心，中心主任宫子菡亲自登门请铃铃做代言人，在剪彩仪式上朗诵《论语》。宫子菡年近七十，曾经当过区文化馆馆长。“铃铃，你是我们小区的骄傲。”她很胖，厚厚的脂肪从皮下组织往外涌，脸上油汪汪的像涂抹了一层油腻的通俗文化，小区里的孩子都管她叫希马奶奶，希马是一只超级肥猫的名字，它以 22 公斤的体重刷新了吉尼斯世界纪录。

“可是我不想参加。”铃铃说。

“铃铃，你是小区居民，弘扬健康文化是每个居民应尽的义务。”宫子菡讲起了大道理。

“铃铃，参加吧。”李嘉怡不想得罪宫子菡。

“你是国学小太阳。”宫子菡说，“是太阳就应该发光发热。”

“我现在不喜欢《论语》，也不喜欢诗词了。”

“为什么？”

“生活中一定有比下蛋更好玩的事情！”铃铃说的是小母鸡卡梅拉最经典的一句话。

“卡梅拉呀。”《不一样的卡梅拉》宫子菡陪小外孙至少看了 10 遍，“做任何事都不能三心二意，要持之以恒，才能获得成功。”

“化疗以后，《论语》和唐诗宋词我都忘了。”

“太可惜了。”宫子菡惋惜地说。

铃铃去看望廖雅萱。廖雅萱正准备到日本做舌修补手术。日本一位明星艺人舌癌手术割除了 60% 的舌体，说话都很困难，医生取下她的大腿肌肉组织修补舌体，让她重返舞台。这位艺人帮廖雅萱预约了手术医生。

“雅萱阿姨，我……”铃铃迟疑着说，“我不想再上‘春蕾’了。”

“不想上就不上。”廖雅萱说，“我已经退出春蕾了。”春蕾蒙学班是廖雅萱创办的。为了培养像铃铃这样的国学小天才，她曾费尽心血。

铃铃惊愕地看着廖雅萱。“您为什么要退出？”

“生活中一定有比下蛋更好玩的事情！”廖雅萱说。

“您也喜欢卡梅拉了。”铃铃惊喜地说，“您和以前不一样了。”

从生死线上回来之后，廖雅萱对人生意义的认知发生了改变，她不再把国学当作生命的第一需要，对“传承国学基因从娃娃抓起”也没有那么执着了。她住院期间，几位后来者把国学玩得更加花样百出，取代了她在“通俗国学”中的至尊地位。她不想陪这些人玩了。她现在最迫切想要做的事情就是修复舌头，享受生活。当然，她并没有放弃国学，只是兴奋点从孔子转移到了老子。这种改变，是黑格尔的《哲学史讲演录》促成的。黑格尔说，孔子和他的弟子们的谈话所讲的常识道德在哪一个民族都找得到，“孔子只是一个实际的世间智者，在他那里思辨的哲学是一点儿也没有的——至于一些善良的、老练的、道德的教训，从里面我们不能获得什么特殊的东西”。相反，黑格尔对老子却有极高的评价，道家学说是一种真正的哲学，与古希腊哲学之间存在共同之处。《老子》“说到了某种普遍的东西，也有点像我们在西方哲学开始时那样的情形”。廖雅萱透过黑格尔的哲学透镜，捕捉到孔子和老子两位老人家的身影。她看见孔子像个教授，西装革履出入殿堂，每一步都四平八稳；老子像个驴友，一身休闲装在山水间攀爬跨越，每一个动作都无拘无束。她看见孔子神情严肃地站在讲坛上宣讲沉重的道德观，老子随心随意地混在人群中聊着轻松的道德经。总之，在她眼里孔子是说教的，老子是自然的；孔子是沉重的，老子是轻松的；孔子是高贵的，老子是质朴的；孔子是权威主义的，老子是自由主义的。一直以来，廖雅萱的国学观都是“重儒轻道”的，经过否定之否定的辩证思考，她喜欢上了老子。对铃铃的未来，她也有了新想法：道法自然，无为而治，老子的原则同样适于生命的成长。

“学点儿有用的东西吧，国学不可以成为生命的全部。”廖雅萱说。

“我以为您会生我的气呢。”铃铃说。

“我为你高兴。”廖雅萱说，“高兴你自己做出了改变。”

铃铃的改变是因为兴趣的转移。她迷上了机器人。学校组织学生参观了一个少儿机器人制作展。她的兴奋点一下子就从古老跳到了未来。她让爸爸给她报一个儿童智能机器人培训班。铃铃爸爸是那种宁肯自己吃苦受累，也不能让老婆孩子受丁点儿委屈的男人。可是将近 2 万元的费用，他要 4 个月不吃不喝才能攒够，何况还有一笔家里人都不知道的“套路贷”，月月还息。他把自己的生活费降低到了极限，每天下班后还要拼死拼活地打零工。“这一期来不及了，等下一期再学吧。”他愧疚地说。铃铃立刻就猜到爸爸没钱了。“我以后再学吧。”她不想让爸爸为难，“我现在还要补课呢。”这句话她是笑着说的。

几个月后的一天，唐恒国来看铃铃了。他给铃铃带来了一张儿童智能机器人培训班缴费单：18800 元。是郭天淳送给她的。有一天去医院看望郭天淳，她说了自己想学机器人的事。

唐恒国告诉铃铃，郭天淳去世了。铃铃放声大哭，语无伦次，一把鼻涕一把泪，“你不许死……我不让你死……你答应给我做机器人……”小孩子最伤心的就是自己熟悉的人死了，“唐爷爷，你怎么没给他治好呀……”唐恒国摸着铃铃的头，“等你长大了，自己把擦天的机器人造出来。”

夜里，铃铃梦见一条巨大的雾霾滚来，抓走了郭天淳。她的擦天机器人冲过去伸出长臂往天上一抹，把雾霾抹除了。郭天淳站在天上冲她微笑，不一会儿便消失在蓝天白云间。醒来之后，铃铃又哭了。妈妈过来，搂着铃铃，给她讲起了《象老爹》的故事——

象老爹已经很老了，就要离开老鼠妹妹去大象天堂了。可是通往大象天堂的桥断了，只有老鼠妹妹能够修好，虽然老鼠妹妹舍不得象老爹离开，但她还是修好了断桥，让象老爹去和自己的爸爸妈妈团聚了……

铃铃停止了哭泣，静静地听着。“只要我把擦天的机器人造出来，郭伯伯就能去天堂，和他的亲人团聚了。”说完这句话，铃铃睡着了。

铃铃参加了儿童智能机器人培训班。和在蒙学班一样，她非同一般的聪明很快就显露出来，成为培训班里最优秀的学员。“我一定要造出擦天的机器人。”这是她的梦想。

铃铃定期回医院复查，既没有发现新生的肿瘤，也没有癌细胞的影子（标志物）。“唐爷爷，是不是我再也不会长癌症了？”铃铃问。“铃铃有足够的生命力战胜癌症。”唐恒国的回答耐人寻味。从治疗结束后算起，无瘤生存的时间越长，今后复发的可能性就越小。铃铃出院后时间还短，几次复查结果并不能说明癌症就不会复发了。铃铃却开心地笑了。她好像已经忘记了癌症，每一天都活得阳光灿烂。阳光洒在女儿的脸上，阴影藏在妈妈的心里。每过一天，李嘉怡就用彩色铅笔在小本本上画一朵风雨花，这是铃铃最喜欢的花。她想要画 1825 朵风雨花，这标志着 5 年生存率。唐恒国告诉她：癌症的复发和转移，80% 发生在 3 年之内，10% 发生在 5 年之内。也就是说，只要超过 5 年，90% 以上的癌症病人就接近了治愈。她祈祷铃铃平平安安地跨过 5 年生死线。

第九章

一、两个小细胞的分子变革

李嘉怡每天画一朵绽放的风雨花，用一笔笔的细腻写实，深情地描绘着女儿的生命，也表达着一个母亲的祈盼，祈盼女儿平平安安地活下去，跨过5年生存率的生死线，活得长久、健康。有时候期盼就像慢性毒药，你永远不知道毒性什么时候会发作。当李嘉怡画到547朵风雨花的时候，也就是铃铃出院一年半，肺癌原位复发了。手术切除了肿瘤，化疗扫荡了残存的癌细胞，铃铃体内暴风骤雨般的病理大动荡结束了，生理机能遵循生命的法则，进入了健康的常态运行。然而，癌症患者的常态，常常是一种切换式的常态——在“无瘤生存”和“带瘤生存”之间来回切换，如同人类世界稳定与动荡的循环。如果不彻底清除癌细胞，不从根本上改变癌症的生长条件，患者体内的生化风暴总会卷土重来。

铃铃再次住院。她用上了靶向药物：克唑替尼，第一代非小细胞肺癌靶向药物。每当一种具有抗癌里程碑意义的新药来到临床，唐恒国都会习惯性地回望历史。他的目光聚焦在1978年，对肿瘤学来说这是重大变革的一年：人类疾病相关基因定位的研究开始兴起。1869年，瑞士生物化学家弗里德里希·米歇尔从一条手术绷带的脓液中找到神奇的DNA，之后100多年间，经过无数科学家的基础理论研究，人类逐渐认识了基因的结构、功能、在进化中的历史作用，而从 1978 年开始，人们就像探索星球、星系的宇宙定位，开始探索基因在染色体上的位置了。这项研究，标志着基因学迈出了基础科学的大门，即将进入应用医学领地。有了变革的 1978，才有了后来的基因组图谱、基因检测、基因靶向药物。铃铃做了基因检测，发现癌细胞中存在着 ALK 基因突变。而克唑替尼对抑制 ALK 基因突变有显著疗效。李嘉怡悬着的心放下了。这时候她特别想知道：肿瘤已经切除，癌细胞也清扫干净，癌症为什么还会复发？

“癌症是一种最不可以相信的疾病。它的销声匿迹看似是退出历史舞台的承诺，在与机体的斗争中每当处于劣势时它都会做出这样的承诺，癌症的承诺意味着更疯狂的反扑。绝不退出，从不说话算话，这就是癌症。”唐恒国开始讲科普了，给一些“二进宫”患者答疑解惑，“面对医疗手段的打击，癌症隐忍退让，借机改变病理运行模式，在变化中求生存，求发展，以待卷土重来。”

癌症的改变，是由肿瘤干细胞（CSC）主导的。肿瘤干细胞隐藏极深，平时处于休眠状态，很难被清除。只有当肿瘤遭受重创、陷入灭顶之灾时，才会被激活，显身而出，力挽狂澜，重振肿瘤。说起来令人难以置信，肿瘤干细胞复发癌症的能力，竟然来自于正常干细胞。如果带入情感因素，在唐恒国心中，干细胞是细胞世界中最伟大的一种细胞。尚未分化、发育，反倒具有自我更新、高度增殖的能力。比一般细胞个头要小，小身体里蕴藏着多向分化的潜能，能变成各种类型的细胞。它们位居细胞系起源的最顶端，是人类（动物）生命的始祖细胞。每一个婴儿的诞生、发育和生长，都有一个起点，这个起点就在胚胎干细胞。每一个成人体内，组织和器官的修复、再生，血液的补充，都有一个储备库，这个储备库就是成体干细胞。干细胞多数时间处于休眠状态，只有当生理机能需要时，才会被激活，以惊人的速度分裂、增殖，修复受损伤细胞，替代死亡细胞，促成组织、器官和血液再生。这些都不算什么。干细胞真正的伟大在于，一旦任务完成，就会通过自我抑制，返回休眠状态。它是细胞中的领袖细胞，低调、谦恭，勇于担当，默默奉献，不计得失，不求感恩，不炫耀自己的重要地位，以实际行动诠释了领袖细胞应有的品德。

在谈论干细胞的时候，唐恒国很喜欢使用中学教科书的语言。孩子的语言具有想象的广阔与深度。他说干细胞有一个孪生兄弟，它就是肿瘤干细胞，癌细胞的领袖。和干细胞一样，肿瘤干细胞同样处于未分化状态，同样具有自我更新和多向分化的潜能。它们是癌症产生和再生的永久储备库，能够根据肿瘤的生长需要，分化产生不同类型的癌细胞，控制肿瘤的发生、转移和复发。人体大多数组织和器官的实体肿瘤中，也包括血癌，都潜藏着肿瘤干细胞。与那些代谢强盛、快速分裂的癌细胞相比，肿瘤干细胞数量很少，仅有1%—3%；看似羸弱（未分化发育），却拥有多种耐药分子，对外界理化因素不敏感，这些特性，使它能够经受最猛烈的放化疗攻击而生存下来。借助肿瘤的危难，肿瘤干细胞登上了病理的舞台，进入分化程序，分裂、增殖出无以计数的癌细胞，修复受创的肿瘤。与干细胞不同，肿瘤干细胞一旦被激活，便不再返回生理休眠状态。在癌细胞中，它体积很小，野心很大，始终把控着癌症生长的至尊位置不肯让步，不把生命置于死地，它绝不会终止分化。

站在细胞世界之外看细胞，唐恒国发现，干细胞和肿瘤干细胞，这两个体积小小的孪生兄弟，一个代表了机体的利益，一个代表了疾病的利益，一个散射着光辉，一个铺展开暗影，它们的存在决定了生命的走向。干细胞是在机体出现创伤、炎症、组织坏死的状态下被激活的。它通过有机分子的化合反应，在体内发起了生理机制的变革，组建起炎症细胞队伍，清除坏死组织，平复炎症，修复创伤，竭尽全力把生命引向健康的未来。而肿瘤干细胞，是在肿瘤经历了激烈动荡的生化反应，经历了手术和化疗的重创之后被激活的。它的激活标志着肿瘤进入了一个新的生物历史周期。作为癌细胞的首脑，它意志坚定，目标明确，要化危难为机遇，重振癌细胞群，恢复肿瘤的活力。和癌症拼斗了一辈子，唐恒国一直把肿瘤干细胞视为一个有思维能力的对手。他相信这个对手一定是吸取了肿瘤近乎惨遭灭顶之灾的教训，运用韬光养晦的谋略，对癌细胞实施分子机制的改变。它似乎知道，如果不改变癌细胞的机能现状，癌症在机体内就永无生路。肿瘤干细胞位于癌细胞层级结构的最顶层（很多肿瘤具有层级化的细胞结构），视野广博，头脑清晰，如同一位卓越睿智的癌细胞的艺术大师，它精心设计、强力推行了一场分子机制的大转换——这绝非夸张，“本质复杂的有机体”有可能获得人类无法理解的“主宰事物的充分知识”（哈耶克）。肿瘤干细胞用“替代分子机制”改变癌细胞的机械特性（形状，大小，可变形性）、基因表达特性（蛋白开关的打开或关闭），以及对抗癌药物的易感性（不再敏感）。有了新型的分子机制，癌细胞变得更具环境适应性，分裂、增殖得更快——肿瘤干细胞在自我更新的同时，分化产生非干性、已分化的子代癌细胞，组成更强大的瘤体组织。唐恒国悲情地说，患者复发的肿瘤，大都具有肿瘤干细胞分子机制转换的特征。分子机制转换，具有引领未来细胞演化方向的生物意义。不幸的是，干细胞所启动的修复创伤的分子机制变革，大都毁于肿瘤干细胞的“替代分子机制”。而干细胞自身，也成为了肿瘤干细胞的牺牲品。

铃铃再次住院。唐恒国领着铃铃到花园里散步。铃铃并不懂得癌症复发的严重性。他们来到风雨花前。“风雨花，我的癌症又犯了。”她蹲下身，鼻孔贴近花蕊，闻着花香，“你们一定要帮我打败癌症呀。”铃铃的话，让唐恒国心里一阵酸楚。经过分子机制改变的肿瘤，似乎具有强烈的复仇意识，对生命的破坏性更大。他不知道铃铃幼小的生命，能否经受住新一代癌细胞的摧残？

“爷爷，你不高兴了吗？”铃铃敏感地发现了唐恒国表情的变化。

“爷爷有些累了。”

“爷爷，你坐下。”铃铃拉着唐恒国坐到路边的连椅上。

“做什么呀？”

“我给你捶捶就不累了。”铃铃轻轻地捶着唐恒国的背，“我爸爸累了，妈妈给他捶捶，他就不累了。”

“真舒服呀。”唐恒国眯起眼睛，感受心中的惬意。

迎面走来一对中年男女。“唐院长好。”男的叫项益弘，市商业银行行长，脾淋巴癌患者。

“项行长，出来散步了。”唐恒国起身打招呼。

“唐院长，我的手术，能不能早点做呀。”项益弘说。

“你的手术，医生有自己的安排了。”唐恒国说，“我是院长，不便插手医生的治疗计划。”

“可是，我的肿瘤每天都在长，越长越快，我都能觉出来。”项益弘神色慌张地说，“再不做手术，恐怕来不及了。”

项益弘总是说他能觉出来肿瘤在体内的增长。住院时他特意带了电子秤，每天都会称称体重，减去因癌症而消瘦的因素，计算出肿瘤的重量：有时候能长几十克，有时候能长近百克。他拿着计算出来的数字，催促医生优先给他做手术。可是他的手术时间排在一周之后。他着急地来找唐恒国，要求提前安排他做手术——肿瘤医院在他们银行有贷款。银行被称为“第二种权力”，这种权力的作用不可小觑。“我的肿瘤今天又长了 110 克。”他告诉唐恒国，“再不手术，肚子都要撑破了。”

“没有那么夸张。”唐恒国说，“过于紧张，会产生错觉。”

“不是错觉。”项益弘认真地说，“我的肿瘤，是肿瘤干细胞分化形成的，增长速度非常快。”

患癌症后，他搜索了大量的癌症知识，知道肿瘤干细胞，他认准自己体内的癌症属于“替代分子机制”的癌症，代谢能力超强。每一个癌细胞都像是永远也吃不饱的饕餮，狼吞虎咽般地把营养物质吞进细胞质内，转换为能量。他凭借想象，描绘了癌细胞贪婪吞噬的样子，加进自己的主观定义：癌细胞的吃，看起来似乎没有任何目的，只是为吃而吃，为消耗而消耗。实际上，这是一种追求速度的谋略，让癌细胞加快分裂、高速增殖。分裂，分裂，分裂才能有出路。增殖，增殖，增殖才是硬道理。

铃铃瞪大眼睛看着项益弘。她没有听懂他讲了些什么，只是觉得这个人有点怪怪的。

“你好像对速度有一种职业的敏感。”唐恒国忍不住笑了，“虽然听来像童话，但也准确地把握了癌症失速增殖的病理本质，生动有趣，称得上一个精彩的科普故事。”

“唐院长，求您了，快点给我安排手术吧，我真的等不及了。”项益弘央求说。

“我问问你的主治医生。”唐恒国安慰说，“放心吧，医生不会耽误你的病情。”

“唐院长，拜托您了。”项益弘说。

“唐院长，项行长是我们金融界的主心骨，我们都盼望他早日康复。”和项益弘一起来的那个女人，一直没有说话，她掏出一张信用卡，递给唐恒国，“唐院长，拜托了。”

她叫姚海莉，曾经是项益弘的手下，后来辞职从事民间金融。铃铃厌恶地看了她一眼。铃铃并不知道，就在她第一次住院时，爸爸郭家康曾经找这个女人借过高利贷，至今尚未还清。

唐恒国没有理睬姚海莉，而是神情严肃地看着项益弘。“我给你的科普童话加一点内容吧。”他话中有话，“在癌细胞无限分裂、高速增殖的过程中，善与恶交织在同一个 DNA 里，梦想与野心挤进同一片蛋白编码区，人性与邪恶穿过同一条信号通路，既然你能看到癌细胞在自己体内的生长，也就应该看到，癌细胞在细胞世界里呈现出了一幅不伦不类的荒谬景象。”

姚海莉尴尬地攥着信用卡，低下了头。

“对不起，唐院长。”项益弘羞愧地说。

“唐爷爷对所有的病人，都是一样的。”铃铃用纯真的目光看着项益弘。

项益弘忽然觉得，铃铃的目光似乎能荡涤他体内的癌细胞，让他看到在肿瘤之上还有一个天使。

二、过于追求体量要承担的风险

拿到病理报告，我一眼就看见了三个恐怖的字母：PSL——原发性脾脏淋巴瘤（primary spleen lymphoma），一种罕见的恶性淋巴瘤，在我的脾脏上显示了它不可一世的存在。转瞬间，我全然忘记了恐惧，忍不住笑了：PSL——抵押补充贷款（Pledged Supplementary Lending），一种新的货币储备政策工具，商业银行通过抵押资产从央行获得融资利率。我是市商业银行行长，我的癌竟然和我银行的一项功能使用同样的英文缩写。我终于看懂了癌症，对生命来说，癌症不过就是一种机缘巧合的讽刺而已。

就发病率和致死率而言，每个国家有每个国家的癌症。中国的淋巴癌名列十大恶性肿瘤之一。淋巴癌中，PSL 仅占 1%—2%，也就是说，100 个淋巴癌患者中，只有一两个像我这样的原发性脾脏淋巴瘤。我也真够倒霉的。为了弱化内心的恐惧，我把淋巴癌戏称为“巴癌”。癌症病理学把“巴癌”分成两大类：一类是霍奇金淋巴瘤（HL），占 10%；另一类是非霍奇金淋巴瘤（NHL），占 90%。论存活率，后者远远低于前者。我就是低存活率的 NHL 巴瘤。NHL 巴瘤也分两类：一类 B 细胞肿瘤，一类 NK/T 细胞肿瘤，每一类中又分若干小类，我撞上了其中的 T 淋巴母细胞淋巴瘤，它生长最快，死亡率最高，凶险异常，我几乎被恐惧压垮了。

病理主任让我从电子显微镜里看了看要置我于死地的 T 淋巴母细胞。我希望我的死神至少是美丽的，就像那些长得像花蕾一样的癌细胞，结果大失所望。我的“淋巴母”萎缩成一个不规则的圆，染色质如同杂乱的粉尘，含有遗传物质的细胞核形同鸡爪，保护内部结构、控制物质进出的细胞膜变得很薄；细胞质，生命活动的主要空间，明显缩小。细胞与细胞串珠般排列，彼此互不黏附，随时都可能脱离组织去往任何一个它们想去的器官。连我的死神都如此丑陋，我还有什么希望？病理确诊之前我曾祈盼自己“不会得癌症”，确诊之后我降低了预期，祈盼患的是存活率高一些的癌，结果摊上了死亡率极高的“淋巴母”。如果说人生就是一个靠不断降低心理预期接受命运安排的过程，那么此时，我生命的预期已经降到了谷底。

越是绝望，越不甘心。一位世界顶尖病理专家的话，给了我最后一线希望：“即便世界上最好的病理科医生也可能在淋巴瘤诊断上栽跟头。”我祈祷我的病理医生在我身上栽了跟头。我满怀期待跑到“美国国家综合癌症网络”（NCCN）寻找证据，即使找不到证据或许也能找到救命的神医灵药。NCCN 由全美 21 家顶尖肿瘤中心组成的非营利性学术组织所创建，其中的《NCCN 肿瘤学临床实践指南》是全球肿瘤临床实践中应用最为广泛的指南，也是对癌症患者最有责任心的导医。我搜遍了 NCCN 的每一个角落，既没有找到让我的病理医生“栽跟头”的证据，也没有找到救我命的神医灵药，可是我找到了另一种希望，那是医学的严谨与圣洁——NCCN 是个干干净净的地方，没有任何卖医卖药的广告，没有利欲，没有虚夸，如同一方净土。有净土，就有希望。

脾脏五行归土，本身就是一方净土。由淋巴组织负责守护这方净土。人体淋巴像网络一样覆盖全身，一般来说凡是有淋巴结的地方都有长癌症的可能性，唯独脾脏，癌症轻易不敢冒犯，因为它们忌惮脾脏强大的免疫力。脾脏聚集了人体 25% 的淋巴组织，如同免疫系统的核心堡垒，癌症不敢轻易冒犯，所以原发性脾脏淋巴瘤极为罕见。不知何时，我身体的某个部位遭到病原体袭击，免疫系统分兵支援，脾脏防御松懈，癌症抓住机会，出其不意地发动了袭击。顿时，我的脾变成了决定我生死存亡的战场。癌细胞狠辣，癌基因刁钻，经过一场惨烈厮杀，核心堡垒土崩瓦解。我的癌似乎学过《孙子兵法》。“攻其无备，出其不意”这种古老的权谋文化，是它战胜免疫系统的基本策略。按生物社会学的理论，有什么样的文化就有什么样的癌症，确实有道理。

人体器官也有各自的社会属性。脾的社会属性是由《内经》确立的：仓廪之官（脾胃）。仓廪的作用是储存。脾脏是人体的“血库”，它的血窦组织中储存着40毫升血液，一旦人体有需要，血窦就会收缩，把储血排送到血循环系统。脾脏还是净化血液的过滤器、免疫物质的加工厂。确诊之后，我迫不及待地去了医学院人体标本馆，我想看看脾的样子，如果真的死了，连脾都没有见过，我会死不瞑目。一枚脾脏泡在玻璃瓶里，离开了人体如同失去了家园，它有些萎靡。我呼吸着刺鼻的福尔马林的气味，傻呆呆地盯着这枚脾看了许久。我的举动引起了一位工作人员的注意。“是你的亲人捐献的？”他钦佩地看着我。“是我的。”一瞬间，我真觉得泡在福尔马林溶液里的就是我的脾。“你真了不起。”他主动为我打开了壁灯。灯光照亮了玻璃瓶里的脾，它变得鲜活了，好像重新回到胸腔，不，不是回到胸腔，它回到了1580年的威尼斯，几位商人坐在长板凳上——最早的银行家被称为“坐在长板凳上的人”，他们面前放着一枚解剖开的脾脏，紫红色、巴掌大小、三角锥体、质地柔软脆弱，他们拿着放大镜仔细查看，看见了储存和释放血液的血窦，血液流进流出的动脉、静脉，传递信息的神经，神经和血脉出入的脾门，被膜形成的保护层，还有结缔组织构成的小梁支架……威尼斯商人满意地笑了。他们浪漫地模仿脾脏的构造和功能原理创建了人类第一家银行，从此货币体系形成，人类的经济活动有了“仓廪之官”。这些都是我的幻觉。但幻觉折射真相。真相在于，人类的社会运作模式许多都是对生理机能自觉不自觉的模仿。银行储存货币，发放贷款，为经济活动提供“血液”。银行具有过滤不良资产、清除落后产能的功能。银行是社会经济体的免疫器官，通过调节货币流向、流量，对各种各样的经济疾病原体起到免疫作用。脾脏启发了银行，银行模仿了脾脏，脾脏和银行的相通性，证明了生物社会学的一个真理：支配有机界发展的一般规律也适用于人类的社会活动。这不是牵强附会的类比，而是取象比类，取象比类是国学的认识论和方法论。玻璃瓶里的脾脏在我眼前幻化成一本顶天立地的大书，封面上写着两个玄奥神秘的大字：《易经》——中华群经之始、之首，广大精微，含盖万有，纲纪群伦，闪烁着意象思维的灿烂光辉，廓清了万事万物间的内在联系、变化规律，它站在人类所有文明的绝顶之上，用沧桑的老智慧为包括医学和生物社会学在内的一切现代科学奠定了思想基础。我情不自禁地想触摸这枚脾，手触碰到玻璃瓶，里面的脾微微晃动了一下，我听到了一个黄钟大吕般的声音："夫象，圣人有以见天下之赜，而拟诸其形容，象其物宜，是故谓之象。"(《易经》)

我是银行行长，我的脾长了罕见的原发性脾脏淋巴瘤，我亲身验证了癌症与职业的趋同性。其实很早之前，我的身体已经发出过警报：总觉得累，食欲不振，体重下降，皮肤容易擦伤，睡觉流口水，有时发冷有时发热，腹痛腹胀老想放屁，大便不成形马桶冲不干净，"诸湿肿满，皆属于脾。"按《内经》说法是脾出了问题。"脾主运化。"中医认为脾具有消化、吸收和转输水谷精微物质的功能。"脾失健运"，运化功能失调，必然发生病变。我顾不上去医院，我的银行也出现了"脾失健运"症状，效益下滑，人心浮动，如果调理不好我随时都可能被他人取而代之。

银行"脾失健运"的症状是储蓄存款增速持续下滑，属于速度失衡症——经过多年"硬道理"式的增长，对突然的减速难以适应。我本身就是一个过量增长的典型：身高 1.85 米，体重 98 公斤，背靠一个体量庞大位居世界第一的 M2（广义货币供应量）。我的银行曾经是我的骄傲，总资产、存款、贷款连续多年位居全市商业银行业之首。高增长时期，我肌肉强健，步履坚实，但此时的我，身体浮肿，行动滞缓，脚跟不稳。我银行的主要经营指标和我一样，也变得虚弱乏力了。这不能怪我，经济增速放缓，互联网金融造成货币分流，虚拟经济刺激了人们的资金收益预期，种种原因驱动"去存款化"加快了节奏。我变着花样发行理财产品，用"主动负债"方式吸纳存款，由此而陷入了肌肉萎缩难以支撑躯体的困境：存款成本增高，经营收益下降，员工收入锐减。我不知道应该相信凯恩斯还是哈耶克。货币、财政刺激行不通了，自由市场不适合国情。我该如何选择？我身心疲惫，茫然不知所措。我出现了嗜睡症，常常趴在办公桌上就睡着了，流了一摊口水，流口水说明了脾虚——中医规定五脏与五液的关系，脾对应的液体是涎。我流着口水来到黄帝陵前，用衣袖蘸着口水擦拭墓碑，把墓碑擦得如同镜子般明亮，老黄帝从墓碑上显现出来，“脾主身之肌肉。”他老人家瞪着一双铜铃大眼，“如脾有病，则肌肉痿缩不用。”他一语双关，道破了我的病根。

我脾虚，是因为违背了《内经》的教诲。《内经》让我“饮食有节，起居有常，不妄作劳”，我却“以酒为浆，以妄为常，醉以入房”，导致运化紊乱，脾虚体弱。没办法，心里着急，着急扩张规模。扩张一直是银行的发展模式，规模越大，利润越高。如今规模与效益背离，规模收益逐渐递减，“硬道理”式的扩张之路已经走到了尽头。我想改变，我想创新，然而我已经做不到了。在我的DNA链上，癌基因凿掉了遗传信息中的“创新”记忆，用“守旧”记忆重新编码，从生命的本质上改造了我。我的遗传性状发生了变化，怪癖僵化，从灵魂深处抵触创新，惧怕改变——不知我的后辈子孙需要经过多少代进化才能恢复种族遗传的“创新”记忆。也许是先天遗传，也许是后天改变，我只会循着老路转圈子，就像磨道上的一头驴——“拉存款→放贷款→再拉存款→再放贷款”，如此循环往复，规模扩张达到极限，资本补充越来越难，不良资产逐年上升，质量风险临近失控边缘。我六神无主，慌乱不知所措。慌乱说明了脾虚。中医确认脾健的人思维敏捷，精明强干；脾虚的人，遇事心慌意乱，束手无策。一位老中医号了我的脉，说我饮食不节，情志失调，导致脾虚，影响思维，僵化守旧。老中医仙风道骨，头脑清晰，字也写得好，他给我开了十几味“君臣佐使”药，熬出来的黑红浑浊的苦涩液体，除了难喝丝毫也没有“君臣之道”的感觉。喝了一个多月老药汤，说实话，疗效有点儿，但不大。我觉得，该去看西医了。

西医狠绝，既不类比，也不废话，直接宣判了我的脾：PSL，原发性脾脏淋巴瘤。员工们正在共克时艰，我却住进了医院，我怀疑这个“巴瘤”就是专门来给我银行捣乱的。西医冷冰冰地要割除我的脾。想到我的脾就要离开我的身体，禁不住潸然泪下，我眼前闪现出那个泡在福尔马林溶液里的孤零零的脾，我觉得生命中最悲哀的不是死亡，而是器官离开了躯体的家园。

我央求医生尽快给我做手术。“巴癌”在我体内失控疯长，我几乎每天都能称出它增长的重量。可是医生却把我的手术排在 10 天之后。“按常态，该打点的必须打点。”姚海莉劝我。她曾经是我的职员，辞职后成为民间金融界的头面人物。在我银行开了多个户头，算得上大客户。为了保命，我默许了她给唐院长送卡。唐院长用癌症的隐喻批评了我。“唐爷爷对所有的病人都一样。”铃铃用纯真的目光看着我。她的目光让我看到在肿瘤之上还有一个天使。事后，我请唐院长把那张信用卡转交给了“天使基金”。没有任何目的，只想着帮助铃铃。唐院长说这孩子身上有一种启动善心的能量。我被铃铃启动的不仅是善心，还有一种自我净化的需求。

在净化中，我找到了我的癌症的根：“体量”庞大——身高 1.85 米，体重 98 公斤。“体量”越庞大，患癌症的几率就越高。《柳叶刀》的一篇研究报告称，身高每增加 10 厘米，患癌症风险就会增加 16%。“体积大的动物容易产生更多的癌细胞……”科普作家乔治·约翰逊说，“细胞分裂越频繁，越有可能发生突变，巧合之下就有可能引发恶性肿瘤。”其实，人世间的任何事物，过于追求“体量”都要承担相应的风险。此外，机体的多变性也是引起癌症的原因之一。我爱上火，身体常有炎症。在多种基因参与的修复创伤的过程中，基因编码蛋白质出现错误的概率相对增加，细胞癌变的概率也随之而增加。怎么办？保持机体和心理的稳定，不随心所欲，不变来变去，不异想天开，不狂妄自大，不今天上火明天发炎地胡乱折腾，平衡心态，脚踏实地，谦恭谨慎，科学运动，做力所能及的事情，如此种种，至少能减少得癌症的概率。我想开了，等做完了手术，我的脾离开身体之后，我就把它安放在玻璃瓶里，灌入福尔马林溶液，作为职业培训教具，让我的员工牢牢记住，脾为“仓廪之官”“后天之本”，爱护脾就是爱护自己的职业。

三、癌症的增速与患者的负担

铃铃再次住院后，楚中天也“二进宫”了。他已经冲破了“癌症楼”，不再有被囚禁的感觉了。获得了心灵的自由，《癌症经济》开始动笔了。他把肿瘤医院当作癌症经济学的研究基地，捧着笔记本电脑，坐在医院花园的连椅上。连椅的另一头，铃铃铺开作业本，正在演算数学题。她穿着宽大、单调的“囚服”，却并没有失落、麻木的感觉，而是皱着专注的小眉头，思考，演算，书写，好像这里就是她的课堂，周围的一切都不存在。她眼睛里闪着平静的光影，不厌其烦地一遍遍地检查、修改，好像在以超越年龄的耐心争取着什么。一个小女孩，在癌症统治的世界里心无旁骛地做自己的事情，楚中天相信铃铃一定有一颗自由、强大的心。

写完作业，铃铃的嘴就闲不住了。“楚伯伯，我开始吃靶向药了。”她很专业，话语里带着一点炫耀，“克唑替尼，进口的，瑞士诺华公司发明的。”

“我吃舒尼替尼，也是进口的。”受了铃铃的感染，楚中天也像个小孩子一样炫耀起来，“我的药是美国辉瑞公司发明的。”

“我们俩的药，都是替尼。”铃铃好奇地问，“这是为什么？”

楚中天告诉铃铃，替尼是一个英文词根，“-tinib”，它代表了“指哪儿打哪儿”的小分子靶向药物。理论上说，治疗癌症并不难。化学世界中存在着数不清的有毒物质，能够轻而易举地在试管里杀灭癌细胞。然而在人体内，这些化学物质普遍具有滥杀无辜的特性，一方面杀灭癌细胞，一方面摧残正常细胞，似乎它们挽救生命的目的就是为了毁灭生命。靶向药物不同。靶向药物是一种爱憎分明的理性药物，贯穿整个身体，却仅仅攻击癌变的细胞。就像生物导弹，在细胞分子水平上瞄准特定的致癌位点——一个蛋白分子，或者一个基因片段，对癌症实施精准打击。

虽然楚中天尽可能说得通俗易懂，但铃铃还是听得一头雾水。“我知道了，替尼就是聪明的药，能分清好人坏人。”她有自己的理解。

“对对，是最聪明的药。”楚中天似乎在给自己打气，“所以，我们的癌症一定能治好。”

“可是……”铃铃眼睛里闪现出阴影，“我不想再治了。”

“为什么？”

“我6岁得癌症，现在快8岁了，家里的钱全都用来给我治病了。”一年多的癌症磨难，让铃铃变得越来越成熟，“自从我得了癌症，妈妈就没买过一件新衣服。还有爸爸，下班后还要送外卖，他都累瘦了。”

“铃铃是个懂事的孩子。”楚中天问，“你没有医保吗？”

“生病之前，我只有普通医保。”铃铃说，“得了癌症，想买大病医保，保险公司就不给了。”

“你爸妈不容易。”

楚中天知道，靶向药物价格昂贵，即使列入了医保也不便宜，加上辅助药物、诊断检查和住院花费，一般收入家庭很难承受。作为一种疾病，癌症有两个基本特征：一是夺命，二是烧钱。他在癌症经济研究中发现，癌症的病理特性，直接影响了患者的经济负担。癌症的增长速度越快，恶性程度越高，治疗的费用就越昂贵，低收入群体就越难以承受。

“妈妈说，就是砸锅卖铁，也要治好我的病。”铃铃说，“可是我不想再给妈妈当负担了。”

“没有妈妈会把孩子当负担。”

“爸妈说，我是他们甜蜜的小负担。”

“你爸爸妈妈真好。”

“我的成绩好了，爸爸妈妈就高兴了。所以呀，我要好好学习，不能光想着癌症。”

几天后，楚中天买来三盒克唑替尼，送给了铃铃。是印度版的，价格只有正版的三分之一。铃铃妈妈李嘉怡千恩万谢，让他有些不好意思。他帮助铃铃，也是帮助自己。当初，正是铃铃一句“冲破癌症楼”，给了他战胜癌症的信心和勇气。这孩子逆天的认知，让他得到了救赎。这一次，复发的癌症就像被民心剔除的某种邪恶思潮，卷土重来，要把灵魂再次打入“癌症楼”——没有经受癌症折磨的人，决然体会不到“癌症楼”的恐怖。可是他不再害怕，也不再屈从了。他有了舒尼替尼，那是他生命的救星，在生命的救星之上，还有一个灵魂的救星，就是铃铃——把一个小孩子视为天使，也许只有处在生死边缘的人，才能有这样的感受。他要和铃铃一起战胜癌症。即便生命最终得不到拯救，他也要完成“癌症经济”的研究，做点经济学家真正应该做的事情。

四、一个癌症就是一个滴血的资本

我是在“癌症街”给铃铃买的克唑替尼。肿瘤医院周边的几条街道被统称为“癌症街”，纵横交错如同人体经络。密密麻麻的商铺，好像奇经八脉上的穴位。“癌症街”寸土寸金，几乎所有的经营项目都以癌症为中心展开，所有的商家都在利用癌症赚取利润，癌症的经济价值在“癌症街”被开发到了极限——在“癌症街”研究癌症经济，有得天独厚的条件。数量众多的低档小旅馆，说明了等待入院的患者的数量和他们来自的阶层。小饭店、快餐店显示了病患的家庭收入。丧葬店的数量证实了居高不下的死亡率。鲜花店利用希望和绝望，沿着两个逆向的途径获取收益。不起眼的算命门头打着易经八卦的科学招牌，蜷缩在街边的缝隙中，从走投无路的病患手里赚点小钱。能够直接体现癌症的经济价值的是诊所和药店。诊所大都是中医诊所，高举着《内经》的旗帜，拾遗补缺地从西医那里化一份缘。

“癌症街”的利润主体在那些药店里。全世界所有的药，只要与治疗癌症有关，无论在国内是否得到上市批准，这里都能买到。铃铃服用的克唑替尼是一种多靶点蛋白激酶抑制剂。有临床数据说，克唑替尼把非小细胞肺癌患者的“无进展生存期”至少延长了一年以上。这需要花费多少钱？一粒

250 毫克、一盒 60 粒的克唑替尼胶囊，价格为 45000 元左右（非医保价格），口服每日两次，每次 1 粒，也就是说，服用克唑替尼，不算其他治疗费用，一个月花费近 4.5 万元，一年 54 万元。后来医疗保险接纳了克唑替尼，价格降到了 15600 元 / 盒。但对于一般收入家庭来说，这仍然是难以承受的负担。我买了 3 盒克唑替尼，印度版的，白色胶囊，比辉瑞版的砖红色胶囊便宜很多，只要 9000 元 / 盒，疗效相近。3 盒克唑替尼，3 个月的用量，近 3 万元钱，相当于我两个半月的工资。我拿高级职称工资，有医保，我吃的舒尼替尼比铃铃的克唑替尼价格便宜，即便如此，经济负担上依然感到力不从心。铃铃没有大病医保，父母都是普通白领，对他们来说“砸锅卖铁”绝非夸张。都说生命神圣，生命私有，生命无价，可是癌症却占有了患者的生命，开出价格（不同的癌、不同的病情需要不同的治疗费用），逼迫患者，尤其是那些穷苦的患者用血汗钱赎买回去。可以说，在所有的疾病中，癌症是最具掠夺性的一种疾病。

癌症的掠夺性体现在两个层面：一是生物的掠夺，掠夺人体的营养物质；二是经济的掠夺，掠夺患者的钱财。从经济学来说，每一种疾病都有它的经济价值。世卫组织统计人类有上万种疾病——新的疾病还在发现中。上万种疾病产生的经济价值有多大？我看过一个统计：近年来全球药品市场规模达到了 1.17 万亿美元。就危害而言，癌症是“众病之王”。“众病之王”产生“万药之王”：抗癌药物市场规模 1283 亿美元，占全球药物市场份额超过 10%，预计到 2022 年将会超过 2000 亿美元。以单类疾病计算，没有任何一种疾病的经济价值可以与癌症相比。国际癌症研究机构（IARC）新近公布，整个人类，年新增 1810 万癌症病例，有 960 万癌症患者不幸死亡。中国是癌症大国，癌症发病率、死亡率均为世界第一。庞大的癌患群体产生了庞大的抗癌药物市场。连续多年，中国的抗癌药物市场规模都以每年超百亿的增速扩张，总量已达 1630 亿元（人民币）。从查出肾癌到“二进宫”，不到两年时间，我为癌症药物市场至少做出了 60 多万元的贡献。这些数字让我产生了一个“魔鬼经济学”式的念头：由疾病生出的药物市场其实是一个扭曲、荒诞的市场。如同癌症的增长造成人体的消瘦，药物市场增长得越快，给人世间带来的贫困也就越多。我们可以说癌症为经济做出了千亿元的贡献（仅药物而言），也可以说癌症毁掉了千亿元的财富，甚至还可以说癌症把千亿元的财富从一些人手中夺了过来交给了另一些人。在这种财富的转换过程中，癌症显现出了它的经济属性：一个癌症就是一个资本。“资本来到世间，从头到脚，每个毛孔都滴着血和肮脏的东西。”（马克思）

从理论上说，癌症药物市场规模扩张，应该带来治愈率上升、死亡率下降。近年来，发达国家癌症患者死亡率大幅减少，整体 5 年生存率让人们看到了治愈癌症的希望：英国 54%，美国 66%，法国 76.6%，德国 78.4%，澳大利亚 80.7%，日本 81.6%，加拿大 82.5%。5 年生存率，中国是多少？39.9%。论规模，中国的抗癌药物市场位居世界前列；论技术，中国的医生绝不逊于世界上任何一个国家的医生，可是为什么 5 年生存率却低于日本和欧美国家？中国的问号，或许能从美国找到答案。

美国的癌症死亡率，峰值在 1991 年，每 10 万人中就有 215.1 人死于癌症。

此后，便以每年 1.5% 的速度稳步下降，到 2016 年整体下降了 27%。这意味着 25 年间，美国癌症死亡人数减少了 262.92 万人。《临床医师癌症杂志》，一本全球发行量最大的肿瘤学期刊公布的这些数字，本应令人鼓舞，可是美国科学家却从中发现一个令人沮丧的事实：最贫困地区癌症总死亡率，比最富裕地区要高出 20%。贫困地区女性宫颈癌死亡率是富裕地区的 2 倍，男性肺癌和肝癌死亡率高出 40% 以上。也就是说，贫富差距推高了癌症的发病率和死亡率。擅长鸡蛋里挑骨头的科学家给出了一个让政府尴尬的结论：如果能够消除贫富差距，美国 25 岁至 74 岁的癌症患者中，至少有 34% 的死亡是完全可以避免的。

靶向药物的出现，改变了人类在对肿瘤的战争中疲于应付的处境。同时这也意味着天价的费用，使得贫富差距更加凸显。“医学变得越来越个性化、越来越精准、越来越不平等。”《麻省理工科技评论》为此而叹息，“可能会使不公平现象变得更糟，特别是如果它只适用于富人。”神奇的乔布斯是世界上第一个对自身所有 DNA 进行排序的人，他为此而支付了几十万美元。一个普通患者，医生只能对他的 DNA 采样分析，与乔布斯的“大数据”相比，在治疗的精确度上存在着明显差距。医生根据乔布斯的基因序列按需用药，一旦失效及时更换药物。“大数据”有效地延长了乔布斯的生命，虽然最终没能留住他。可是有几个人能支付如此昂贵的费用呢？在这个穷人居多的星球上，富人不仅拥有金钱还拥有生存的特权，即使癌症不再是不治之症，面对高昂的医疗费用，穷人能够得到及时有效的治疗吗？比尔·盖茨为此而提出了一个“巨大的”道德问题。

有药就有希望。穷人把希望的目光投向了印度。在中国，印度的抗癌药是穷人和中产阶层患者的首选，虽然印度癌症整体 5 年生存率仅有 30%，低于中国近 10 个百分点，可是却被誉为世界第三制药工厂。在欧美国家，高治愈率靠的是医药科技的创新。引领科技创新方向的美国，抗癌药物销售额增长的 70% 来自新推出的抗癌药。全球几乎一半的新药都出自美国。与欧美相比，印度拥有无与伦比的仿制能力。欧美有什么药印度就能生产什么药。诺华公司研发的格列卫，是第一个小分子酪氨酸激酶靶向药物，对慢性粒细胞性白血病有显著疗效，最初在中国 2.5 万元左右一瓶，后来被医保收入麾下，价格降到每瓶 3000 元左右，即便如此，一位患者年花费至少也要 3 万—5 万元。位列世界三大药企之一的诺华制药，英文名 Novartis，源于拉丁文 novae artes，本意指“新技术”，中文名取意“承诺中华”：承诺通过创新产品和高质量服务提高中国人民的健康水平。如此善良美好的愿望，却因为高昂的药价难以进入中国人的心。紧随诺华之后，印度版的格列卫来了。没有说一句煽情的话，冷冰冰地直接把价格降到了千元以下，疗效与诺华几无差别，成为在生死线上苦苦挣扎的中国低收入癌患群体的救星。格列卫验算出一个奇妙的抗癌公式：欧美人创新，印度人仿制，中国人获益。

辉瑞的苹果酸舒尼替尼胶囊看起来很有仪式感。严谨的圆柱体，砖红色，饱和度适中，温暖而不张扬，真实而不虚夸。胶囊里的颗粒状制剂，凝结着近现代人类基础科学研究的几乎所有伟大成果。在服药之前，我习惯用拇指、食指捏住胶囊两头，举到眼前细看。从半明半暗的光影里，我看到了拉瓦锡，如果没有他那颗被革命党砍落在断头台上的“一百年也再长不出一个”的头颅，也许就没有今天的医药化学。我看到了沃勒，如果没有他在烧杯里掀起的那场超自然的科学风暴，也许人类至今固守着“活力论”而看不到“生命是一场化学事件”，也造不出能够影响“生物有机体内部运作”的生化药物。我看到了从孟德尔的豌豆花里结出来的遗传学的果实，从摩尔根的果蝇身上孕育出的染色体，还有沃森和克里克用纸板、铁皮和线绳构建的双螺旋模型，如果没有他们，也许人类至今对癌症的基因本质茫然不知。从小小的胶囊里，我还看到了几位新生代的药物学家，他们踩在前辈的肩膀上，举行了一个博爱的仪式：跟随临床医生来到病房，向绝望的癌症病人鞠躬致歉……经过这个仪式，旧癌症便有了新药物——靶向药物，“一种药物可以贯穿整个身体却仅仅攻击癌细胞”的医学企盼得以实现，成千上万的癌症患者能够继续留在人世间。

一粒小小的胶囊，显现出一代又一代科学巨人的身影，他们穷尽一生，在各自的领域进行着枯燥乏味的基础研究，不设国界，不分种族，不求捷径，不浮躁虚夸、狂妄自大，既不想争戴引领世界的桂冠，也不考虑未来的用途和实际的利益，唯一的目的就是探索对自然法则的理解。他们真正是科学的原始创新者。鼙鼓无声，理性长鸣。没有任何一门科学，可以凭借冲动与热情驱动的高速度，实现发达与强盛。

我挺直身体，庄重地把舒尼替尼胶囊放进嘴里，稍稍停留片刻，感受它的神圣，喝口水吞咽下去，随即便展开想象，想象着胶囊在肠胃里融化的情景，那些由乙基、二氢、二乙胺基、甲基、二甲基、氨甲酰和吡咯苹果酸盐合成的化学元素，它们避让开正常器官、组织和细胞，准确机敏地渗入我的肾肿瘤，按照预设的靶点，在癌细胞内某些特定的蛋白受体上产生系列生化反应，这些蛋白在癌细胞生长过程中起着分子开关的作用，关闭了“开关”

便阻断了肿瘤血管生成和癌细胞增殖的通路；我想象着癌细胞在我体内萎缩、死亡的景象，尸横遍野，惨不忍睹，这时候巨噬细胞来了，这些“大食者”（希腊语）如同清除垃圾般地把癌细胞的尸体吞噬干净，我顿时感觉到身体清爽、轻松有力了——有时候，想象也是一种仪式。有仪式感的服药方式能够大大提高药物的疗效。

现代靶向药物，常常让我想起一个古老的药物市场观：“但愿人人无病，何妨药架蒙尘。”在癌症经济中，古老文明的医德发生了基因突变，被无限分裂、失控增长的癌细胞，彻底颠覆了。

第十章

一、向生命举债

紧随铃铃和楚中天之后，刘全有也“二进宫”了。他是环卫工人，属于低收入群体。第一次住院时，女儿考上了大学，他说了一句“不能把钱浪费在癌症上”，就提前出院了。复发后他一拖再拖不肯住院。“爸，如果您不住院，我就退学。”女儿哭闹着，把他逼回了医院。“癌症是一种雪上加霜的疾病。癌细胞的分裂、增长速度，与低收入患者的贫困化程度成正比。”楚中天从刘全有的经历中，发现了这个规律。他和铃铃、尤纪良来看望刘全有。“您需要加强营养呀。”楚中天发现他面容憔悴，皮肤像缩了水，眼窝凹陷，颧骨凸起。

“我已经恶病质了。”刘全有声音少气无力。

恶病质是癌症晚期常见的伴随症状。患者脂肪丢失加快、组织消瘦、食欲下降、骨骼肌和内脏器官萎缩、免疫反应丧失，最明显的是进行性体重下降。

“纪良叔叔，您别给我做饭了。”铃铃的同情心，总是容易会被别人的苦难唤醒，“把我的饭给刘伯伯吧。”第一次住院，她每天的中、晚饭都是尤纪良的饭店给做的。再次住院，尤纪良仍然给她送饭。

“放心吧，我多做一份。”尤纪良曾和刘全有住在同一病房。出院后，他们来往更密切。刘全有女儿上大学时，尤纪良专门设宴，给他女儿饯行。

“老刘，想吃什么，尽管说。”世界上有千千万万种友情，癌友间的友情，是最为特殊的一种友情。

“不用麻烦了，我什么也吃不下。”刘全有说，“也不知为什么，肚子里没有一点东西，反倒越来越鼓胀。”

“是通胀造成的压力。”尤纪良也是胃癌，对腹胀有过体会。

他所说的“通胀”，来自细胞，细胞内流通的一种被称为“能量货币”的代谢物——三磷酸腺苷（ATP）。ATP作为细胞内的“分子通货”，具有储存和传递能量的作用。无限分裂、高速增长的癌细胞，代谢超强，“分子通货”能量成倍增加，所聚集的ATP数量足以造成生物化学的“通货膨胀”。

尤纪良的细胞学科普知识，让楚中天很受启发。他研究癌症经济学，就是从生物学和经济学的双重视觉，观察、剖析癌症对人类经济活动的影响。他记得东汉老经济学家王符说过：“商贾者，以通货为本。”（《潜夫论·务本》）可是当通货像癌细胞一样拥有了极其可怕的代谢能量之后，它便失去了节制，在挥霍和贪婪的欲望中疯狂扩张、膨胀，把“商贾之本”异变为“商贾之癌”，用挤压、窒闷的方式杀死商贾。这种“致死”方式，与癌症相似。癌症就是通过让体内充斥太多的细胞，令患者窒闷而死。

“你有没有发现，生化的通胀和经济的通胀，有相通的特性。”楚中天忍不住问。做了一辈子命题论文，终于有了自己的课题，他经常会因为受到一点启发而兴奋得难以自禁。

“感觉有点相似。”尤纪良有自己的体验。

一段时间，他被“通胀癌”挤压得喘不上气来——肉、菜、粮、调味品，人工、水电、燃气和房租，所有的经营成本都在疯涨。“癌症是一种能够侵袭任何一个人的疾病，通胀也决不会放过任何一个经济体和经营人。”胃切除后，他体内的压力消除了，可是经营成本的压力却越来越重。

“癌细胞的分子通胀，是由肿瘤的失控增长造成的。”楚中天旁若无人，自言自语地分析癌症和经济的逻辑关系，“无限分裂，高速增殖，分子通胀，恶病质，治疗费用……”他似乎找到了癌症和患者经济负担之间的逻辑关系。

肿瘤失控增长造成了恶病质。肿瘤增速越快，肌体就越消瘦。为了实现增殖、侵袭和转移，肿瘤需要不断扩大、强化微环境的组织规模。肿瘤微环境是一个复杂的综合系统，这里不仅有癌细胞，也有免疫和炎症细胞、成纤维细胞，有微血管和间质组织，还有各种细胞因子和趋化因子，如同肿瘤生存的土壤。肿瘤组织扩张，首要工程就是开辟血管通道。肿瘤血管如同瘤体组织的高速公路。肿瘤生长、扩张所必需的氧气和营养供应，代谢产物和能量信息交换，以及各种反馈调节，全都离不开肿瘤血管。肿瘤不惜血本，投入 30 多种血管生成因子，调集无数的成纤维细胞、内皮细胞和间质细胞，在瘤体内铺设血管网（Cap）。这场壮观的生化工程，决定了肿瘤的未来发展。没有生成血管时，肿瘤靠弥散营养生存，体积一般不超过 2 立方毫米。当密集的血管在瘤体内铺展、延伸开来之后，癌细胞的生长、扩张便畅通无阻了。然而，这种靠规模维持的血管生成方式，不可避免地会造成效率低、质量差的问题：血管不规则，窦状壁很薄，基底膜厚薄不一，断裂、碎片或缺损随处可见，血流量仅为正常的 1%—10%。这样的血管质量，显然无法满足高增长的肿瘤对微循环的需求，瘤体内出现了低营养、低 pH 值和低氧的“三低”细胞群，组织中心部位常常因为缺血、缺氧而坏死。

怎么办？

继续扩大规模。

越是低质低效，越要扩大规模。用规模对冲低质低效，这是恶性肿瘤的恶循环特色。虽然由此而造成了生命资源的巨大浪费，但癌症不怕浪费，癌细胞有超强的代谢能力，能够占有更多营养物质，弥补能量不足。

细胞代谢有两种类型：一种合成代谢，一种分解代谢。合成代谢，需要能量驱动，具有营养依赖性，属于吸能反应。分解代谢，把营养物质中的能量释放出来，转化为生命的能源，属于放能代谢。两种代谢自然平衡，生命活动才能有序进行。一般情况下，正常细胞的合成代谢小于分解代谢。与正常细胞相比，癌细胞体积大，形态杂乱，代谢能力超强，合成代谢大于分解代谢，也就是说，它们的吸能反应超过放能反应。这种获取大于付出的行为说明了什么？说明癌症的生长具有举债的特性。向谁举债？生命。癌细胞利用多种生化手段，肆意掠夺正常细胞的蛋白质分解产物，掠夺机体内的营养物质，并且不计成本、只求规模地把资源疯狂地投入肿瘤组织的扩张，造成了生命资源的透支。这种病理性的高负债率，造成了机体机能的分化失衡：肿瘤越强大，肌体越衰弱。癌症的负债率具有致命的危险，会导致机体过量消耗，呈现出恶病质状态，直至资不抵债生命终结。癌症并不在意机体的死活，它始终沉浸在一个遥不可及的生物的梦想中——“可以认为癌症在试图效仿一个再生器官，或者更令人不安的是，在效仿一个有机体。”（《众病之王》）让两种机制，生理的和病理的，在同一个机体内运行，并最终用病理机制取代生理机制，为此，癌细胞不顾宿主死活，把人体变成了一个生物化学反应的大工地，它们在有机分子的世界里创造了无与伦比的奇迹：堆积资源、强化代谢、挥霍能量……乳酸在发酵，蛋白在燃烧，“能量货币”（ATP）在通胀……最终脂肪耗尽、肌肉萎缩、器官衰竭……

楚中天从形销骨立的刘全有身上，看到了有机分子的运动形态与患者经济状况之间的微妙关系：癌细胞的无限分裂，不仅仅是对正常细胞的生物掠夺，也是对贫困中人的经济掠夺；肿瘤生长、转移得越快，患者的恶病质症状就越严重，治疗费用也就越高。如果说分配不公是造成贫困化的社会根源，那么癌症扭曲、疯狂的病理性增长，就是造成贫困化的生物根源之一。由此可见，魏尔啸所定义的“瘤形成”（neoplasia）——“一个回响在整个癌症历史中的词汇”，既是扩张的象征，也是贫弱的象征。

“楚伯伯，您在想您的书吗？”楚中天愣神的样子，引起了铃铃的好奇。

“对不起，想到别处去了。”楚中天不好意思地笑了。

“老刘呀，帮我个忙吧。”隔帘另一边，有人招呼。

刘全有赶忙拉开隔帘。“对不起，光顾着说话，忘了给您打水了。”他拿起暖瓶，“我去打水了。”

楚中天他们借机告辞，和刘全有一起走出病房。“您都病成这样了，还要照顾别人。”楚中天说。

“他自己为什么不打水。”铃铃不平地说。

“都是病友，相互照顾，应该的。”刘全有说。

邻床这个病人，叫嵇德清，胆囊癌晚期。看脸色，他的病情并不比刘全有严重。他卧床不起，接受照顾，是因为他患了另一种病——“落差综合征”。他是经济技术开发区管委会主任，一种改革、开放后产生的官职。他曾经有那么多身份高贵的朋友。患了绝症，官位价值随着癌症的恶化而逐渐贬值。来探望他的人越来越少，脸色也越来越冷漠。就连那些忠心的属下，也拿他不当回事了。他被世态炎凉摧垮了，心灰意冷，整日躺着消磨时光。刘全有生性开朗，热情助人，整个病区的癌友几乎都得到过他的帮助。他拖着病弱的身体，帮嵇德清打水打饭，甚至端尿盆，照顾得无微不至。“总算还有人想着我。”对嵇德清来说，刘全有的照料就像安慰剂，减轻了“落差综合征”造成的痛苦。

“他真不自觉。”尤纪良说。

“从那么高的官位上跌下来，轮到谁也承受不了。”刘全有说。

“刘伯伯，您是最好的好人。”铃铃说。

“被癌症掠夺一空，只剩下善心了。”楚中天半开玩笑地说。

“如果不做好人，我真的就一无所有了。”刘全有说。

二、我们为什么要选择癌症?

癌细胞以惊人的分裂速度，在刘全有体内铺满了肿瘤。他再也没有气力去帮助别人了。癌症占有了他身体的营养资源，掠夺了他微薄的经济收入，还要剥夺他仅存的善心——把善心转化为善行，需要经过蛋白质的能量代谢才能实现。他躺在病床上，鼻孔里插着氧气管。他仰望着天花板，脑子里闪现出那座巨大的垃圾场，那是他的工作岗位。他是垃圾转运工，负责把城市垃圾运送到垃圾场。他喜欢这份职业，并非因为崇高的理念，而是生存需要，虽然收入不高，却稳定牢靠。他工作的这个场所，肮脏污浊，异味刺鼻，却真实明了，毫无虚伪做作。每当看着垃圾从自卸卡车上瀑布般倾泻而下时，他总能发现一些奇妙的景象：一个歪斜的破酒瓶子活像一名酗酒者在指点江山，一件时尚衣物试图证明审美的草率和多变，一坨坨塑料袋显现出现实的扭曲与未来的灾难，从污泥里露出半截儿的避孕套低调地掩藏着性行为的奥秘，残剩的食物用恶臭检验饮食文化的嗅觉，各种玩具如同不堪重负的孩子被挤压在废弃物的缝隙中，锈迹斑斑的废铜烂铁似乎任何时候都不想改变陈旧的观念，还有偶尔闪露的金银首饰即使裹着泥污也忘不了扮演领袖的角色。总之，垃圾场是一个暴露真相的地方，所有的东西，无论此前有多么豪华、尊贵、高尚、圣洁，在这里都会原形毕露，显现出它们腐朽、龌龊、丑陋的一面。而真相一旦暴露，便再也无法粉饰了。想到熟悉的垃圾场，一丝笑容在刘全有脸上一闪而逝，随即又被癌症的阴影笼罩了。虽然不知道自己为什么会得癌症，但有一点毋庸置疑，垃圾场是致癌物质的堆放处，癌症的屯兵所。人类制造了垃圾，就是选择了癌症——垃圾场是人类的无奈，人类释放到环境中的致癌物质最终都将返回人体。想着垃圾场的那些奇闻异事，刘全有昏沉沉睡着了。因为疼痛，他整夜整夜睡不着。

嵇德清在病床前守候着刘全有。这是一间双人病房。唐恒国特批刘全有住进来，还给他减免了住院费。一个垃圾工和自己住在同一病房，嵇德清向唐恒国表示不满："没有差别，就没有秩序。这是政策的规定。"

"让刘全有这样一个来自社会底层的好人，在生命的最后时刻，享受一次特殊待遇，这符合生命的规定。"唐恒国说。

"生命和生命是不同的。"嵇德清理直气壮，"高低贵贱，尊卑有伦，生命也有社会的属性。"

"你的生命是由什么物质组成的？"唐恒国问。

"是细胞……"嵇德清疑惑地看着唐恒国。

“我们都曾经是一个单细胞，有相同的染色体，相同的基因组图谱，4个简单的碱基字母，排序成31亿个‘组合’，这就是人类，所有人的生命元素都是相同的。”唐恒国有些激动，“你是政府官员，自以为比刘全有高贵，可是在基因组图谱上，你们都是相同的字母组合。任何一个人，无论高贵还是卑贱，富有还是贫穷，领袖还是平民，在有机分子层面，每个人都是平等的。社会的平等原则，是由生命的物质基础确定的。所谓特权，不过是基因编码发生了错误而已，这样的错误，容易产生癌症。”

嵇德清无言以对。过了没多久，他的特权意识，就被世态炎凉搅乱了。那些称兄道弟的朋友、马首是瞻的属下，一个个好像长了势力癌，对他越来越冷漠。起初来看望他的人络绎不绝，后来他们知道了胆囊癌属于一种罕见的恶性肿瘤，预后极差：5年总生存率只有5%—10%；他已是晚期：80%的中晚期患者生存期不超过1年，顿时就逐渐冷落他了。刘全有以为嵇德清情绪不好是因为对治疗失去了信心，对他精心照料，比护士还要耐心。为了求得心理安慰，嵇德清每天都在心里给刘全有换一个名字——张某、李某、王某等等，都是他曾经的朋友、属下。刘全有成了那些人的替身。在幻觉中，那些人轮流在照顾他。给他洗脚的是一位房地产商。如果没有他的运作，这个人不可能得到开发区最好的一片土地。给他倒尿盆的是一位属下。如果不是他的提名，这位属下绝不会提升为副处级。他面带微笑，心安理得地接受这些人的照顾，似乎自己仍然在位谋政。“你是大人了，怎么还让别人照顾。”铃铃的不平把他从幻觉中唤醒。刘全有病情加重，无力再照顾他了，他才真正领悟到人性的意义。

刘全有睡着了，嵇德清打来热水，轻轻地给他擦拭身子。他的身体几乎缩小了一圈，肌肉贫瘠，脂肪匮乏，松弛的皮肤卷裹着外露的肋骨。嵇德清感到了心疼。此时他照料刘全有，有感恩、回报，也有一种愉悦，就像照顾自己的兄长。之前他从未有过这样的体验。刘全有呻吟了几声。剧烈的疼痛，让他直冒冷汗。癌症的世界是疼痛的世界。瘤体溃烂，组织崩溃，器官被阻塞，神经遭受压迫，由此而产生的疼痛，是人世间最难以忍受的疼痛。

临床研究表明，癌症的疼痛有三个“伴有”：伴有强烈的植物神经紊乱，伴有心理异常，伴有躯体化症状（表达消极情绪的躯体反应）。这还没有结束，癌症还要把疼痛戳入灵魂，加重患者对死亡的恐惧，对永别的哀伤，甚至把患者人生所经历过的所有痛苦，社会的、生活的，全都凝结起来，形成三个更为凶狠的特征：精神性疼痛，社会性疼痛，痛苦与疼痛同时存在——患者的人生经历越痛苦，疼痛就越强烈。严谨的临床肿瘤学在表述癌症的疼痛时，经常使用两句话：一句是“全方位疼痛”（total pain）；另一句是“势不可挡的疼痛”。然而刘全有却扛住了癌症的疼痛。他咬紧牙关，强忍着，拒绝打止痛针。“别再乱花钱了。”他只是为了省一点钱。夜晚，他疼得浑身颤抖，怕影响嵇德清，身子蜷缩成一团，一声不吭。有时候他也会流泪，大概是想到了这一辈子的艰辛。就凭刘全有的这份忍受力，嵇德清对他钦佩得五体投地，觉得他好像来自一个疼痛的世界，经受过难以想象的磨难、锻造，所以才会有如此强大的承受力。

刘全有醒了。仅仅睡了几分钟。“谢谢你。”他对嵇德清说。

“您不是说过吗，都是病友，应该互相照顾。”

“可您是大领导呀。”

“在这个病房里，只有病人。”嵇德清说。

“我刚刚梦见到了鬼门关前，等着去往投生地的人乌泱泱一大片，全是癌症病人，查通行卡的小鬼问我们为什么要选择癌症，”说到这里，刘全有自嘲地笑了笑，“我答不出来，小鬼不放我进去，只好回来了。”

嵇德清发现，刘全有的神情里闪现出些许的无奈。这个贫困中人，带着一身的病痛为癌友们缓解病痛，他拥有全部的善良，却没有富足的财富。他的“为什么要选择癌症”的问号，隐含着一种摆脱窘迫生活的苦涩。嵇德清觉得刘全有为整个人类画了一个巨大的问号。他不由得联想到自己。他并不缺钱，为什么也要选择癌症？他想到了价值观，凡事往价值观上想这是他的职业习惯。人有人的价值观，癌症有癌症的价值观。癌症的价值观只有两个字：利己。利己驱动了贪欲。为了癌细胞的无限生长而掠夺正常细胞，甚至不惜毁灭整个生命，正是因为这种利己的价值观，所以他选择了癌症。在选择生物癌症的同时，他还选择了社会的癌症：腐败。

嵇德清的腐败，发生在反腐斗争开始之后。在此之前，做腐败的事他想都没有想过。他出身贫苦农家，虽然生性胆小懦弱，出人头地的欲望却异常强烈。欲望激励他发奋向上，胆怯的性格克制着欲望不过分膨胀，就像抑癌基因和原癌基因那样相互制约，保持着动态平衡。靠着这种平衡，他攀升到开发区管委会主任的权位。他自信还能升到更高位，像他这样的人特别适合向上攀升。惨烈的反腐斗争把一个个巨贪揭露出来，金山银山般的财富散射出的耀眼光芒，激活了他欲望中的“癌基因”，贪欲之心开始了无节制的分裂和膨胀。大概在他对财富动心的那一刻，也许更早些，在他怀着出人头地的梦想考入公务员序列的时候，染色体上的某一个基因位点发生了突变。他第一次收受了贿赂。癌细胞开始了无限制分裂，一个恶性肿瘤在他的胆囊黏膜上扎下了根。他腐败的增长是倍增式的增长。他的肿瘤随着腐败的增长而增长。双重的选择，带来的将是生命和灵魂的双重死亡。这是最可怖的死亡。

嵇德清越想越惭愧。他没有说出自己的秘密，只是有感而发：“选择了癌症，就像选择了一条道路，这条道路是没有未来的。”

“要是能有下辈子，我再也不会选择癌症了。”刘全有说。

几天后，刘全有去世了。在肿瘤医院，生离死别是经常发生的事。一些本可以延长的生命，因为付不起医药费而提前终止，人世间没有比这更悲惨的生离死别了。嵇德清目睹了他最后的时刻。脸色苍白，带着青色的尸斑，没有闭眼，瞳孔上蒙着一层心有不甘的浑浊。浑浊中显现出一个系数：基尼系数。机体中也有基尼系数，标志着营养资源的分配差距，癌细胞富有，正常细胞贫穷。癌症劫持了那些贫穷的患者的生命，逼迫他们用血汗钱赎买回去。患者的买命钱，最终被癌症转移给了另外一些人。癌症就这样推高了基尼系数。癌症之上，还有腐败。腐败在基尼系数中所占的权重比，远远大于癌症。从庞大的癌症医药市场中产生的腐败并不鲜见。腐败总是习惯性地把癌症的苦难额外加码给贫困中人。癌症和腐败组成了一个奇妙的“分子式”：癌症产生腐败，腐败引发癌症，癌症和腐败合力把天平压得倒向了一边。嵇德清恍惚看见，由贫富差距造成的生活负担、精神压力，愁苦、抑郁、焦虑、烦躁，所有的负能量情绪连同各种各样的有机分子，全都混合在一起，如同化学反应一样升腾起虚幻的泡沫，把人体的免疫功能搅得乱七八糟，一个巨大的肿瘤从泡沫中冒了出来，他被卷入泡沫中，旋转、翻滚，颠三倒四，头晕目眩，好不容易才攀上了肿瘤，那是他自己的肿瘤，瘤体组织已经溃烂，里面聚集了无以计数的癌细胞，他和所有的癌细胞一起，推着一个系数，向前滚动。

三、风雨花的正能量

刘全有去世后，铃铃眼睛都哭肿了。为了转移她的悲伤情绪，尤纪良给她买了一套《工作细胞》，在这套拟人化细胞卡通书中，淋巴细胞中的 T 细胞、B 细胞、K 细胞、NK 细胞，以及巨噬细胞，所有的免疫细胞都是有灵性的，具有慈悲和仁爱精神，承担着捍卫生命的使命。“身体里有那么多聪明勇敢的好细胞，还能打不败癌细胞吗？”性格迥异的卡通细胞让铃铃脑洞大开，她想到了风雨花，如果风雨花能帮助免疫细胞，就一定能够战胜癌症。她对风雨花的偏爱，很大程度出于她的审美，她的审美里总有一些超凡脱俗的东西。可是，怎样才能让风雨花进到身体里帮助免疫细胞？她想了好几天也没想出办法。

铃铃来找风雨花了。她看见了嵇德清，坐在蒲团上，面对着风雨花，身子一动不动，就像打坐一样。他在干吗？铃铃感到奇怪。许久，嵇德清长嘘了一口气，站起身来。

“你喜欢风雨花吗？”铃铃不喜欢嵇德清。如果不是刘全有说他很可怜，需要关心帮助，她决不会理睬他。

“风雨花是我最喜欢的花。”嵇德清说。

“我才是最喜欢风雨花的人。”铃铃不服气。

“风雨花里有什么，你知道吗？”嵇德清好奇地看着铃铃。

“风雨花里有正能量，很多很多的正能量。”

“人也有正能量。”

“风雨花的正能量，是真正的正能量。”铃铃像是在讲科学知识，“比人的正能量多得多。”

“你知道风雨花的作用吗？”

“风雨花能够让人坚强勇敢。”

“你说的是精神。”嵇德清说，“风雨花也是药，抗癌的药。”

“我怎么没听说过？”

“只要把风雨花的能量吸收到身体里，就能增强身体的免疫功能。”

“和我想的一样呀。”铃铃兴奋地说，“我正在想办法，让风雨花进到身体里。”

“我刚才就在吸收风雨花的能量。”

“真的呀？”铃铃迫不及待地说，“教教我吧。”

吸取风雨花的能量，嵇德清采用的是静修法。本来，因为世态炎凉，他心灰意冷，准备放弃治疗等待死亡来临。目睹刘全有的死亡，让他产生了极度的恐惧，怕死的心理被放大了，反而激起了求生的欲望。“人死了，什么都没了。”他不停地嘟哝着，“我不能死，不能死，不能……”他去拜见了早年间认识的一位高人。据说这位高人曾经治愈过不少晚期癌症患者，当今不少大富豪、大明星都是他的弟子。嵇德清从高人处求得了一套静修法。治疗癌症有许多另类疗法，静修是其中之一。高人的这套静修法叫“物象静修”，就是借用一个合适的象征物来静修。他选择了风雨花，医院里也没有别的可选。风雨花质朴淡雅纯净，尤其那句“勇敢坚强的面对”的花语，对癌症患者的静修再合适不过了。他集中心念，观想入定。在意念中，风雨花强劲的能量，那是一股清新的气流，进入了他的体内，把那些已经被癌细胞击垮了的免疫细胞重新聚集起来，发起猛烈的反攻。他是一个与时俱进的人，没有固守“物象静修”，而是创新发展，加入了21世纪最伟大的科学发现：“细胞声学”。不同的细胞、细胞的不同分化状态，能够产生不同的振动频率。这种用精密仪器才能测量出来的振动，用冥想也可以听见。他听见了愉悦的歌声，那是健康细胞产生的1.8—8.2赫兹的振动频率。他听见了细胞在基因突变时发出的杂乱的噪声，这表明仍然有癌细胞在生成。他听见了一片尖叫，证明癌细胞正在遭受免疫系统的攻击。渐渐地，尖叫变成了低沉的呻吟，这是癌细胞在死亡时发出的声音。细胞的各种声音在他的冥想中幻化成一幅生化大战的画面：免疫细胞在肿瘤体上显示了巨大的威力，癌细胞一群群被歼灭，肿瘤逐渐缩小，健康细胞愉悦的歌声即将成为机体的主旋律。他顿时觉得神清气爽，病痛减轻。

按照嵇德清的提示，铃铃凝神静气，眼睛盯着花蕊，心里默念着“勇敢坚强的面对”的花语，进入冥想的宁静状态，用意念把风雨花的能量引入体内，她真觉得有一股热流在五脏六腑、四肢百骸间流动起来，虽然很微弱，却让她感到身心舒畅。

“感觉到了吗？”

“感觉到了。”

“有了风雨花的能量，你身体里的免疫细胞，就能杀死癌细胞。”

“好像起作用了！”铃铃恍惚觉得所有的免疫“工作细胞”全都吸收了风雨花的能量，像一个个充满活力的小精灵，勇猛地扑向癌细胞，“起作用了，真的起作用了。”

接下来，嵇德清让铃铃聆听细胞的声音。“听到了吗？”

“没有。”

“集中精神，排除杂念。”

铃铃侧耳细听。“还是没听到。”

“再来。”

“好像听见了一点点奇奇怪怪的声音。”铃铃拿不准究竟有没有听见，“很小很小。”

“这就是细胞的声音。”嵇德清说，“多练习几次，能听得更清楚。”

从这一天开始，铃铃每天都跟着嵇德清在风雨花前打坐。他们给这种自疗方式起名为“风雨花疗法”。花与细胞，两种不同的元素，在精神的作用下融为一种另类疗法。对绝望中人来说，另类疗法具有抚慰心灵的作用——晚期患者通过另类疗法绝处逢生，传说的不少，眼见的几乎没有。铃铃把“风雨花疗法”告诉了唐恒国。“我真觉得特别管用，好像身体里的癌细胞都快死光了。”她吞吞吐吐地说，“我是不是可以不用吃药了？”

“不可以。”唐恒国说。只要不影响正规治疗，他不反对另类疗法。信心因素对治疗癌症哪怕只能起到微不足道的作用，也应该让它发挥出来。可是如果影响了治疗，他绝不允许。“铃铃，你记住，决不可以停药。”他严肃地说。

“可是，我不想吃药了。”

“为什么？”

“因为……”铃铃低着头，声音很小，“爸爸妈妈所有的钱，都给我买药了，妈妈连新衣服都不能买了……”

“铃铃，知道吗，你不是一个人在对抗癌症。”唐恒国心里一阵伤感，“有很多很多的人，都在帮助你。”

“我知道了。”

“爷爷交给你一个任务。”唐恒国说，“你要多帮助嵇伯伯，他需要风雨花的帮助，更需要你的帮助。”唐恒国知道嵇德清病情严重，适当的精神鼓舞，能让他减少痛苦。

“我会的。”

铃铃和嵇德清角色互换了。她变成了引领者，每天都会主动叫嵇德清到风雨花前静修。几天过后，她发现嵇德清好像对“风雨花疗法”失去了信心。每次静坐，坚持不了几分钟他身体就开始晃动，眼睛东张西望，一副心不在焉的样子。

“你怎么啦？”铃铃问。

“我做了一件错事。”

“什么样的错事？”

“能让人得癌症的错事。”

“你乱扔垃圾了吗？”

“没有。”嵇德清听得懂铃铃的话，“我做的事情，和污染环境的危害是一样的。”

“那是什么事？”

“是……”嵇德清迟疑地说，“是污染人心。”

“污染人心也能让人得癌症吗？”

“能。”嵇德清声音很低。

“什么东西能污染人心？”铃铃疑惑地看着嵇德清。

嵇德清竭力躲闪开铃铃的目光。“唉……”他有难言之隐。

对权力体系中的人来说，最不能说的隐私只有一件：腐败。嵇德清的第一次腐败发生在他的一篇反腐论文得奖之后。论文独辟蹊径，从人类生存的角度剖析了腐败的危害：“当今时代，对人类危害最严重的有两大污染：一是致癌物质对环境的污染，二是腐败对人心的污染。”他把获奖证书和第一笔贿赂，一起装进了公文包。两年来，他得到的贿赂虽然比不上那些令人震惊的大老虎，却远远超过了乱哄哄的小苍蝇。他的腐败至今尚未败露，却被癌症终止了。最近，听说有人要举报他，所以有些慌乱。在争当开发区主任的职位时，那个人败给了他。他知道，像他这样的人，虽然戴着“清廉”的桂冠，一旦认真追查，必定会原形毕露。他满怀期望的“风雨花疗法”，被这个消息给搅乱了。心里布满了癌症的阴影，疼痛的感觉在身体的各个部位不断跳动。风雨花的正能量再也无法进入他的身体了。

此刻，当铃铃问他“什么东西能污染人心”的时候，他无法回答，只能说：“我已经不可救药了。”

“你没有不可救药。你有风雨花，你身体里有很多很多好细胞。”铃铃给嵇德清讲起了“工作细胞”，“你可不能对不起它们呀。”

铃铃的成熟让嵇德清震惊。这个小女孩的同情心犹如一汪流淌着的清泉，凡是遭遇不幸的人，她都要给予帮助。他忽然觉得，迷惘中的成人，只有在童心的引领下，才能走出困境。他坐下来，重新开始了冥想。这一次，他没有冥想用风雨花去对抗癌细胞，而是对抗心中的魔。

嵇德清躺倒了。体内布满了肿瘤。他再也听不到细胞的声音了，只能猜想，猜想这些肿瘤一定自认为它们是生命的合法统治者，对他的整个机体都拥有所有权，蛋白质、碳水化合物、脂肪、维生素、无机盐、水，所有宏量和微量的营养元素，理所当然地都归它们所有，因此掠夺起来毫不吝惜。体内的营养资源几乎被癌细胞蚀空了。他上身消瘦，下身水肿，这是由于肿瘤组织脆弱，细胞壁通透性降低，细胞液外渗，引起腹水。他靠着吸氧和打营养液维持着奄奄一息的生命。铃铃常来看他，把风雨花插在花瓶里，放在床头，固执地重复着那句话语：“勇敢坚强的面对。”这个小天使，竭力想要挽留一个即将离去的灵魂。

嵇德清的头脑仍然清醒。死亡的阴影不断浮现在眼前。身体布满了疼痛，每一处疼痛的感觉都会让他联想到刘全有。这样一个好人，本可以多活几年，可是为了省下钱让老婆孩子活得更好一些，他宁肯舍弃本可以延续一段时间的生命。离世后他没有闭眼，瞳孔上蒙着一层浑浊。从他浑浊的瞳孔里，嵇德清看到了自己，就像一个癌细胞，伸出带钩的伪足，从那些正常细胞身上，大把大把地抓取蛋白质。失去了蛋白质，正常细胞一个接一个地萎缩、破碎了……

“你有什么心事吗？”铃铃发现了嵇德清恐惧的神情。

“我……”

“说出来……”铃铃强调，“说出来，你的病就好了。”

“谢谢你，铃铃。”嵇德清眼睛里滚出一滴浑浊的泪水。

四、殉葬品，掘墓人

我害怕见到铃铃，尤其害怕看见她那双纯净明亮的眼睛。她的目光能穿透我的内心。自从迈出了以权谋私的第一步，我就再也不愿意让任何人看见自己的内心了。反腐败斗争正在激烈进行，我怕暴露了自己的腐败。在铃铃面前，我不是害怕暴露，而是感到羞耻。这个小女孩的眼睛，像一汪清泉，映现出她纯净的心灵。从铃铃的眼睛里，我看见了自己内心的龌龊，心生自卑，无地自容。

我腐败得有点晚，赶在了反腐的风口浪尖上，稍不留神就会身败名裂，为此我时常思考：同样是腐败，为什么有的人倒霉栽跟头，有的人平安无事？我想到了《内经》中阐述的一个古老的原理：“阳化气，阴成形。”权与利，就像那两条黑白小鱼，也存在着阴阳并存的关系。权为阳，利为阴。“阴平阳秘，精神乃固；阴阳离决，精气乃绝。”利能濡养权力，权能维护利益。无权，利不能成形（财富）；无利，权不能化气（权势）。权与利如果阴阳失衡，必然身败名裂。我发现，阴阳关系具有包容万事万物的特性。在那篇得奖的反腐论文中，我也引用过阴阳理论。以此论证，阴阳失衡造成贪欲亢奋而产生腐败。

为了保持平衡，我认真研究了权与利阴阳失衡的两个历史“病案”。一个是海瑞，一个是和珅。海瑞视金钱为粪土，性格怪异，不近人情，做事极端，言辞偏激，说明他体内精血津液不足，阴不制阳，阴虚火旺，导致心神昏聩。他当了一辈子贫官，但绝不是清官。他断案昏庸偏激，不贪赃而枉法。他说："凡讼之可疑者，与其屈兄，宁屈其弟；与其屈叔伯，宁屈其侄；与其屈贫民，宁屈富民；与其屈愚直，宁屈刁顽。"无法审断的案件，宁可制造冤屈也决不放过。如此偏执极端，病因就在于排斥物质利益，权得不到利的濡养，权势紊乱、滥用。与海瑞的"阴虚阳盛"相反，和珅属于"阴盛阳虚"。和珅贪邪亢盛，疯狂敛财，富可敌国的财富拥有量大大超过了他的官位应得。取利无度，阴寒内盛，阳衰气虚，致使脏腑功能失调，神志紊乱，权斗失策，招致杀身之祸。由此可见，不管以权生化财富，还是以利濡养权力，都需要格外谨慎。财富是一种活性很大的元素，极难把控，稍有不慎就会过犹不及，导致官者生理、心理和行为方式异变反常，做出"要钱不要官"的蠢事。海瑞、和珅让我领悟了"谨察阴阳所在而调之，以平为期"(《内经》)的真谛。我给自己定了一个原则：平衡阴阳，权要"用之有道"，谨慎取利；利要"取之有道"，谨慎用权。我小心翼翼，只受贿，不索贿；只取利，不贪色；把握权与利的比例，绝不做小官大贪的事；只收关系密切人的利，取利决不做违法的事；信守承诺，先办事后取利，办不成事，一分利也不要。更重要的是保持低调，财不外显。就这样，我顶着反腐风暴腐败，至今安然无恙。

我胆囊上的肿瘤，并没有因为我平衡了权利阴阳而停止增长。胆囊癌的发病率在所有癌症中仅占1%左右，排名19位。它的可怕之处在于死亡率：90%左右的总体死亡率，把它推上了癌症的王位。我属于中期，手术切除了胆囊，连带着一部分肝脏十二指肠和韧带淋巴结一起被切除，名为根除手术，实际上癌细胞和腐败一样，手术刀再锋利也不可能根除。做化疗也没用，很快便多处转移，已经无药可救。

得了癌症我才知道，动物界的任何一个成员，包括昆虫、鱼类、鸟类、爬行动物和两栖动物，无一幸免，都能得癌症。在所有的动物中，哺乳动物最容易得癌症。在所有的哺乳动物中，人类最容易得癌症。在整个人类中，我这样的人更是属于癌症多发群体，原因就在于我的癌症来自我的腐败。腐败是一种严重的精神创伤。精神创伤能够引起人体内在的生理病变。我就是一个例证：既贪婪又压抑，既要享受奢靡生活又要假装品德崇高，既激情敛财又谨小慎微，提心吊胆，焦虑不安，久而久之，免疫功能下降，机体功能紊乱，这样的肉身是癌症最喜欢的营养钵。我查过资料，带着肿瘤站上被告席的腐败官员并不鲜见。我没有站上被告席，却站上了生死线。在生命临近终结的时候，我陷入了人生最后一个纠结：究竟是我的腐败难治，还是我的癌症难治？

患癌症后，我曾一度收手，不再做腐败的事情了。经过手术和化疗，我的病情一度好转。病情好转了，贪念再次萌发，更加强烈。而此时，我体内休眠的肿瘤干细胞苏醒了。肿瘤干细胞用“转换分子机制”的方式分裂、增殖，产生了新生代的癌细胞。这些拥有“替代分子机制”的癌细胞，似乎很喜欢药物刺激所产生的理化反应，就像一种“完美的疯狂”，药物的攻击性越强，它们的抗药性也就越强——即使预设了精准程序的靶向药物，面对不断更新的癌细胞，也会失去目标。在更新变异的过程中，癌细胞只遵守一个原则：进化，适者生存。“癌症对演化逻辑的应用超过其他任何疾病。如果我们人类作为一个物种是达尔文式选择的终极产物，那么这种令人难以置信的、在我们体内潜伏的疾病，也同样是达尔文自然选择的终极产物。”（《众病之王》）这是唐院长告诉我的。

癌症是人体的腐败，腐败是社会的癌症。腐败也是“达尔文自然选择的终极产物”。和癌细胞一样，腐败也有遗传性。一个职位，接二连三地毁掉任职官员，毫不留情，谁上来就让谁腐败，如同诡异凶狠的“官员杀手”。对这样的事情开始人们以为纯属偶然，后来越来越多，便发现了一个匪夷所思的规律：前腐后继。前腐后继就是腐败的社会信息遗传。从本质上说，社会信息遗传，也要通过生物信息遗传发生作用。我的这个职位，之前已经毁掉了两个人，我是第三人。可以说我也属于腐败产生的腐败，如同癌症产生的癌症。但我并没有简单地克隆前任的腐败，而是像癌细胞的进化一样，通过改变“基因”编码排序，生成新的腐败版本，变得更狡猾、更隐秘，对反腐的抗药性更强。适者生存。反腐进入新形势，许多人的腐败终结了，而我却仍在继续腐败。没想到，我没有毁于反腐，却败给了胆囊癌。所以，对于腐败难治还是癌症难治的问题，我给不出答案，只能说，社会的疾病和生物的疾病，治疗起来，都不容易。

肿瘤医院是一个能够唤醒良知的地方。在这里，我遇到了铃铃，她是我灵魂的引领者。这个 8 岁的女孩天生具有净化人心的能量。在我最绝望的时候，她陪我在风雨花前冥想静修。“风雨花里有很多正能量，一定能战胜你的癌症。”她好像在给我讲科学道理。她并不知道，我的绝望，已经比我的癌症更难以救治了。她插了一瓶风雨花，放到我的病床前。这孩子固执地要治愈我灵魂的创伤。可是我害怕被她纯净的目光穿透内心，看清我是一个什么样的人。

“我的癌，是心里的癌，治不好了。”我说。

“我知道的，你是有心事。”铃铃像是在开导一个做了错事的孩子，“心里的癌，说出来就好了。”

“我……”我有苦难言。

“你是不是做了错事？”

“是……”我点点头。

“说出来……”铃铃说，“我也做过错事，改了就好。”

如果说刘全有的遭遇让我良心发现，而铃铃的话则让我下定了铲除心魔的决心。癌症留给我的时间已经不多了。我身体的每一个角落里都布满了大大小小的肿瘤，密密麻麻的癌细胞散布在肌体组织的每一个缝隙中，已成积重难返之势。“上帝让谁灭亡，就先让他疯狂。”希罗多德这句名言似乎也包括了癌症。我的癌症进入了最后的疯狂，几乎把维持我生命的营养物质掠夺一空。我出现了低蛋白血症，大量的水分蓄积在下半身，双腿浮肿，贴上一张纸都会被浸湿。而上半身，骨瘦如柴，皮肤布满了斑点，好像直接贴附在骨头上。我呼吸困难，靠吸氧维持生命。疯狂的掠夺让癌症变得无比强大，牢牢地掌控了我的生命。癌症越强大，我就越虚弱。我气喘吁吁，等待着最后时刻的到来。我体内的癌症是由无限分裂的癌细胞组成的物种，这个反生命的物种梦想永恒不灭，永远掌控我的生命，永远掠夺我的营养资源。殊不知，生物的世界根本就不可能存在永恒的物种。我的生命结束之时，就是癌症灭亡之日。癌症无论多么强大，最终将毁于它们自己的疯狂。

我没有战胜癌症，但决不能带着腐败去往另一个世界。铃铃给我开了一剂药方："说出来……"我把受贿的所有款项，开列了一个账单。在账单的下面，我写了两句话："如果我没有腐败，也许我就不会得癌症了。如果我早早治好了腐败，也许我的癌症就能治好。"

成人的世界，只有童心能够拯救。我不再害怕直视铃铃的眼睛了。她纯净的目光照亮了我的内心，心中的悲苦得到了大解脱。我已经做好了准备，时刻准备着，和癌症同归于尽。我是癌症的殉葬品，也是癌症的掘墓人。

五、最后的疯狂

嵇德清离开了人世。带着胸腔、腹腔、大脑、骨骼里的肿瘤，大大小小有近百个之多，一起离去。这些一度掌控了他的生命的反生命物种，没有被手术刀和药物战胜，却随着他的生命的终结而终结。轻而易举，如此简单，肿瘤毁灭了宿主，也断送了它们试图永恒的梦想。承载着嵇德清的生命的躯体回归了有机化合物的本原，躺在不锈钢格子里，那是他最后的床。生前，他一直睡在一张低调得咯咯直响的木床上，床下堆满了钞票——据说他的遗物里有一份题目叫作"说出来"的忏悔书。他被推进了火化炉。在炉火点燃的瞬间，他水肿的身体里的积液混合着肿瘤里的脓液，冲破皮肤层喷涌而出，浇灭了炉火，似乎是那些不甘心垮塌的肿瘤最后的疯狂……

（火化工人说，这样的事极其罕见，但并非只有一例。）

第十一章

一、病魔拥抱健康

铃铃出院了，带着克唑替尼。需要长期服用的分子靶向药，有可能把癌症变成一种慢性病。沉重的癌症还没有完全甩掉，又背起了沉重的书包。要上三年级了，她想用一个好成绩证明自己不需要被同情和照顾。时常有记者到学校采访铃铃从“国学小太阳”到“抗癌小英雄”的心路历程。她从不接受这样的采访。自己的悲苦让别人拿去煽情，她不喜欢。“你们觉得癌症好玩吗？”她说。遭到拒绝后，记者们常常会用“人们需要正能量”来说服铃铃。“找正能量呀？”铃铃让他们去找风雨花，“风雨花的正能量，比人的正能量多得多。”铃铃说。

铃铃接受了一个代言，为抗癌志愿者协会代言。协会会员全都是患过癌症的人，其中有多位铃铃的癌友。协会在河滨公园举行了成立仪式。没有嘉宾台，没有剪彩，就连唐恒国和肖铭晨也默默地站在人群中。项益弘当选为会长。对于这种没有经费来源的公益组织，由一个银行行长担任会长，再合适不过了。项益弘简短地讲了三句话：抗癌志愿者协会成立；向主要赞助商——普泽投资管理公司总裁姚海莉女士表示感谢；请代言人铃铃小朋友讲话。在热烈的掌声中，铃铃走到人前。按照项益弘事先的嘱咐，她应该讲三句话：感谢姚海莉总裁的热情支持；抗癌志愿者的责任是保护环境、帮助癌症患者；让我们开始行动吧。可是铃铃把第一句话省掉了，只讲了后面两句。因为她不喜欢姚海莉。为了让项益弘能提前做手术，姚海莉给唐恒国送信用卡，唐恒国对她印象不好。“还有一句呢。”项益弘暗示铃铃。“不记得了呀。”铃铃摸摸头，“你只让我讲两句话呀。”唐恒国忍不住笑了。

300多位抗癌志愿者分散开来，有的捡拾垃圾，有的宣传防癌抗癌知识。肖铭晨刚刚拎起垃圾袋，就被记者的镜头包围了。“别再涂脂抹粉了，今天我不是市长，我就是一个癌症患者，想真正做点儿公益的事。”自从被癌症推到了生死线上，他就对所有涂脂抹粉的活动心生厌烦。在一棵大银杏树下，唐恒国的防癌抗癌科普讲坛，吸引了很多人。这棵“重点保护”的老银杏，树龄500年，有20多米高，超过10米粗，可以想象它的根扎得有多深。它似乎没有任何目标导向，从种子开始就是为未来而生长。也许为了彰显某种古老的荣耀，树干上凸起一个巨大的树瘤，疙疙瘩瘩，闪着黑黢黢的亮光，看起来它好像要融入大树的生命，与大树一体化。

唐恒国是一个以科普为己任的临床肿瘤医生。他一眼就看见了树瘤。“树瘤是大树的赘生物，肿瘤是人体的赘生物。”他指着树瘤说，“看看这个树瘤，虽然长得很大，却封闭固守，从不移动。它是树的良性肿瘤，和癌症不一样。癌症是恶性肿瘤。恶性肿瘤的生长从不封闭、固守，具有开放和移动的特性。它扩散转移，浸润组织，渗透器官，融入系统，同时吸纳有特殊作用的正常细胞进入瘤体组织，逐渐把健康的生理机能纳入它的病理体系。”唐恒国以树瘤为引子，生动有趣地讲起了癌症的生长特征。

众病之王，顽疾中的顽疾——癌症为什么会如此强大？因为“癌症是我们自身的一个更完美的‘版本’”。肿瘤学界的这句名言，说明癌症的强大来自于我们自身的生理机制。有一种上皮癌细胞，擅长表演变形记，有时变成有固定形状的细胞，有时变成结构松散的组织细胞，让免疫系统和药物无法识辨。这种模仿不同细胞的结构特性的变形术，使癌细胞很容易为生理机制所接纳。子宫内膜上皮细胞癌，擅长模仿胚胎细胞，在子宫内的发育过程和胚胎发育几乎一模一样。如果不是它最终长成了一个肿瘤，根本无法辨别最初的癌细胞团块和胚囊团块有什么区别。有时候，模仿具有盗窃的性质。癌细胞最有价值的一次盗窃，是盗窃了“端粒酶合成”机能。癌细胞由此而获得了无限分裂、永生不死的核心机能。细胞染色体末端有一段DNA，被称为端粒。端粒如同细胞的生命“钟摆”，控制细胞分裂周期。细胞每分裂一次，端粒就会缩短一些，直至“钟摆”耗尽，细胞凋亡（正常死亡）。但机体需要有一些能够活得更长久的细胞，比如成体干细胞，作为人体重建的储备库，负责修复创伤，弥补组织和器官缺损。干细胞的长生源于端粒酶。端粒酶能够修复、延长端粒，减少“钟摆”磨损，延长细胞寿命。癌细胞窃取了干细胞的端粒酶合成技术（催化蛋白和RNA模板组成的酶），从此便拥有了一颗复制永生的“癌症芯”。“没有什么是新发明的，没有什么是外来物。癌症的生活就是机体生活的再现。”最早发现人类癌基因的肿瘤生物学家罗伯特·温伯格说出了癌症的本性。德国细胞学家鲍威尔研究了100多种类型（包括亚类型）的肿瘤，发现它们的核心行为只有6种：“癌细胞基因的浩瀚目录，就是细胞生理机能中6种核心机能的不同组合变换的形式，这6种机能联手催生了恶性生长。”除了模仿和“组合变换”，貌似强大的癌症从来就没有任何创新。正是这种“拿来主义”，产生了毁灭生命的强大力量。在唐恒国看来，癌症的真正可怕之处，不在于癌细胞的无限分裂、高速增殖、掠夺营养，而在于它对机体功能的利用。癌症用浸润、扩散、转移表现出开放的姿态，敞开细胞膜，捧出细胞核，开启信号通路，在基因深处与整个细胞世界亲密接触，从中吸收生命文明中最先进的机理、机能，让自己变得更加强大。“恶性生长与正常生长，在基因层面是紧紧交织在一起的；要把这两者区分开，可能是我们这个物种面临的最大的科学挑战之一。”（《众病之王》）癌症的开放式生长并非要融入生命，而是要改变生命，改变自然的进化法则。癌症是病魔，病魔拥抱健康，这是生物界最恐怖的景象。利用淋巴，利用血液，利用神经，利用组织、器官和系统，机体内所有健康的生理机能，到了癌症手里，都会扭曲变形，转化成为恶性生长的病理机能。推动生命运动的正能量，最终被癌症用来毁灭生命了。

路人、游人纷纷聚拢过来，听讲的人越来越多。“唐爷爷讲得真好。”铃铃对唐恒国的科普内容并没有听懂多少，但是她注意到了人们的表情，“大家全都听入迷了。”楚中天没有注意到听众的反应，他的注意力完全被唐恒国的癌症生物学吸引了。他边听边思考。他觉得癌症就像一种无法闪躲的思潮，深深地根植于人类社会中。从生物社会学的层面认识癌症，就不难理解癌症与人类文明的神秘关系。他曾经认为疾病毁灭文明靠的是集中的杀戮，而唐恒国的科普却让他发现了癌症的不同之处，癌症是用基因突变的方式，在剥夺人的生命权的同时，还把生命文明中最邪恶的顽疾不加掩饰地表达出来。这是一种性状的改造，比杀戮更可怖。那些顽疾，原本深藏于细胞核内，攀附在两条由脱氧核糖核酸（DNA）和蛋白质构成的双螺旋结构的长链上。蛋白编码，DNA 模板，RNA 聚合酶，转录、翻译、表达，碱基对序列决定了人和猪的差异（性状）——在有机分子的化合作用下，思想、行为和种族的差别，构建了人类不同的文明性状。癌基因重组改变了碱基对序列，编码出突变体蛋白，这种蛋白被永久锁定在“开启”的位置，如同某种狂热的情绪，发出煽动细胞持续分裂的信号。在千万年的分裂增长中，细胞创造了人类的文明。在癌变的细胞中，溶酶体吞噬溶解了生命法则，线粒体（产生能量的细胞器）为病变点燃了三磷酸腺苷（ATP）的火焰，文明的恶疾由此而生。正是癌细胞一而再再而三的突变，阻遏了人类社会的发展和文明前行的脚步。楚中天眼前一亮，他为自己的“癌症经济学”找到了灵魂。

铃铃没有注意到楚中天正在思考。她看见了宫子菡。宫子菡是社区文化活动中心主任，因为长得胖，孩子们都管她叫希马奶奶。希马是一只超级肥猫的名字。她曾经邀请铃铃给文化活动中心做代言人，被铃铃拒绝了。后来她的“小尾巴”广场舞团挤占了孩子们的活动场所，铃铃和她吵了一架。铃铃躲在楚中天身后，冲着宫子菡悄悄做了个鬼脸，溜走了。她不想和希马奶奶打照面。

二、生命光辉与死亡冥色的转换

沿河伸展的这座公园，绿树成荫，小草茵茵，繁花似锦，看起来很美。美中不足的是许多的口号标语牌，像皮癣似的一块块贴在绿色中。“变异蛋白质的审美表达。”画家梁思酌摇头自语。他不远不近地跟着铃铃。《擦天的女孩》至今没有完成，他总觉得没有画出灵魂。他观察着铃铃的一举一动，想要找到作品的灵魂。铃铃发现了一枚烟蒂，用夹子拾进垃圾袋。得过癌症的人对损害环境的因素特别敏感，癌友们不断发现一些躲藏在花草丛中的塑料袋、包装纸、烟蒂、食物残渣。铃铃又看见了宫子菡。她挺着胖胖的身躯，在前面摇摇晃晃地走着。一看见她，铃铃就气不打一处来。宫子菡和一群奶奶级的大妈，经常霸占小区广场，把孩子们挤到一边。她们有一个“小尾巴”舞团，意思是要紧紧抓住生命的“小尾巴”，好好享受生活。她们喜欢跳“女权”版的《老婆最大》。在高分贝音响的驱动下，舞姿刚劲，气势逼人，整个小区都跟着抖动起来。有居民被噪音激怒了，搬来“高音炮”，和“小尾巴”对打起来。整个广场，噪音狂轰乱炸，如同战场。小区诊所的医生说，自从“小尾巴”占据广场之后，因为头痛、恶心、血压升高、听力减退和胃分泌紊乱而就诊的人数激增。噪音导致免疫系统紊乱而引发癌症的病理机制，可怜的小白鼠已经用生命为代价做出了科学的证实。孩子们加入了噪音战，齐声高喊：“月巴（肥）——月半（胖）——希马，希马，大肥猫……”他们的喊声惹恼了几位胖胖的大妈，腆着大肚子跑过来驱赶这些调皮的孩子。她们舞姿很灵活，走路的样子却很笨，铃铃笑得前仰后合。“会跳舞的癌细胞。”在铃铃眼里，这些大妈奶奶就像一个个癌细胞在跳舞。宫子菡一把抓住铃铃。“你说谁是癌细胞？”脸上的汗水、从皮下组织冒出来的油脂和眼睛里的怒气混合在一起，看起来有些凶狠，“谁是癌细胞，谁是癌细胞？”她好像失去了理智，用力推搡着铃铃。“你，你，你是癌细胞……”铃铃哇地哭了起来。“不许欺负小孩。”孩子们呼啦围上来。几位大妈赶紧把宫子菡拉开。“算了吧，别跟小孩子一般见识。”谁也不知道为什么她一听到癌细胞就大动肝火。

“癌细胞”是宫子菡的大忌。因为她的子宫内膜上，长了一个肿瘤。她悄悄去了美国。她是奔着一个数字去的：美国癌症 5 年生存率达到 66%，比中国高得多。在数字的对比之上，还有一个原因：她不想被人知道自己患了子宫癌。一个母亲，在孕育生命的子宫里培植了一个肿瘤，让她有一种在道德上低人一等的感觉。她在约翰·霍普金斯医学院附属医院做了手术。这所有 140 多年历史的世界顶级私立大学，先后培育出 37 名诺贝尔奖获得者，在科研和医疗领域一直处于领跑者的位置。在这里，宫子菡听到了“海拉细胞”的故事。上个世纪 50 年代初，一位名叫海瑞塔·拉克斯的美国黑人妇女，患了宫颈癌，在霍普金斯医院接受免费治疗。为穷苦黑人提供医疗帮助，一直是这家医院人道主义的制度优势。1951 年 10 月 4 日海瑞塔·拉克斯去世，年仅 31 岁。医生在她的癌变部位取下一小块组织标本，命名为海拉（Hela）细胞。海拉细胞表现出了惊世骇俗的生命活力：每过 24 小时，数量就增加一倍。这一惊人的发现让霍普金斯的研究人员欣喜若狂，他们把装满海拉细胞的试管分送给世界各国的同行，用于癌症研究。就在海拉细胞诞生的那个冬天，美国爆发了一场骇人听闻的小儿麻痹疫情，海拉细胞挺身而出让脊髓灰质炎病毒感染自己，培育出了小儿麻痹症疫苗，挽救了几十万儿童的生命。从此，海拉细胞就像小白鼠一样，成为实验室的主力材料。它先后接受了腮腺炎、麻疹、疱疹病毒和结核杆菌、沙门氏菌的感染实验，为现代病毒、病菌学的发展奠定了基础。它帮助人类发现了基因检测原理，实现了基因克隆，才有了后来那只著名的“多莉羊”。它参与了太空生物学和原子弹爆炸对人体影响的研究。它把癌症最核心的机密——原癌基因和抑癌基因，连同自己永生不死的法器——端粒酶，一一呈现给科学。如果没有海拉细胞，基因复制和基因图谱根本无法成为现实。还有乳糖消化、性病传染、长寿奥秘，甚至连蚊子交配的秘密，都是它告诉人类的。它和人类联手，研发了治疗疱疹、流感、血友病、帕金森症，以及白血病等各种癌症的药物。近70年来，它产生了6万多篇科学论文，造就了5项诺贝尔奖的科研成果，被誉为“几百年来最重要的医学成就之一”。如今，海拉细胞已经繁殖了18000多代，相当于人类的45万年；总重量超过了5000万吨，体积相当于100多幢帝国大厦。它改变了医学发展史，也创造了无与伦比的商业奇迹：建立起世界第一家细胞工厂，每周生产2万管海拉细胞，单管售价为250美元。宫子菡为海拉细胞对人类的卓越贡献所震撼。出院当天，她专程去祭拜了海瑞塔·拉克斯的墓地。在一片茂密的森林里，静静地卧着一块书本状的墓碑，墓碑上镌刻着这样一行字：“她的细胞，将永远造福于人类。”她默念着这句话。她久久凝望着墓碑，仿佛看到了掩埋在墓碑下的“一位圣女贞德那样的历史英雄”的面容……

此刻，在河滨公园的林荫道上，宫子菡默默地走着。她来公园里散步，偶然听到了唐恒国的科普讲座。她边走边思考着唐恒国的话：“机体内所有的生理机能，到了癌细胞手里，都会扭曲变形，转化成为极端恶性的病理机能。”可是夺取了海瑞塔·拉克斯生命的癌细胞，为什么最终选择了一条造福人类的道路？究竟是一种什么样的能量，让阴暗的癌细胞在机体外放射出璀璨的光辉？在一种环境里，好的变成了坏的；在另一种环境里，坏的变成了好的，生命的光辉和死亡的冥色之间的奇妙转换，究竟是怎样发生的？她找不出答案，只是莫名地想到了一些词汇：科学，追求，人性，梦想，还有物质的繁荣和意识的崇高。

铃铃一直跟在宫子菡身后。她太胖了，走得很慢。铃铃想超过她，可是又不想和她打招呼，只好走走停停地跟着。走着走着，宫子菡手里的矿泉水瓶不小心掉落在地上，因为胖，不方便弯腰，她抬脚把矿泉水瓶踢进灌木丛，若无其事地继续往前走。铃铃捡起矿泉水瓶，追上宫子菡。“希马奶奶……”背地里，孩子们叫惯了希马。

“你叫我什么？”宫子菡瞪着铃铃。

“宫奶奶，宫奶奶。”铃铃连忙改口。

宫子菡哼了一声，正要离去。“不许走。”铃铃举起矿泉水瓶，“你不应该乱扔垃圾。”她一脸严肃，噘着小嘴，瞪着眼睛，目光纯真。

一直在旁边观察铃铃的梁思酌眼前一亮。“我好像找到了画魂。”他悄声对楚中天说。

“我不是故意的。”宫子菡尴尬地看着铃铃。

“不是故意的也不行。”铃铃不依不饶，“你要道歉。”

“道什么歉？”宫子菡问。

“扔一个塑料瓶，就等于制造了一个癌症。”铃铃说。

“你编童话呢，吓唬奶奶。”宫子菡说。

“不是吓唬你，你扔弃的东西终究会回到自己体内。”梁思酌说话了，“不得癌症的唯一办法就是不给别人制造癌症。”

“你是谁？”宫子菡问。

“一个癌症患者。”梁思酌说。

“我也是癌症患者。”楚中天说，“今天来的都是癌症患者。”

宫子菡看看四周，许多人拎着垃圾袋低头搜寻，都那么认真，不由得心里一阵感动。“我道歉。”她对铃铃说，“我向你道歉……”

“别，别，别向我道歉。”铃铃慌忙躲闪。她看看四周，路边的草地上，开着一朵朵小花。“给小草、小花道歉吧。”

“这孩子的想象力真够奇特。”梁思酌悄声说。

“人类应该向所有最渺小的生物致歉。”楚中天说。

宫子菡面对小草、小花，吃力地鞠了个躬。“小草、小花，奶奶知道错了，以后再也不乱扔垃圾了。”她一脸的真诚。

“谢谢奶奶。”铃铃也给宫子菡鞠了个躬。

“铃铃，奶奶也得过癌症，也想加入你们。”宫子菡说。

“奶奶，你真好。”

三、孕育过生命，也培植了肿瘤

我是一个女人。我的腹腔内有一个子宫，女性独有的伟大器官，孕育生命的土地，人类文明的源泉。我从未想过，本应属于生命胚胎的子宫，有一天会被一个肿瘤占据：子宫内膜癌。我伤心地哭了。我是一个母亲，我有一个充满了大爱的子宫。我的子宫含辛茹苦孕育了一个毁灭我的肿瘤，人世间没有比这个悲惨的事情了。在悲伤和恐惧之上，还有难解的困惑：子宫里怎么可以长癌症？从人性的角度说，身体上哪里都可以长癌症，唯独子宫不应该长癌症。孕育生命的子宫，怎么会允许反生命的肿瘤生长？我带着疑问去了美国约翰·霍普金斯医院。我躺在手术台上，叮嘱医生，一定要让我看看我的肿瘤，我想找到答案。手术刀切除了我的子宫和子宫里的肿瘤。从麻醉中醒来，医生用托盘把肿瘤端到我面前，那是一块即将腐烂的肉，闪着瘆人的红色，红色中点缀着一些褐色和白色的斑点，在灯光的映照下，瘤体上时隐时现地晃动着一个虚影，我猜想这可能是肿瘤的灵魂。亚里士多德说胚胎发育是由灵魂驱动的。肿瘤必定也有它的灵魂。如果没有灵魂的驱动，肿瘤决不可能在生命文明的源地肆无忌惮地疯长。更可怖的是，瘤体上布满了一些凹凸不平的小肉瘤般的赘物，像一只只歪斜的眼睛向我射出一道道幽冷的光，似乎要穿透我的大脑，监控我的思想，囚禁我的灵魂。我禁不住战栗起来，恍惚觉得它们不是有机分子的聚合物，而是某种只可意会不可言传的邪灵，就像飘浮在空中的摄魂怪，我惶恐不安，条件反射般地想起了老子，退休后我在老年大学沉溺于《道德经》，试图求解一生的疑惑。我们这一代人，困惑太多了。老子的下巴颏儿上挂着一缕深沉的胡须，他用含蓄的语言启迪我，“孰知其极？其无正也。正复为奇，善复为妖。”无所不知的老子给了我一个答案：物极必反。在人类发展史上，一些古老悠久的文明经常会生出某种邪恶，导致文明的绝灭，这样的事例并非鲜见。既然正善、奇妖可以相互转换，孕育生命的子宫生出反生命的肿瘤也就不足为怪了。

我是50后的女人。我的子宫孕育过生命，也培植了肿瘤。为什么胚胎和肿瘤能够在同一个子宫里生长？唐院长的科普讲座，让我知道了答案：因为它们有相似的发育机制。妊娠早期的胚胎发育看起来就像肿瘤的入侵。卵子受精后，分裂出上百个细胞，聚合成球状囊胚，这个初始状态的小生命沿着输卵管进入了子宫，用细胞黏附分子附着在子宫内膜表面，分泌蛋白溶解酶，在内膜组织上溶解了一个洞，像播种似的把自己植入其中，用一场精妙的“着床”仪式完成了生命的奠基。癌细胞好像预设了囊胚程序，分裂、积累到一定数量后，首先从结构上模仿囊胚，聚合成一个小肿瘤，同样释放细胞黏附分子和分泌蛋白酶，吸附、植入、“着床”，每一步骤都精准无误，在子宫膜上扎下了根。“着床”只是第一步。对子宫来说，囊胚和肿瘤都属于“外来者”，能不能平安居住、生长发育，还需要得到免疫系统的认可。囊胚有身份认证码，经过免疫查验，它拥有了入住子宫的资质。肿瘤伪造了囊胚的认证码，顺利通过免疫认证，被子宫接纳。有了居住权，囊胚发育成胚胎。胚胎用内皮细胞、间质细胞和多种血管生成因子，生成血管，与母体的血液循环系统并网连接，逐步完成了胚层、神经系统分化，形成组织和器官，发育成胎儿。肿瘤不仅盗取了胚胎血管的生成技术，还盗取了构建血管的基础材料，制造出肿瘤血管，开通了营养供应管道和转移路径。血液源源流淌，细胞不断分裂。细胞聚合成组织，组织融合成器官，器官连接成系统，最终构建出了完美的人体。完美的人体内出现了肿瘤，就像额外增加了一个器官——“肿瘤一度被认为是同种癌变细胞的团块，但现在它们却被比作器官，甚至是环环相扣的系统。”（《细胞叛变记》）在人体内，每一个器官都承担着既定的使命，每一个系统都发挥着既定的作用，而肿瘤却试图凌驾于所有的器官和系统之上，成为机体的君主。胚胎和肿瘤用同样表现形式，在子宫里演绎了两个不同的故事，一个是生命的生长，一个是反生命的生长。胚胎的生长是对母爱的回报，肿瘤的生长是对母体的摧残。胚胎的未来是一个独立的生命体，而肿瘤永远也不会离开宿主独立生存——寄生是它的本质。我家里挂着一幅高仿丢勒的《圣哲罗姆》，我带着肿瘤站在罗姆面前，恍惚觉得，这位在色彩和光影中获得了永生的古基督《圣经》学家，正指着我的子宫说："那个腹部隆起的人孕育着自己的死亡。"难道这就是母亲的宿命？

50后、60后女人的子宫，大都是闲置的子宫，盖着计划生育的印章。虽然闲置，但并不轻松。少年时，三年食物短缺，子宫营养不良。青春期，连续多年激情狂热，内分泌紊乱，月经失调。成年后，生活负担沉重，长期忧愁、焦虑，连累得子宫郁郁寡欢——子宫的情绪我能感觉到。两次怀孕，两次流产，第三次总算保住了孩子。几十年来，我的子宫忍辱负重，频繁地修复创伤。细胞分裂越频繁，发生癌变的概率就越大。和任何邪恶的生成一样，这里面有巧合的成分，也有必然的规律。在手术刀的帮助下，我的子宫终于得到解脱，离开了身体，和肿瘤一起摆在手术盘里。它失去了活力，颜色暗红，有些萎缩，带着沧桑感，一副疲惫的样子。看着自己的子宫，一股巨大的委屈涌上心头。一辈子辛辛苦苦，在家为孩子、老人和丈夫奉献，在外为社会奉献，既任劳又任怨，耗尽青春年华，还没来得及为自己活一把，就已经进入生命的倒计时。活得憋屈，心有不甘，于是去广场跳舞。和我一样的姐妹纷纷来到广场。我们组成了一个舞团，用"小尾巴"的名称袒露心声：一辈子辛辛苦苦为他人活着，如今只剩下一小截儿生命的尾巴，要赶紧揪住，不然就来不及了。因为这种急迫感，我们疯狂地跳着，想要追回失去的年华。我们制造了噪音，触怒了居民。我们霸占了广场，惹恼了孩子。孩子们给我们每个大妈都起了绰号。我被称为希马奶奶。我的皮下组织堆积着厚厚的脂肪，挂满了腹部网膜，裹住了内脏器官，就像那只体重刷新了吉尼斯世界纪录的大肥猫希马。肥胖的本质是脂肪过剩——男性脂肪率超过25%，女性脂肪率超过30%。脂肪是能量的载体，生物体不可缺少的储能物质，提供热量，维持体温，保护内脏，协助脂溶性维生素吸收，参与机体代谢活动。脂肪过剩，祸患无穷。据说有一个国际癌症机构，经过25年的“致癌原因”研究，认为20%的癌症是由肥胖和缺乏运动引起的。环境毒素进入人体，最容易在脂肪里蓄积，就像种种恶习，越积越多。厚厚的脂肪储存了过量的雌激素，引发子宫内膜增生，甚至癌变——过多的脂肪破坏了人体信息传导，被脂肪包裹的内脏器官不断向身体输出混乱的化学信号，器官脂肪越肥厚，越容易得癌症。

“小尾巴”舞团，肥胖在我之上的“月半”“月巴”类型的大妈，占了一多半。我们这一代大妈的肥胖率可能是最高的。少年忍饥挨饿，中年暴饮暴食，老年知道了养生，堆积的脂肪已经难以溶解了。追根寻底，我的肥胖源于饥饿造成的饥饿性格。饥饿性格不仅肥胖了我的身体，也促成了我行为的变态。变得狂躁易怒，跳广场舞时有人说我们扰民，我恶狠狠地把音响音量开关拧到最大，直接让噪音测量仪爆表。变得总怕吃亏，跑到泰国的自助餐厅里抢了一盘大虾，摞得高高的，剩了一多半，扔泔水桶里也不能让自己吃亏。变得抠门，每天都在菜场收摊时去买最便宜的“撮堆儿菜”。变得疯狂，炒房、炒金毫无理性，只管先下手为强——据说中国的炒金人、炒房客中至少有三分之一来自大妈群体。我可以自豪地说，广场绝对是藏龙卧虎之地，一个不起眼的跳舞的大妈，很可能就是一个不显山不露水的大富婆。大妈们给现代经济学增添了一个分支：“大妈经济学”。有经济学家说：“得大妈者得天下。”但是我知道，虚胖的大妈造成了虚胖的经济。无论大妈还是经济，过于虚胖，都不是件好事情。

说实话，跳广场舞对我来说仅仅是一种宣泄、追补，而真正能够让我感受自豪、充实的只有戴在胳膊上的“治安”红袖章，夜深人静，戴着红袖章在小区里巡夜，想到居民们都在我的保护之下，感觉就像回到了革命的青春时代，指点江山，激扬文字，立志拯救整个人类……沉浸在过往的辉煌中，顿时觉得自己强大起来，空虚的内心得到了抚慰。

50后，都是奔七的人，处于癌症高发年龄段。癌症是一种与年龄相关的疾病。美国著名肿瘤学家罗伯特·温伯格有句名言：“只要我们活得足够长，早晚会遇上癌症。”基因突变随着衰老而逐渐积累，社会老龄化越来越多地释放了恶性生长。癌症发病率，65—69岁人群最高，超过85岁时才会下降。我的这种子宫内膜癌，85%的患者年龄在50岁以上。人们曾经以为癌症是一种现代病，挥霍、贪婪、放纵、匆忙和压力，潜藏在现代文明中的种种不良因素刺激人体发生病理性变化，癌症因此而多发。但后来发现，“文明并没有导致癌症，而是通过延长人类的寿命，暴露了癌症”。文明暴露了癌症，也暴露了我的饥饿性格，既固执又善变，既多疑又轻信，既懦弱又狠绝，吝啬，贪心，虚荣，装腔作势，自以为无所不知，什么都想占有，总想掌控别人——在家里掌控不了丈夫、女儿，连小外孙也不听我的，无奈去了广场，成为“小尾巴”领队，心里便有了一种充当弱势群体领袖的满足感。年龄进入了癌症高发期之后，我就像一个古老的子宫孕育出的怪胎，自己活得痛苦，也给他人制造了麻烦。

我是一个母亲，我的子宫里发生了一次“恶魔般的妊娠”，孕育出了一个肿瘤，人世间没有比这更难以启齿的事情了。在小区广场，铃铃说我是“会跳舞的癌细胞”，我之所以大动肝火，就是因为内心的羞耻。羞耻心源于负罪感。我是一个“罪人”。我的癌，便是我的罪。我也不知道是怎样的一种文化——或许可以称之为癌症文化，催生了我的罪念。我似乎活在一种“受害者永远有罪”的习惯性的梦魇之中。在美国治疗期间，我去了海瑞塔·拉克斯的墓地。她去世的那一年我刚刚诞生。她生育了5个孩子。她子宫里的癌细胞——“海拉细胞”改写了人类医学的历史。这位被誉为“永生的海拉”的母亲，默默无闻地长眠于地下。没有煽情的口号，没有心血来潮的冲动，没有浮夸的荣耀，在严谨的科学和人类大爱的作用下，一位母亲实现了永生。面对着海瑞塔·拉克斯的墓碑，我恍惚觉得她就站在我的身边，为我解开了枷锁，抹除了我心中的负罪感，我终于得到了解脱。

在公园我不经意扔了一个矿泉水瓶，铃铃让我给小草、小花道歉，从此我们成了好朋友。我给她讲了“海拉细胞”的故事。这个8岁的女孩，说了一句耐人寻味的话：“海拉奶奶从来也没有想过让自己永生，可是她永远活在了所有人的心里。”

四、乳房代表不了母亲

抗癌志愿者活动结束后，铃铃在路边等爸爸。“铃铃，我送你回家吧。”姚海莉特意开车停在铃铃身边。她是一个事业有成的女人。她的成功离不开项益弘的扶持。她知恩图报，为了让项益弘能提前做手术，她给唐恒国送信用卡。存在决定意识。在多年的商业活动中，利益交换原则已经固化为她的思维定势。唐恒国没有理睬她的利益观，而是借用癌基因的信号通路，讲善与恶的交织，让姚海莉十分尴尬。铃铃在旁边说：“唐爷爷对所有的病人，都是一样的。”这句话在姚海莉听来，一半是开导，一半是安慰。当时姚海莉并没有把铃铃放在心上，只是觉得这个小女孩挺聪明。直到今天，她才知道了铃铃在唐恒国、肖铭晨这些重要人物心中的分量。最近她察觉风向不好，决定改行做靶向药物代理，借此洗白自己。赞助抗癌志愿者协会，这是第一步。从铃铃身上，她发现了一条捷径。

“谢谢，我爸爸来接我。”铃铃话音未落，郭家康的摩托车驶来了。

“你……”姚海莉吃惊地说，“你是铃铃的爸爸？”

“他是我爸爸。”铃铃说。

姚海莉很难相信郭家康会有铃铃这样一个女儿。他是她的债务人。几年前为了女儿的手术费，他借了她20万，写了25万的借条，从此就陷入了她的套路贷陷阱，再也没有出来。他偿还的利息已经是本金的翻倍了，依然没有还清。每当他不想再还钱时，姚海莉的手下就用“找你老婆孩子要钱”相威胁，他立刻就服软了。这个老实得近乎窝囊的男人，为了还债，白天工作，下班后送外卖，半夜当代驾，每天打三份工，才三十多岁的人，满脸皱纹，鬓发灰白，瘦得像个小老头。最近一段时间，大概实在没钱了，他一直拖着没有还。为此，她给他发了律师函。从最初的“虚钱实契”，到最后的诉讼，地下金融有一套完整的程序能够保障利益最大化。“想不到，你会有这样一个了不起的女儿。”她用异样的目光看着他。

铃铃不喜欢姚海莉的态度，挑战似的盯着她的脸。“我爸爸是最了不起的爸爸。”她骄傲地说。

“我不会违约的……”郭家康用乞求的目光看着姚海莉，怕她伤害铃铃。

“真是大水冲了龙王庙。”姚海莉转瞬变得笑容满面，“我和铃铃都是抗癌协会的，我们是一家人。过去的事，到此结束。”她是一个有全局观的女人。对她来说，铃铃就是一条通往未来的路径。为了几十万而毁掉一条路，她没有那么傻。

郭家康疑惑地看了看姚海莉，什么也没有说，带着铃铃离开了。

几天后，姚海莉到家里来看望铃铃了。带了一个机器人，是那种小孩子玩的机器人，会说会笑，会讲故事，能帮着写作业，能在地上跑来跑去。“这是给我的吗？”铃铃问。

“是呀。我知道你想做一个擦天的机器人。”姚海莉笑容可掬地说。

“这礼物太贵重了，铃铃不能要。”李嘉怡说。

“为了铃铃，做什么都是应该的。”姚海莉说。

铃铃用期望的眼神看着妈妈。李嘉怡点了点头。“谢谢海莉阿姨。”铃铃高兴地说。

“以后别叫我海莉阿姨，叫海莉妈妈。”姚海莉满怀真情地说，“我会像你爸爸妈妈一样疼爱你的。”

“海莉……妈妈……”铃铃生硬地说。

“我的好女儿。”姚海莉拥着铃铃，声音里带着母性的温柔。

郭家康一言不发地坐在一旁，脸上布满了疑惑。姚海莉到底是一个什么样的人，他也搞不明白了。

临别时姚海莉把郭家康叫到一边，悄悄塞给他一张信用卡和一张借据。“你的钱，扣除了本金，其余的都在这里了。”

“可是……”郭家康茫然。

“放心吧，我不会害你的。”姚海莉说，“等过几天，我约好唐院长，还有铃铃的癌友，咱们都是一家人，一起聚聚。”

“谢谢您。”郭家康感激地说。

命运捉弄人常常是无情的。姚海莉的“洗白”计划还没有实施，就被一个肿瘤给阻断了。肿瘤长在她的乳房上：乳腺癌。她身材修长，风度优雅，挺着一对丰盈饱满的乳房，一点儿也没有因为人到中年而变得软塌虚浮。乳房是最让她感到骄傲的一个器官。这不仅仅因为美，还因为乳房是母亲的象征。自己没有孩子，因为乳房的缘故，她喜欢成为母亲，不是一个具体的母亲，而是意象的母亲。她帮助失学儿童，赞助孤儿院和希望小学，做过的所有善事几乎都和孩子有关。她喜欢孩子们叫她“海莉妈妈”。她在帮助孩子的时候经常会说：“我就是你们的妈妈。”她有一种奇特的心理，格外青睐那些像郭家康一样为了孩子而找她借钱的人。成为这一类父母的债权人，似乎就能够成为他们的孩子的母亲，让她有愉悦感。每当面对孩子的时候，她都会情不自禁地挺起自己的乳房。用乳房标榜母爱，这样的女人，一般都具有强大的意志和超凡的智慧。在这座城市的民间金融界，她的经营规模一直名列前茅。乳房和放贷具有输出的相通性，集于她一身，不能不说这是一个奇迹。此前她从来也没有危机感。她有足够的人脉。在人脉之上，还有一个无形的势力，这个势力或许只是某种象征，却具有把控一切的强大力量，足以帮她化解任何风险。没想到突然间就要整顿金融市场秩序了。她下决心要急流勇退。想不到在人生的转折关头，肿瘤来帮倒忙了。

姚海莉并没有感到恐惧。这种发生在乳腺上皮组织的恶性肿瘤，如果早期发现，是疗效最佳的实体肿瘤之一。她只是伤心。虽然乳房并不是维持人体生命活动的重要器官，但对她来说却具有着不可替代的精神意义。她不想失去乳房。唐恒国说她不用做乳房全切，微创手术即可。微创她也不能接受。她的乳房是母亲的象征。即便一点疤痕，也会失去完美。住进医院，等待手术，她捧着一本《女人癌》转移忧伤。书里记录的全都是癌症改变历史的故事。第一个故事发生在 2500 年前，36 岁的波斯皇后阿托莎患Ⅲ期乳腺癌，从两河流域到爱琴海的医生蜂拥而来为她诊治，却不见效果。她变得脾气暴躁，喜怒无常，后来一名叫德摩西迪斯的希腊奴隶为她切除了肿瘤，解除了病痛。阿托莎内心充满了狂热的感激之情和权力野心。当时，波斯国王大流士一世的对外战争一直是以印度和东斯基泰为目标，向东扩张。而一心想重返故乡的德摩西迪斯怂恿阿托莎游说国王，向西征讨希腊。枕边风改变了波斯帝国的战略方向，希波战争的序幕就这样被一个乳腺肿瘤拉开了。阿托莎的乳腺肿瘤，成为古代史上第一个被人详细记录下来的肿瘤。此后，因为一个女人的肿瘤，使得一个文明的进程和结构被改变，这种云谲波诡的事情便不再罕见了。

一本书还没看完，铃铃来了，带来一束风雨花。“海莉妈妈，你别害怕，我也开过刀。”铃铃掀开衣服，让姚海莉看她的刀口，“你看看，只有一个小疤，不要紧的。”

铃铃的安慰，让姚海莉觉得惭愧。她让铃铃叫她“海莉妈妈”。可是仅凭一对丰满的乳房就能配得上母亲这个称号吗？母亲的乳汁是不求回报的付出，而她呢？给铃铃一个机器人是为了利用铃铃向唐恒国示好，赞助希望小学和孤儿院是为了借助孩子抢占善心的制高点，用一点点的付出换取巨大的回报，利用善心的价值，没有谁比她更精明。如今乳房上长了一个肿瘤，这个肿瘤把她的虚假母亲的真相暴露出来了。

“海莉妈妈，你在想什么？”铃铃问。

“我配不上妈妈这个称呼。”姚海莉说。

“为什么呀？”

“因为……”

第十二章

一、新一代的“奇美拉”

转眼半年多过去。克唑替尼成了铃铃生活中的一部分，每天按时服用，从来不用妈妈催促。她性格开朗，活蹦乱跳，一点儿也看不出是得过癌症的孩子。李嘉怡脸上有了笑容。她看过一个数据：克唑替尼为84%的患者赢得了超过1年的存活时间，总生存期超过5年的大有人在。她相信自己的女儿一定能超过5年。只要过了5年，复发的概率就很低了。她满怀信心，每过一天画一朵风雨花。绽放的风雨花就是女儿的生命。她要用母爱浇灌这朵花。

癌症是最没有道德底线的疾病。它总是在人们满怀希望的时候，突然就罩下昏天黑地的绝望。耐药性在铃铃身上显现出来，克唑替尼好像一下子就失去了疗效。铃铃体内出现了癌症再次生长的迹象：体重下降，经常发热（癌症热），身体不同部位出现疼痛感。开始，铃铃强忍不适，什么也没有说。两年多了，为了她的病，爸爸妈妈操碎了心，好不容易有了笑脸，她不想让笑容过早地从他们脸上消失。李嘉怡很快发现了女儿的不适。入院检查，发现体内的肿瘤不仅长大了，而且增多了。3个肿瘤沉重地压在她的两片肺叶上，脑子里也有了1个。临床判断耐药性有两条标准：原有肿瘤病灶增大；出现新的肿瘤病灶。这个不幸的女孩跌入了克唑替尼无能为力的16%

的悲惨数据中（84% 的患者生存期超过 1 年）。铃铃再次住进医院。

克唑替尼的失效，是因为新一代的肿瘤登上了铃铃的生命舞台。本来，她的机体正在向健康的生理方向稳步前行，可是却被新肿瘤牵拽着向病理方向急遽倒退——每一代肿瘤都具有倒退的特性，但新肿瘤倒行逆施的力量似乎更为强大。与铃铃体内前几代的肿瘤不同，新一代肿瘤是由一种融合基因引发的新类型的肿瘤。看看它的产生过程，就可以知道它有多么恶性了。细胞核内有 23 对染色体，在 2 号染色体短臂位置的 2 区 1 带和 3 区 1 带，有两个相邻的基因，一个叫 ALK 基因，一个叫 EML4 基因。它们方向相反，间隔只有 10MB。这段超微结构中的线性距离，因为两个基因的错误行为，变成了一条决定铃铃命运的生死线。在某一瞬间，由于尚不可知的原因，EML4 基因退出了自己的位置，从染色体上断裂下来，插入 ALK 基因，于是这两个不同的基因便融合成为一个嵌合体：EML4-ALK 融合基因。听唐恒国讲了 EML4-ALK 的来历后，铃铃把它比喻成希腊神话中那只狮首、羊身、蛇尾的怪兽奇美拉。铃铃的比喻后来被唐恒国用在了防癌抗癌科普报告中。“分子生物的奇美拉，比神话中的嵌合体怪兽更难以对付。”这个融合基因产生的融合蛋白，具有高致癌活性，参与激活多条下游信号通路，这些信号通路能把细胞导向无限分裂、抵抗凋亡、促进血管生成的目标，最终诱发肿瘤。尤其对于驱动非小细胞肺癌（NSCLC）的形成与变化，更是 EML4-ALK 融合基因的拿手好戏。

EML4 退位之后，为什么偏偏要和 ALK 融合在一起？原因错综复杂，如同一份尚未解封的生化密档，引起了肿瘤学家的好奇。在众所纷纭的推理中，有一种科普似的说法，很形象：不同谱系的癌细胞相互争斗，产生激烈的生化反应，促成了这两个基因的融合。癌细胞每一轮复制，都会在骨架、外形结构、增殖速度和永生化等方面发生改变。通过改变，增加了更多的恶性特质，形成异质性肿瘤。癌细胞不断癌变，每一代癌细胞都在其家族谱系上产生一个旁系（亚型），“这些细胞宗族具备了不同的习性和生存技能，它们便竞逐主导地位”(《细胞叛变记》)。在争夺主导地位的惨烈厮杀中，或许是为了维持某种平衡，抑或是发现了 ALK 的恶潜质（可以把 ALK 视为原癌基因），EML4 选中了 ALK。作为融合的主体“基座”，ALK 基因原本属于胚胎基因，它的责任是延续生命。主要在生命的胚胎期合成蛋白质，促进神经细胞增殖，在脑和外周神经系统的发育过程中发挥作用。当神经系统发育完善后，就会进入休眠状态，所以人的成体细胞基本不会表达 ALK。至于 EML4，它的作用人们至今未能完全弄明白。它看起来软弱无能，无所事事，可是当癌症在机体内的未来命运出现转折的时刻，它却毅然决然地放弃了自己在染色体上的存在，用裸坠的方式融入 ALK，把 ALK 从休眠状态中激活。从此，太子登上了王位，一个休眠的胚胎基因出人意料地成为新一代异质性肿瘤的主导基因。

本来，克唑替尼特殊的分子结构有能力阻挡 EML4-ALK 的信号通路，抑制癌细胞生长，但 EML4 和 ALK 融合后能够形成多种亚型，它们是多变的融合，具有超越医药学的魔力。这取决于 EML4 插入 ALK 时断裂的位点。所有 ALK 的融合点都在同一个外显子（编码序列）上，而 EML4 的断裂位点则表现出多样性，已知的有 8 个外显子。不同的断裂位点插入 ALK 后，所形成的 EML4-ALK 融合基因变体也不同，现已发现的变体至少有 10 种，任何一种靶向药物都不可能应对如此多的变体。可以说每一个变体都体现了癌细胞的一种恶念的蛋白表达。EML4-ALK 融合基因看起来表型憨厚，不显山不露水地潜伏在染色体上，一旦成为非小细胞肺癌的核心基因，立刻就表现出忽左忽右、反复无常的恶变特性。它习惯于不断改变蛋白编码，喜欢发布各种杂乱的表达指令，催生癌细胞加快裂变、增殖，由此而形成的肿瘤生长速度更快，扩张能力更强，对营养资源的掠夺更贪婪，耐药性更是超乎寻常。EML4-ALK 融合基因操控新一代的肿瘤在分子层面的殊死大战中占据了人类的上风。多么可怕！仅仅几个蛋白质化学语言编码排序的错乱，就足以使“狮首、羊身、蛇尾”的怪兽改变了性状。多么可悲！人类在亿万年进化过程中形成的生命法则，瞬间毁于一个错误的蛋白表达。多么可惜！辉瑞公司花费几十亿美元，一个庞大的科学团队多年的呕心沥血，最终败给了染色体上一个突变的小基因。

癌症最可恨之处就在于，它折磨了一个孩子，还要折磨一个母亲。看着女儿在生死线上痛苦挣扎，李嘉怡整日以泪洗面，想死的心都有了。但唐恒国没有那么悲观。作为一位顶尖的临床肿瘤专家，他知道任何梦幻式的荣耀都不可能战胜癌症。长期以来，他的目光始终盯着世界肿瘤医药学最前沿的科研成果。在铃铃陷入绝境的时候，他看见了一道希望的曙光：塞瑞替尼。

二、我们必须去爱……

这是2018年春夏之交。中国给第二代ALK“非小肺”靶向药物塞瑞替尼开了绿灯。塞瑞替尼的活性是克唑替尼的20倍，拥有抑制ALK耐药突变的强大能量，在克唑替尼失去疗效的患者身上显示的有效率超过了50%。塞瑞替尼能够穿透血脑屏障，对脑转移病灶的控制率达到65.3%。唐恒国早就知道，塞瑞替尼在2014年就已经拿到了美国的通行证，后来又有了印度仿制的版本。但是作为体制内的医生，他没有权力给任何患者使用尚未获批的药物。塞瑞替尼来中国的脚步有点慢，幸好铃铃赶上了。医院第一时间购进了塞瑞替尼。“这个药，也许会很有效。”唐恒国反复向李嘉怡讲解服用方法。李嘉怡用手机搜索塞瑞替尼，看到了数不清的欣喜：肺癌的克星，开启了肺癌治疗新时代，治愈癌症不是梦，让肺癌变成了慢性病……“铃铃真的有救啦。”她捧着白色药盒，激动得双手抖个不停，“一会儿冲上天，一会儿滑到地，就像坐过山车，心都甩出来了。”她喜极而泣。

唐恒国没有像李嘉怡那样沉浸在梦幻中。他知道，每一次新的抗癌药物出现之后，销售商们都会狂欢一阵子。销售商的乐观远远超过了临床医生。但抗癌不是大跃进，癌症也不是用口号就可以战胜的。癌症的复杂和多变远远超过人类的想象，在彻底认清和掌握癌症的真相及其本质之前，耐药性是包括塞瑞替尼在内的所有分子靶向药物无法摆脱的梦魇。唐恒国也没有悲观。在2017年召开的世界肺癌大会上，辉瑞公司公布了第三代靶向药物劳拉替尼的二期临床数据：适用于不同类型的ALK+患者，有效率大大超过之前的靶向药物。美国食品药品监督管理局（FDA）已经为审批劳拉替尼开辟了绿色通道。严格的FDA总是把拯救生命的药物置于一切利益至上，令唐恒国钦佩。他相信这一次，劳拉替尼赶赴中国的脚步不会太慢。他期望在塞瑞替尼耐药之后，铃铃能够及时赶得上劳拉替尼。在医药科技迅猛发展的时代，治疗癌症的过程，其实就是等待新药的过程。他要尽全力为铃铃争取更多的时间。

“这一盒要多少钱？”李嘉怡终于想起这个至关重要的问题。

“天使基金里有钱。”唐恒国没有说价格。他不想让天文数字惊吓了这位并不富有的母亲：塞瑞替尼每盒150粒，定价11万多元，每粒733元，推荐剂量每天5粒，可服用30天，年花费130多万元。有医生临床经验证明，如果随餐服用，3粒也能达到5粒的疗效，这样每盒就能够延长到50天，年花费减少到近80万元。铃铃前两次住院时，唐恒国和癌友们自发捐款，给铃铃设立了一个“天使基金”，总共有60多万元钱，用了一多半，剩余的由唐恒国保管，以备后用。他早就和廖雅萱达成了协议，以后的治疗费用由他们俩承担到底。虽然癌症是最能吞噬金钱的一种疾病，但他们已经把铃铃当成了自己的孩子。没有道德感的驱使，没有善心的施与，只有骨肉亲情般的本能的爱。

李嘉怡自己查到了塞瑞替尼的价格。她惊呆了。对她来说，这是一个要命的数字。她和丈夫10年的收入，也不够女儿吃一年的药。“天使基金”支出多少，剩余多少，唐恒国都会告诉她。克唑替尼治疗期间，她省吃俭用，尽可能自己买药，少用基金卡里的钱。自从铃铃得了癌症，她就认定自己是人世间最悲惨的母亲。可是看到那么多非亲非故的人像疼爱自己的孩子一样疼爱铃铃，顿时又觉得自己是天下最幸运的母亲。她把一粒塞瑞替尼胶囊递给铃铃。一半蓝色，一半白色，看起来普普通通。“这是最新的药，一定能治好你的病。”李嘉怡满怀信心。“这个药，长得真漂亮。”铃铃捏着胶囊，举到眼前观看，“蓝色是小精灵，白色是小天使。”她把胶囊放进嘴里，喝了口水，咽了下去。在这一瞬间，李嘉怡脑子里闪现出一串数字：700 多块——一粒塞瑞替尼胶囊的价钱，她已经计算过了。都说爱是无价的，可是塞瑞替尼的价格，却让她感受到了博大的爱。“生命是可以通过爱来赠与的。”第一次在言情小说里读到这句话的时候，她还是个不懂得生活艰难的中学生，当时泪水止不住地流。如今年近不惑，经历了那么多的坎坷磨难，想起了这句话她再次落泪了。“妈妈……”铃铃给妈妈擦去了眼泪。“你的生命，是唐爷爷和雅萱阿姨他们用爱赠给你的。”李嘉怡说。“我知道，他们都是凤凰社的人，唐爷爷像邓波利多，雅萱阿姨像麦格教授，尤纪良叔叔和吴魄门伯伯像布莱克。”铃铃一下子就联想到了哈利·波特，“还有爸爸妈妈，有那么多的爱，我一定能够打败癌症这个伏地魔。”

（5 个月后，塞瑞替尼进入了医保，每盒降到了 29700 元，每年只需要 21 万多元。）

塞瑞替尼在铃铃身上显现出奇效。很快，铃铃体内的肿瘤就开始缩小了。她又活蹦乱跳起来，跟着唐恒国到花园里散步。她跑到了前面。唐恒国颠颠地跟在她的身后，乐呵呵地笑着。他们在风雨花旁的一张连椅上坐下来休息。“爷爷，妈妈说，我的生命是你们用爱赠给我的。”

铃铃口中的爷爷，让唐恒国心里暖暖的。“铃铃，爷爷告诉你，真正把生命赠送给你的，是 Tom Marsilje。”

“他是谁？”铃铃疑惑地说，“可是我从来也没有见过他呀。”

“塞瑞替尼就是他发明的。”

“我懂了。”铃铃说，“我想当面谢谢他。”

“他已经去世了。他把自己的生命赠给了成千上万的人。”唐恒国动情地讲起了 Tom Marsilje 的故事。

2014 年 4 月 29 日，塞瑞替尼在美国上市。这一天是全世界肺癌患者的新生日，可是塞瑞替尼的合成者 Tom Marsilje 博士却陷入了人生的劫难。他被查出结肠癌，已是晚期。“这是好事，我对未来充满希望。”他在博客里表明了自己对疾病的态度。化疗之后，他参加了铁人三项赛，向世人传递出战胜癌症的希望。整个治疗期间，他从未离开过自己的科研。他组建了一个肠癌公益组织，为患者提供有益的帮助。他在博客里写科普文章，介绍与癌症抗争的体验，他的文章被翻译成许多国家的文字，鼓舞了全世界的癌症病人。这位美国科学家，对人类爱得博大，对家人爱得深沉。即使行动不便，也坚持去学校看女儿的演出，他不想错过女儿成长的脚步。Tom 去世的时候只有 45 岁。在生命的最后一封信中，他喊出了自己的心声：我们必须去爱，爱，爱，别无他求！

听到了这三个爱，铃铃泪眼汪汪了。“我要像 Tom 一样，爱生命，爱全世界的人。”她似乎理解了爱的真谛。

“在今天这个时代，如果没有对整个人类的爱，就不会有广博的视野，也不会有科学的创新。”唐恒国好像是在和一个成年人讨论爱与科学的关系，“Tom 博士 40 岁就合成了惠及整个人类的塞瑞替尼，我当了一辈子外科医生，参加了那么多的科研项目，至今也没有一项真正意义上的创新成果，为什么？因为缺少像 Tom 那样普世博大的爱。”

“不，爷爷，你和 Tom 一样，都是有爱的人。”

“铃铃也是有爱的人。”唐恒国抚摸着铃铃的头，“科学的爱，与其他的爱是不同的。科学的爱，不分种族，不分国家，不局促表浅，不好强炫耀，广博而深厚，理性主导热情，恒稳多于激动，没有掺杂任何似是而非的元素……”

铃铃似懂非懂地听着。“科学的爱，就是干干净净的爱。”她突然说出了自己的理解。

“干干净净的爱……”唐恒国顿时神情严肃起来。铃铃的话听起来简单，却深深地触动了他。一个搞科研的人，如果没有干干净净的爱，必然目光短浅，心胸狭隘，永远都在追随、模仿、小打小闹，永远不会有开创时代的科研成果。30 多年来他怀着自以为的大爱，做梦都想着在肿瘤医学的巅峰插上一面辉煌的旗帜，可是总也攀不上去。在显微外科技术传入之前，他从未想到肿瘤竟然能够从微创小孔里切除；在靶向药物引入之前，也从未想到治疗癌症还可以从细胞分子水平上展开……他在肿瘤学界的威望，从基础理论到临床技术，是在一个接一个的“没想到”的引导下，奠定起来的，虽然之后的效仿也带来了一些“超越”的自豪，但这许许多多的“没想到”，直接在创新观上显露出视野和格局的差距。这也是他和 Tom 的差距，爱的差距。唐恒国没有给铃铃说那么多，只是告诉她，“爱自己，也爱他人；爱一部分人，也爱全世界的人；爱一片土地，也爱整个地球，爱这个星球上所有的生命，这就是 Tom 的爱，也是科学的爱。”

“爷爷，我记住了。”铃铃听懂了唐恒国的话中话。

三、母亲也有疲惫的时候

铃铃是我唯一的女儿。我的女儿 6 岁得癌症，现在已经 9 岁了。从她得癌症的第一天起，我的心就被悬吊起来，3 年来从未放下过。第一次出院后，一年半的时间，定期复查，没有发现癌症复发的迹象。铃铃好像已经忘记了癌症，每一天都活得阳光灿烂。阳光洒在女儿的脸上，阴影藏在我的心里。我战战兢兢，担心着随时可能出现的复发。每过一天，我就用彩铅笔画一朵风雨花，这种普通的小花被癌友们称为抗癌花，是铃铃最喜欢的花。我想要画 1825 朵风雨花，这标志 5 年生存率。我知道一组数字：癌症的复发和转移，80% 发生在 3 年之内，10% 发生在 5 年之内，只要超过 5 年，90% 以上的癌症病人就接近了治愈。我祈祷铃铃平平安安地跨过 5 年生死线。谁知刚刚过了一年半，铃铃肺癌原位复发。第二次住院，克唑替尼用希望的曙光照亮了铃铃的生命。想不到出院后仅仅过了大半年，克唑替尼就出现了耐药性。临床数据说，84% 的患者服用克唑替尼，生命至少能够延长一年，很多人的生存期超过了5年，可为什么我的女儿不到一年就耐药了呢？这次住院，发现她肺上的肿瘤增加到了 3 个，脑子里也有 1 个。那么多可恶的肿瘤沉重地挤压着铃铃幼小的身体，她骨瘦如柴，脸上没有一点血色，少气无力地躺在病床上。这孩子特别懂事，无论多么痛苦，她从来也不哭，也不说。实在忍不住了，她就蒙上被子哼哼几声。我把她抱在怀里，紧紧地抱着，就像小时候抱着她的样子。她是在我的怀里长大的，可是除了陪她痛苦，我什么也帮不了她。她在我怀里睡着了，我才敢让眼泪流出来。

癌友们都说铃铃像个小天使。她纯洁可爱，特别聪明，很小的时候就能背那么多的古诗词，连我这个中文硕士都自叹不如。我曾经无数次幻想过，长大后的女儿成了国学界一颗璀璨的新星，就像她的老师廖雅萱。可是现在我什么都不期望了，只想着女儿能健健康康地活下去，长大了有一份平常的工作，有自己的家庭、自己的孩子。可恶的癌症，连一个母亲最普通的心愿都要扼杀掉。我无能为力，只能祈祷。我在铃铃床头插了一瓶风雨花，对着这些小花祈祷：我是一位 80 后母亲，我代表人类历史上所有曾经出现过的母亲，为我的女儿祈祷，祈求风雨花让奇迹降临。

也许是一个母亲的虔诚打动了上苍，就在我走投无路的时候，第二代靶向药物赶来了。能够取代耐药后的克唑替尼的塞瑞替尼，已经在国外上市 3 年了，中国终于为它开了绿灯。捧着唐院长亲自送来的塞瑞替尼，我忍不住泪如雨下。唐院长说，第三代靶向药劳拉替尼很快也要上市。铃铃的生命会随着一代代新药的出现，最终战胜癌症。科学是不分国界的，即使暂时没有能力发明抗癌新药，只要善于引进、仿制，我们就有希望。据说中国有 17 万个药品批文，其中 95% 以上都是仿制药，这是海纳百川的胸怀，如此博大的胸怀是能够护卫生命的。铃铃给我讲了塞瑞替尼和 Tom 博士的故事，是唐院长告诉她的。怀着对人类的博大的爱心，Tom 博士研发出了塞瑞替尼，而自己却被肠癌夺取了生命。我相信，Tom 博士的在天之灵，一定会看到一个中国小女孩被他的塞瑞替尼挽救了生命。

“如果人的生命是可以赠与的，那么所有人想分给她的生命已经足够她多活好几个世纪了。”《恩宠与勇气》里，肯·威尔伯对患了癌症的妻子崔雅说的这段话，我特别有情感的认同。铃铃的生命，就是那么多人用爱赠与的。这些人，有的已经去世了，有的仍在与癌症搏斗。为了让铃铃能够活下去，他们捐了近百万元。他们不是铃铃的救星，是铃铃的亲人。“没有同情，没有善心，也没有品德，有的只是骨肉亲情般的本能，本能的爱。”廖雅萱的话，说出了他们的心声。如果没有他们，铃铃可能已经不在人世了。我是母亲，我救不了自己的女儿，是他们，用真心的爱，把生命赠与了铃铃。

铃铃患癌症 3 年来，我被折磨得精疲力竭。为了省钱给女儿治病，吃最简单的食物，很少买过衣服，省却了所有的化妆品，才 30 多岁已经变成了黄脸婆。我是 80 后，第一代独生子女。我也曾有过快乐的童年、青春的梦幻，如今一切都烟消云散。我就像一位来自贫困山村的中年大妈，整日盘算着省钱，省钱，再省钱。有时候，看到其他 80 后活得那么滋润，想死的心都有。我变得越来越沮丧、迷惘、苛求、焦躁。铃铃想参加儿童机器人培训班。我们连 2 万元学费都拿不出来。我抱怨老公：“嫁给你，这辈子算是倒霉了。”我竟然说出了这句最古老的怨妇式语言。老公嘿嘿一笑，没有和我争吵。他是那种既任劳又任怨，宁肯自己受委屈也要让老婆孩子过得好一点的男人。铃铃生病后，他每天下了班还要去打零工，拼死拼活想着多挣点钱，可是我却在抱怨他。我似乎变成了一个折磨人的肿瘤。

我的女儿患了癌症，为了照顾女儿我付出了一切。可是癌症却否定了我全部的母爱。在癌症的折磨下，母亲也有疲惫的时候。长时间陪铃铃住院，吃不好睡不好，杂乱、劳累成了生活的常态。在陪床的煎熬中，免不了会生出抱怨情绪。我竭力把抱怨压在心里，但铃铃能感觉到，从我强装的笑脸，故作平静的语调、脚步、手势，甚至呼吸中，她敏感地觉察到了我的烦躁。

她时常背着我哭。有一次累得实在受不了了，我对铃铃说：“什么时候才能熬到头呀。”铃铃哭着跑了，跑去跟风雨花说：“风雨花，风雨花，快让我好起来吧，我好了，妈妈就有了快乐，就不会不耐烦了。”我去找铃铃，刚好听到了她的祈愿，我的心都碎了。我紧紧抱住女儿，我们俩一起哭了。

廖雅萱知道了这件事，大概是铃铃告诉她的，和我做了一次长谈。“癌症的真正可怕之处，就在于它既折磨病人，也折磨病人的亲人。癌症能够让爱生出痛苦，从痛苦中生出来的则是烦躁、焦虑、抱怨和责难。在癌症阴影下，爱得越深，伤害就越重。所以，战胜癌症不仅仅是病人的事，也是亲人的事。”她直截了当地说，“其实，你所有的不良情绪，都来自你的恐惧，你对铃铃的治愈失去了信心，你害怕有一天铃铃会离开你。为了铃铃，你应该坚定信心，战胜内心的恐惧。你有信心了，铃铃才能快乐。”

廖雅萱是铃铃的启蒙老师，当今最年轻的国学大师，灵魂的引导者，以前在我的印象里，她特别会讲一些虚幻的大道理，可此时听到的都是实实在在的话，让我心里暖暖的。她真的是把铃铃当成了自己的亲生女儿。我正想对她说句感谢的话，她却盯着我的脸看了好半天，说：“走吧，跟我一起去做个美容，把自己打扮得漂亮一点，你才 30 多岁，别这么邋邋遢遢的。”我跟着廖雅萱去了美容院。3 年来，这还是第一次。回到病房，铃铃先是一愣，接着就扑过来，搂着我的脖子说：“妈妈，你真漂亮。”

从这一天开始，塞瑞替尼的疗效显现出来，铃铃体内的肿瘤就开始缩小了。

第十三章

一、“永生”的赌局

从6岁开始，铃铃就被癌症拖入了一场旷日持久的生化大战，4年来一茬接一茬的抗癌药物如同天使般捧着她的生命，接力似的向前奔跑，它们要和癌症争抢时间，顺铂（化疗药）跑了第一棒，克唑替尼（一代靶向药）跑了第二棒，第三棒的塞瑞替尼（二代靶向药）也已精疲力竭——癌症无与伦比的多变能力，使所有的靶向治疗耐药性的发生率都近乎100%。服用塞瑞替尼后，肿瘤消失，铃铃回家了，回到了学校。李嘉怡每天一朵风雨花，已经画了4年，就要进入5年生存期了。就在这时，肿瘤再次复生，铃铃第四次回到了医院。

没有任何一种治疗方法可以彻底治愈癌症。30年的临床经验告诉唐恒国，所谓治愈，仅仅是机体与癌症在一段时间内达成了平衡，就像一个在权斗中失利的君主，肿瘤隐退了。经过几个月、几年，甚至几十年的隐忍，肿瘤仍有可能卷土重来，把在治疗中建立起来的平衡彻底颠覆。一个人如果患了癌症，恐怕这辈子就要与癌症形影相随，再也分不开了。从癌症病人身上，唐恒国看到了癌症对机体显示出的生物学之外的一种逻辑关系：正常态与反常态的“异化”。癌症对于机体，犹如王权对于社会，是一个寄生物。癌症不是外来的寄生物，而是内生的寄生物。这种寄生物既能改变生命的法则，也能改变社会的法则——从基因的层面改变生命的法则，从分配（营养资源）的层面改变社会的法则，当癌症在宿主身上把它的病理逻辑发挥到了极限时，病理的反常态就会被“异化”为正常的秩序，而健康的生理规律反倒不正常了。

唐恒国一遍遍地看着铃铃的影像图片：肺叶上挤着5个肿瘤，脑子里躲着2个，肝上也趴着1个。他焦虑不安，有些恐慌，好像自己陷入了肿瘤的重围。他站在临床的高地，察看四周的肿瘤阵地，想找到一处能突破重围的薄弱环节，可是强大的肿瘤似乎无懈可击。他绞尽脑汁，把30年来自己与癌症搏斗的所有的临床经验，把当今最前沿的抗癌疗法，全都筛选了一遍，想找到一种能够反败为胜的妙计利器、良策，却一无所获。肿瘤学在肿瘤面前束手无策，一筹莫展。眼前只有一个办法，一个唯一的办法，就是等待。就像在黑夜中等待黎明一样，等待新的药物出现。当今的肿瘤医药学虽然未能超越癌症，但至少也能紧随其后了。当一代药物失效后，总会有新一代药物进入临床扭转败局。可以说，等待是现代肿瘤学从癌症那儿为患者争取的缓刑。这看起来有些讽刺，但对于肿瘤学来说，这的确是近百年来的最大进步。唐恒国等待的是第三代非小细胞肺癌（NSCLC）的靶向药物：劳拉替尼。劳拉替尼对“奇美拉”（EML4-ALK融合基因）肿瘤的各种变体具有广谱活性，穿透血脑屏障的能力更强。劳拉替尼已经在美国、日本、加拿大和欧洲国家加入了抗癌序列，正在赶赴中国的路上。

然而并非每一个患者都能等到新药的到来。癌症到了最后，就不再是缓缓地折磨人了，而是疯狂发作，用摧毁器官的方式直接把人置于死地。铃铃正面临着这样的危险。她面色发黄，眼睛失去了光泽，活动量稍微大一点都会气喘吁吁，一副蔫蔫的样子。她的时间已经不多了。劳拉替尼再不到来，恐怕等不及了。唐恒国心急如焚。每一天，他都是提心吊胆度过的。和癌症拼斗了30年，见过数不清的死亡，他从来没有如此害怕过。他能够坦然对待自己的癌症，用开放的心态接纳痛苦和死亡，却不敢想象铃铃的最后时刻。这孩子已经融入了他的生命。他的心，在医学中是充实的，在医学之外是空虚的。这个天真可爱的小家伙，填充了他的空虚。他不能放她离去。他托女儿在美国买了劳拉替尼。长期以来，国际抗癌新药在国内上市一般要滞后 5 年以上。虽然国家已经提出了加快境外抗癌新药注册审批的政策，但真正落实在病人身上，却并非易事。为了铃铃，他打破了 30 年来从未触犯过的体制内医生的原则：不给病人使用任何未经国家批准的药物。剩下的，只有等待了。

癌症无论多么强大，也摧毁不了童心。只要来到花园儿童角，铃铃就会变得活跃起来。她和一群小癌友玩恐龙模仿秀的游戏，连吃饭都忘了。尤纪良来送饭，费了很大劲才把她拽回病房。这天夜里她做了一个恐龙梦。唐恒国知道了铃铃的梦，带她去了古生物博物馆。一具巨大的鸭嘴龙骨架化石，像只大鸟，半仰着头，似乎是在遥望历史，抑或是在眺望未来。失去了生命，便有了永存不朽的特性。对恐龙的巨大，铃铃并没有表现出惊讶。她好奇地想到了另一个问题："恐龙会不会得癌症呀？"

只有得了癌症的孩子才会想到这样的问题。唐恒国有些伤感。他告诉铃铃，美国一位研究骨肿瘤历史的医生，曾经从一块白垩纪早期的鸭嘴龙椎骨化石中，发现了转移性恶性肿瘤。这种恶性程度极高的癌症，是从鸭嘴龙身体其他部位转移到椎骨的，距今已经超过了 1 亿年。

"癌症这么古老呀。"铃铃惊讶地说。

"比人类还要古老。"唐恒国笑着说，"大自然的神秘，远远超出了人类的想象。"

"可是……"铃铃突然想到了一个奇妙的问题，"恐龙都死了，癌症为什么还活着？"

"因为……"唐恒国一时语塞，不知道该怎样回答，"因为，癌细胞是不会死的。"

"我听宫奶奶说，有一个海拉细胞，已经活了 70 年了。"铃铃又问，"可是，癌细胞为什么不会死？”

“因为癌细胞修改了遗传法。”唐恒国尝试着用科普的语言，给铃铃解释复杂的分子生物的问题。

“什么是遗传法？”

“就是规定了人的遗传信息的法。”

唐恒国告诉铃铃，人体由几十万亿个细胞组成，就像是一个庞大的细胞共和国。共和国的运转离不开健全的法律。人体的法律就是机体的生理机制，是生命的运动规律。这是一个完整的体系：器官有器官法，血液有血液法，神经有神经法，免疫有免疫法，遗传有遗传法。遗传法是人类在亿万年的进化过程中所形成的生命的大法。“遗传法”写在每一个细胞的遗传基因上，其中的“海佛烈克极限”条款规定：一个细胞一生只能分裂50—60次——1965年美国细胞生物学家伦纳德·海佛烈克发现，正常的脊椎动物体细胞存在着分裂上限。这个条款刻在细胞染色体的端粒上，细胞每分裂一次端粒就会缩短一些，细胞完成使命之后，端粒消失，细胞自觉遵守“海佛烈克极限”条款，启动凋亡程序，实现自然死亡。在人体中，平均每分钟有1亿个细胞死亡。可是癌细胞却想永生不死。它们利用一种叫端粒酶的物质，从端粒上抹除了“海佛烈克极限”条款，把分裂次数的上限取消了，于是癌细胞拥有了无限分裂、永生不死的超自然能力。癌细胞获得了永生，人的生命却因此而缩短。

“癌细胞其实挺傻的。”铃铃说，“癌细胞是活在人身上的，人死了它们还能活吗？”

“癌细胞想要永生，反而短命，就像个永远也赢不了的赌徒。”唐恒国没有觉得铃铃是个孩子，“只有每一个细胞都严格遵守‘遗传法’，该分裂的时候分裂，该凋亡的时候凋亡，才能完成新陈代谢，使生命顺其自然地走到终点。有生有死，才是一个均衡有序的健康的人体。”

“可是……”铃铃的奇思妙想没完没了，“不是有那么多正常细胞吗，它们为什么不阻止癌细胞？”

“哈哈，你这孩子，非要把爷爷问倒了不可。”唐恒国从来没有遇到如此复杂的问题，不仅仅涉及到细胞的生理、病理机制，而且还涉及到了更宏大的生命的存在方式。

他告诉铃铃，有许多正常细胞，活在肿瘤组织内。它们和癌细胞形成了相互共存的关系。癌细胞用一种特殊的“利益蛋白”（小分子蛋白），喂养肿瘤组织内的正常细胞。这些正常细胞摄取了“利益蛋白”，就会帮助癌细胞躲开免疫系统的识别、攻击，实现无限分裂。

“没出息，为了一点蛋白，就投降了癌细胞。”铃铃忽然嘻嘻地笑了，“我想给《工作细胞》改一改，加上一个投降细胞。”

“投降细胞没出息，也没脑子。”唐恒国也变成了一个孩子，“肿瘤越长越大，投降细胞的生存空间越来越小，既害了自己，也害了所有的正常细胞。”

“爷爷，咱俩一起，重新编个细胞的故事吧。”

“好好好。”

一个花甲老人和一个10岁稚童，在一个庞然大物的骨架下探讨肉眼看不见的癌细胞，这真是一幅奇妙的景象。鸭嘴龙巨大的脚掌紧紧抓着地面，犹如抓着一个历史与现实的结合点。它侧着身子，仿佛也在思考由癌症引发的生死更替的问题。唐恒国仰望着恐龙那颗与身体极不相称的小脑袋，禁不住心想，恐龙曾经是这个星球上不可一世的统治者，它们以绝灭的方式退出了历史舞台，为自然界的新秩序铺垫了基石。而癌细胞依然在分裂，生命文明的均衡因为一个小细胞的不肯退却被打破，在这个星球上，癌症的历史还能延续多久？他找不到答案。

二、回到人性的本源

铃铃病情恶化，什么也吃不下。尤纪良不再给铃铃做饭了。他开始为铃铃祈祷，向财神祈祷。心慌意乱，也顾不得神的职责分工了。点燃香火，躬身向那尊黄杨木雕的财神祈求，祈祷奇迹降临在铃铃身上。有一天，他听说了一个“肿瘤自发性消退”的奇迹：一位肝癌晚期患者，医生说只能姑息治疗了。习惯于定义医疗原则的世卫组织，为姑息治疗确立了三种基本方式：控制疼痛，缓解症状，给予心理和精神关怀；一个基本目的：为那些“治愈性治疗无反应”的病人“赢得最好的生活质量”。这位患者谢拒了世卫组织的关怀，一头扎进自己的小农场，从种地、养牛中享受生命最后时光的快乐。神奇的是，他的肿瘤消失了，至今早已过了 5 年。和他同期查出肝癌的患者都已不在人世了，而他依然活蹦乱跳。尤纪良驱车百公里，找到了那个人。他要为铃铃探寻“不治而愈”的秘诀。交谈中得知，肿瘤自发性消退——在没有经过任何治疗，或者治疗不足以对肿瘤产生显著影响的情况下，肿瘤部分或完全消失，也就是传说中的“同样的癌症有人怎么治也治不好，也有人不治而愈”。这样的几率就像中彩票，据说大约有 10 万分之一。探秘回来后，尤纪良找吴魄门商量，用什么样的办法能让铃铃中一张“不治而愈”的大彩。吴魄门已经不种菜了，在医院里做护工，每月有近万元收入。铃铃病情恶化后，护工也不做了，专门照顾铃铃。尤纪良和吴魄门想来想去也没有想出一个办法，只好求教唐恒国。唐恒国告诉他们，肿瘤自发性消退涉及数不清的机理和环境因素，充满了偶然性，奇迹的出现不是医学所能操控的。尤纪良没有放弃希望，他把铃铃的故事告诉了饭店员工，让他们和自己一起为铃铃祈祷。于是，每天晚上，打烊之后，他的饭店里，30 几个人一起面对财神，财神就摆在柜台上，微笑着看着他们，缭绕的青烟寄托着他们的心愿，传递给财神：财神呀财神，给铃铃一个大彩吧，让她的肿瘤自行消退。

廖雅萱每隔几天来看一次铃铃，一整夜陪着她。铃铃睡着了。眉头皱着，手脚缩成一团。廖雅萱恍惚看见了一只小动物，孤独地躺在荒野里。铃铃是她精心培育的“国学小太阳”。她曾经想把国学化合成一种遗传信息，植入小孩子的基因，千秋万代、一劳永逸地传承下去。铃铃寄托着她的希望。她的梦想被癌症毁掉了。她得了癌症，铃铃也得了癌症。铃铃手术前，为了参加诗词大赛，她不听医生劝阻，吵着、闹着，甚至绝食，连致命的炎症都不顾了，没有一点儿理性，完全陷入一种敏感脆弱的情绪模式。当时廖雅萱毫不犹豫地支持了铃铃。大赛过后，铃铃病情加重，唐恒国训斥她“唐诗宋词读傻了”，事后她懊悔地反思：过量地灌输唐诗宋词对铃铃究竟有利还是有害？她俯下身子，凝望着铃铃的脸。这张曾经洒满了阳光的小脸，如今被蜡黄的病色涂抹得没有了生命的光亮。廖雅萱恍惚看见一个个身影闪现在铃铃的脸上，她认出来了，他们是唐宋600年间那些写诗写词的中老年男人。这些中老年男人宦海沉浮，多愁善感，时而压抑，时而放纵，沮丧消沉与得意忘形只在一瞬间，忧国忧民也为自己忧，一辈子游山玩水，喝酒吟诗，抛撒出一堆堆情绪跳动的漂亮文字。这些文字廖雅萱曾经爱不离口，此时却幻化成了一个个奇形怪状的情绪符号，蹦蹦跳跳地钻进铃铃的大脑，在一张尚未成形的思维导图上胡乱涂抹，切断了观察、比较、分析、综合、抽象与概括的连线、节点，浓墨重笔地把直觉、意志、欲望、本能、情感和情绪涂抹得绚丽多彩。整张思维导图上，逻辑和理性元素被淡化，非理性元素占据了主导地位，看起来线条歪斜，色彩杂乱，让廖雅萱眼晕。一个理性和逻辑思维缺失的孩子，在未来的充满了创造活力的时代，将会有多么孤独。想到铃铃已经进入了一种没有未来的状态，廖雅萱心如刀割。在思维的起点——DNA上，突变的基因启动了癌症程序。可是铃铃的基因突变究竟是谁的选择？作为那些写诗写词的中老年男人的传播者，她有没有起到什么微妙的作用？“期盼生的希望，却遭受死亡的折磨。”她自语，“这不应该是铃铃的命运。”

“雅萱阿姨。”铃铃醒来，“你别难过，我会好起来的。”

“嗯嗯，铃铃会好的。”廖雅萱一阵揪心的痛。

“雅萱阿姨，如果……”铃铃平静地说，“如果我真的治不好了，你们给我治病的钱，都给别的小朋友用吧。”

“阿姨答应你。”对铃铃的这个要求，廖雅萱没有悲伤，反而有些欣慰。

坦然地接纳死亡，不是任何人都能具有的理性。一个孩子，无论此前曾经接受过多少非理性精神的灌输，经过了多少人生的磨难，最终还是会回到人性的本源，如同人体创伤的自然修复。“铃铃长大了。”她说。

三、不知道该怎样生长了

楚中天的《癌症经济》出版了。拿到样书后，第一本就是送给铃铃的。“等我长大了，也出一本书。”铃铃高兴地把书抱在怀里，好像自己出了书。她翻开扉页，看见了一行字：“谢谢铃铃小朋友帮我冲破了‘癌症楼’。”这行字，表达了楚中天发自内心的感激。如果不是铃铃，也许他就会成为“癌症楼”永远的囚徒，绝写不出这样一本还算有点价值的著作。

“我，我也做了贡献呀。”铃铃不好意思地笑了。

“知道吗，铃铃。”楚中天说，“冲破‘癌症楼’，你的这句话，代表了一种历史的渴望。”

铃铃听不懂楚中天话中的含义。“可是……我……我现在也没有冲破‘癌症楼’呀。”她伤心地说。她和楚中天几乎同时服用的靶向药物，两年过去了，她更换的第二代药也产生了耐药性，楚中天却并没有复发的迹象。

“‘癌症楼’永远也关不住铃铃。”楚中天说。

“楚伯伯，你说，癌症到底是什么？”不知为什么，再次住院后，这个问题成了铃铃的一块心病，几乎逢人便问。

楚中天一直也在思考这个问题。写完《癌症经济》，又想写一本从社会学的角度探讨癌症的书。他思考的第一个问题就是：癌症到底是什么？为了看清癌症的真相，他花了500多元钱，买了一管白血病细胞株，从显微镜下可以看见，这些白细胞畸胎，鼓着圆圆的身子，不时伸出短小的伪足，故作一副奔向未来的样子。据说30多年前，这些细胞曾经寄生在一个中年女人的血液中，它们用伪足的黏丝缠住恩主，把她拖过了生死线。这种忘恩负义的寄生物，本应该是短命的，可是它们至今依然在分裂、增殖，人类胚胎发育过程中那种活力充沛、快速增长的机理，被它们发挥到了极致。如果癌症成功了，或许会产生一种“具有不死的特性和增殖能力”的生命。这看起来有些令人鼓舞，癌症似乎要构造一个“更加完美的生命”机制，创建一种不朽的生物文明。为了实现这个目标，癌症一直在用最激烈的生化手段去推翻人类的生命体系。然而任何一种试图超越自然的“完美生命”，都具有毁灭文明的性质，癌症因此而陷入自己所制造的悖谬。一方面，为了永生不得不疯狂地掠夺生命资源；另一方面，疯狂的掠夺必然导致宿主的死亡。最终，癌症的梦想，只能成为在实验室里的乌托邦。人类“面对癌症就是面对同一个物种”。同一个物种，同一个梦想。几千年来，人类编织的所有神话，无一不寄托着永生的祈愿。为了这个梦想，历代帝王、神医铸造了数不清的丹炉，几乎所有通往不朽幻境的途径都被他们挤占了，那一具具留在永生途中的尸骨，铺展了一条悲哀的绝路。在肿瘤历史学家眼里，人类的历史就是癌症的历史。“历史通过基因组重演，基因组借助历史再现。推动人类历史发展的冲动、野心、幻想与欲望至少部分就源于基因组编码。与此同时，人类历史也选择了这些携带有冲动、野心幻想与欲望的基因组。虽然这种自我实现的逻辑成就了人类无与伦比的品质，但它同时也是滋生卑鄙龌龊的温床。”在《基因传》的启发下，楚中天学会了用生物学的视觉看人类的历史，历史无论多么了不起，说到底就是细胞的分裂史、基因的遗传史、有机分子的生化史，和癌症别无二致。

这些思考，楚中天没有说，只是告诉铃铃：“癌症是人类的一场噩梦。”

“是有点像噩梦。自从得了癌症，我就经常做噩梦。”铃铃说，“昨天夜里，我就梦见了一个怪物，胳膊长在头上，眼睛长在肩膀上，尾巴长在腿上，把我给吓醒了。”

“哈哈，你做了一个科学的梦。”楚中天说。

“为什么是科学的梦？”铃铃疑惑不解。

“科学家就做过这样的实验呀。为了研究癌症，科学家给一些蝾螈的体内注入了致癌物质。结果它们只有少数长了肿瘤，多数没有长肿瘤，反而长出了新的、错位的肢体，胳膊腿长乱套了。”

“我知道，蝾螈是两栖动物，比恐龙还古老。”铃铃问，“可是为什么会长乱套了呢？”

“因为被致癌物质伤害了机体之后，蝾螈的再生机能启动了修复创伤的程序，或许因为过于急迫，修复过程变得有些疯狂，正常的生理机制被搅乱，蝾螈的机体已经不知道应该怎样生长了。”

“好可怜的蝾螈呀。”铃铃说。

楚中天忽然激动起来，滔滔不绝地说：蝾螈折射出人类。人类伤害地球和癌症伤害人体的机制几乎是一样的：细胞无限分裂，组织蛮横扩张、膨胀、挤压，令肌体窒息而死，这是癌症；扩大数量，充塞空间，侵占土地，掠夺资源，排斥异己物种，令其他生物憋闷而死，这是人类。人类在这个星球上创造了从未有过的文明，也留下了难以愈合的创伤——整个地球变成了一个化学容器，癌症被演变成一场人为的化学事件。如今人类正迫不及待地试图修复环境、修复人心、修复生存机制，可是出现的却是种种乱象，虚荣、狂妄、贪欲、投机、欺诈、掠夺、暴虐，财富扩大了贫困，法律巩固了强权；腐败占领了政府，海盗控制了航线；文化排斥文化，国家算计国家，种族残杀种族……

“人类也不知道该怎样生长了。”楚中天似乎是在和一个成人讨论人类未来的命运。

“好可怕呀。”铃铃瞪大了眼睛，“您说的是‘癌症楼’里的事情吧？”楚中天的话她没有全懂，却感到了恐惧。

“对不起呀，铃铃。”楚中天忽然意识到，对一个 10 岁的孩子说这些话，会给她幼小的心灵带来阴影。

“没关系呀，我懂。”铃铃说。

第十四章

一、血红的彼岸花

一团巨大的雾霾，霸占了天空和大地，它蠕动、膨胀、扩张，拥堵在天地间，与周围环境的边界模糊不清，如同肿瘤的浸润性生长对身体组织的破坏。这团雾霾看起来有些变态，说不清它是什么颜色的，灰黑阴暗的主色调中，闪着鬼魅的紫、死寂的蓝、失望的黄和绝望的绿，色彩们似乎是在某种傲慢狂妄的思想的驱使下，故意违背了美学规则，胡乱搭配在一起，连光影的明暗和色调的冷暖也被扭曲得混乱不堪……

这是一幅油画上的雾霾。

臭名昭著的雾霾，在杂乱的色彩中，显现出某种意象的真实。雾霾中，一大片小花盛开着，细长的花茎举着花朵，只有6片单薄的花瓣，倒卵形，顶端略尖，看起来像风雨花，却没有绿叶，花茎直截了当地从泥土里钻出来，舍弃了风雨花低调的淡粉，被涂抹上一层厚厚的血红，红得专横，红得瘆人，红得像彼岸花。彼岸花也称地狱花，开花时不长叶，长叶时不开花，这种奇特的生命现象是一种说明，说明了在地狱的环境里，红与绿是不可能待在一起的。把"勇敢坚强"的风雨花和骇人可怖的地狱花组合成一种想象的植物变体，谁也不知道作者为什么要这样画，可能只是一瞬间的感觉，一种情绪的表露。

花丛中，站着一个神情凝重的小女孩，她是这幅画的主体，在雾霾的重压下她倔强地挺直了身体，昂起头，张着嘴，嘴里呵出一缕洁白的雾气，可以想象，这缕白色的雾气，一定是小女孩吸足了雾霾，用娇嫩的肺过滤掉雾霾中那些致癌的微米、亚微米小颗粒，然后才呵出来的。她好像承担了拯救天空的使命，用呵出来的气体在色彩杂乱的雾霾中抹出一小片弱弱的纯净，丑陋的天空总算出现了一点点的美……

这幅画的标题叫：《擦天的女孩》。

作者：梁思酌。

4 年前，一个雾霾天，在肿瘤医院花园里，梁思酌目睹了令人震撼的一幕：铃铃在雾霾中大口呼吸……顿时萌生了创作冲动。4 年来，他几易其稿，画了改，改了画，总也找不到魂。他是一位擅长描绘光明的画家，技法精湛，画风老成，作品里只缺少一样东西：个性。没有个性便没有灵魂。在迷茫和苦恼中，他患了慢性髓细胞白血病。血癌在折磨他的身体的同时，也动摇了他固有的审美。他想改变，却摇摆不定，刚刚有了一点改变，立刻又惊慌失措地退回到固有，如同时好时犯的白血病。他做了两次骨髓干细胞移植，已经能够坦然地接受死亡，可是超越固有的审美，并不比超越死亡容易。铃铃癌症再次复发，他去看她。她躺在病床上，虚弱得连呼吸都有些困难，已经没有气力再去擦拭天空了。“我的画画好了吗？”铃铃问。

之前梁思酌画过一稿，被铃铃否定了，说他画的雾霾没有毒，看起来像是云彩，还说他把她画成了像大人一样的英雄。从那以后，他几易其稿，自己一直不满意。“很快就画好了。”他说，“一定会让你喜欢的。”

“我还能看到吗？”

“能能，一定能看到。”

“唐爷爷去美国买药了，是劳拉替尼，最新的药，能治好我的病。”

“能能，一定能治好。”

“我要好好活下去，我的擦天机器人还没造出来呢。”铃铃的眼睛里，闪现出一丝光亮，“我不能害怕癌症，不管多难，也要打败它。”

在这一瞬间，梁思酌从铃铃的眼睛里看到的是滔天泻地的光明，似乎把整个绘画艺术界全都照亮了。实际上，任何一个孩子眼睛里的光，都足以照亮整个世界。他终于找到了无法改变固有审美的根源，那是因为一个类似癌症的东西操纵了审美，而他却充满了惧怕。他想起了毕加索的名言：绘画是一种“比死在角斗场还要艰难”的艺术。他缺少的就是角斗士的勇气。没有勇气，就没有灵魂。4 年没有画成的《擦天的女孩》，只用了十多天就完成了。在这个过程中，他没有任何杂念，忘却了固有的审美，也不想史册留名的事，只是本能地把心中涌动着的一股情绪用色彩泼洒出来。

梁思酌画展。《擦天的女孩》摆在最醒目的位置，吸引了许多人。开幕式那天，廖雅萱、尤纪良、吴魄门、楚中天、宫子菡、姚海莉都来了。对这幅作品，他们每个人都有自己的理解，自己的想象。

“‘任何降临在大地上的事，终究会降临在大地的孩子身上’，西雅图老酋长 100 多年前的警告，今天灵验了。”宫子菡直白地看到了作品对环境恶化发出的警示。

“我想要一个干干净净的天。”廖雅萱想起了铃铃在雾霾中说过的话，“作品折射出了铃铃的心愿，也是所有孩子的心愿。”

“生命之花在地狱悄然绽放。”尤纪良看到的，是一个激励斗志的象征。

也许是一直在思考关于“人类不知道该怎样生长了”的命题，楚中天隐约看到在雾霾的色彩颗粒中，塞满了各种各样的癌细胞，好像人世间所有的畸变细胞全都聚集在这块画布上，似乎是为了宣示它们永生的权利，癌细胞全都伸出了自己的伪足，丝状、网状、轴状、叶状、枝条状，细长的、圆钝的、尖利的、黏性的，正是靠着这些荒诞的伪足，癌细胞才能钻透血管，迁徙、转移、扩散，在机体内建立起一个由癌基因所编码的蛋白控制体系，楚中天恍惚觉得整个人类都被癌细胞的伪足捕获了，所有的生命都被拖拽上了一条奔向永生之地的道路，远方，一个犹如坟冢般的巨大的肿瘤，那里是乌托邦的终点，散射着不死、不灭、不朽的虚幻的光辉……

画展的画册，摆在铃铃面前，第一页就是《擦天的女孩》。“我有两个‘擦天的女孩’了。”铃铃拿出郭铁艺制作的那件铁质人物塑像，高兴地说，“两个我都喜欢。”

“谢谢，谢谢铃铃。”梁思酌神情激动。

这幅画引起了轰动，不仅美术评论界，连社会大众也参与了争论，分成了两派，褒贬不一，争论的焦点完全离开了美学，围绕着包括画家“三观”在内的一些“非主体因素”吵得面红耳赤，掀翻了无数群里的友谊的小船。这一切，梁思酌只是有些兴奋，而铃铃的一句“我喜欢”，却让他激动不已。对他来说这是至高无上的评价，胜过此前得过的所有的大奖。

二、一切都会好起来的

雾霾真的来了，像是从油画里跑出来的，把天地间的每一个缝隙都塞得满满的，连鼻孔、口腔、气管和肺泡也没有放过。这只肆无忌惮的怪物，这个自以为是的天地的统治者，每一次出现都会把癌症强加给一些生命。在这个可怖的雾霾天里，铃铃躺在病床上，望着窗外的灰蒙蒙，脑子里做起了白日梦：许许多多擦天的小机器人，像清洁工人一样，分布在城市的大街小巷，一块一块地把天擦得干干净净……

她脸上露出了笑容。

李嘉怡笑不出来。守在女儿身边，焦急地等待着劳拉替尼的到来。铃铃的生命已经等不到劳拉替尼获得批准的那一天。唐恒国托女儿在美国买到了，已经寄出，很快就要到了。她一如既往，每天画一朵风雨花。她已经画了 4 年，1460 朵风雨花，每一朵都寄托着她的希望。她相信只要坚持画下去，铃铃的生命就一定能延续下去。

“妈妈，你说，癌症到底是什么呀？”铃铃突然问。

“癌症是一种疾病呀。”李嘉怡说。

“癌症不是疾病。”铃铃神情严肃，“是疾病，为什么治不好？”

“能治好，能治好。”李嘉怡亲了亲女儿，“等劳拉替尼来了，铃铃的病就能治好了。”

铃铃不再说话了，眼睛盯着窗外的雾霾。她皱着眉头，苦思冥想。看着女儿紧皱的眉头，李嘉怡忽然意识到，这的确不是一个简单的问题。自从铃铃患癌症后，李嘉怡脑子里每天都离不开癌症，可是对于癌症到底是什么，却从来没有认真想过。4 年来，铃铃所遭受的磨难，自己所受到的折磨，还有医院里的癌症病人所经受的悲苦与死亡，一幕幕闪现在眼前。她觉得女儿说得对，癌症不是疾病，绝不是疾病。癌症是一个自以为了不起的怪物，一个冷酷无情、高高在上的恶魔。癌症让儿童失学，让母亲疲惫，增加父亲的负担，从两手空空的人的心里夺走仅存的希望，用病痛制造苦难，用死亡消除病痛，停止大脑的运转，剥夺人体的自由，粉碎梦想，驱赶光明，毁灭未来，这就是癌症，人世间所有的邪恶全都聚集在癌症臃肿的瘤体上，挥动着它们的旗帜。

铃铃有些累了，有些喘，吸了氧气才好些。李嘉怡心疼得流出了眼泪。她把铃铃抱在怀里。铃铃瘦骨嶙峋，身体也变小了。“睡吧，睡吧，我的宝贝……”李嘉怡轻轻地摇动着身子。铃铃蜷缩在妈妈怀里，就像很小很小的时候那样。“我要到峡谷那边去了……”她喃喃自语，“一切都会好起来的。”这是象老爹到峡谷另一边去的时候，对老鼠妹妹说的话。

后 记

继承“祖细胞”

——新生代癌细胞之王的自述

当铃铃这个女孩虚弱地躺在病床上，生命之光越来越暗淡的时候，在她的体内，我登上一个高耸的肿瘤，检阅那些形状各异的癌细胞，它们是我的士兵和臣民。它们崇敬地仰望着我，伸出伪足向我欢呼。染色体的彩车繁花似锦，排列有序的基因显示了结构的超稳固，蛋白编码如同繁星闪烁着欢乐，蛋白质、碳水化合物、脂肪和脂肪酸之类的营养元素烘托出肿瘤的富足与繁荣——这是一场生物化学的庆典，有机分子的大检阅，显示了我们癌症的无与伦比的强大。如果换一个视觉，也许会看到庆典所依托的是一个恶病质的机体，萎缩的肌肉，枯竭的脂肪，溃烂的组织，贫弱的器官，无数正常细胞哀鸿遍野。对这样的景象，我熟视无睹。我沉浸在癌症的自豪和荣耀之中。我想到了“祖细胞”——铃铃机体内的第一个癌细胞，它分裂出无数子细胞、子子细胞，创建了一个肿瘤王国。它也曾站在瘤体上，向整个生物界宣告：一个新的物种，一个“具有不死的特性和增殖能力”的有机体，一个屹立于自然物种之林的“更加完美的生命”诞生了——我不是自夸，把癌症视为一种生命体，人类许多杰出的肿瘤学家都有这样的共识。虽然我不是铃铃体内肿瘤的缔造者，但我是继承者，新生代的癌细胞之王。能够像“祖细胞”一样登上肿瘤的巅峰，这是至高无上的荣耀。这标志着，一个庞大的肿瘤王国的病理体系，已经不可撼动地转移到我的掌控之下了。

癌症的根基是癌细胞。癌细胞是一种有信仰的细胞。癌细胞信仰“突变主义”。突变具有激进的特性：从遗传的根基上毁灭生命的文明——多数疾病，即使致命的疾病，也做不到这一点，它们毁灭的仅仅是生命。任何信仰都有自己的源头。癌细胞的信仰源于一个幽灵。这个幽灵来自物理或化学的世界，有人把它视为一个致癌物质，也有人说它是一个变态脑袋里的幻念。它在天地间游荡，发现了铃铃。它要在这个东方女孩田园般宁静的身体里发动一场“突变主义”的造癌运动。因为这里有它的追随者——原癌基因。原癌基因分管细胞的分裂、增殖，性格冲动，先天具有反叛意识。幽灵修改了原癌基因的蛋白编码，植入“突变”程序，启动了细胞的癌变。“祖细胞”由此而生，分裂出无数子孙癌细胞，聚合成肿瘤组织——正常的人体组织分4种：上皮组织、结缔组织、神经组织和肌肉组织。肿瘤属于第五组织，机体内的第五纵队——“混在内部的敌人”。肿瘤组织的疾病名称叫癌症。近百年来，我们的癌症大军迅猛扩展，在这个星球上形成了一个“突变主义”的疾病阵营，与“进化主义”的生命文明的阵营长期对峙。

信仰决定立场。我讨厌健康的机体，憎恨生理的秩序，仇视“进化论”的法则；立志要颠覆旧有的生命文明，改变人类遗传的性状，创造一种凌驾于一切生灵之上的新的物种。为此，我宁可与物种的自然进化逆向而行，宁可与整个生物世界为敌，也绝不做宿主体内温和的寄生物。

“祖细胞”是最早把“突变主义”转换为激进行动的先驱。它利用基因遗传，驱动癌细胞拿起有机分子的武器，打破细胞间表面黏附分子的锁链，侵犯组织，骚扰器官，到处寻找生长、扩散的土壤。机体免疫大军倾巢出动，展开围剿。癌细胞浴血奋战，损失惨重，盲目流窜，活下来的仅有万分之一。幸存的残兵败将，具有更顽强的生命力，“它们在敌对的环境下建立领地，在某一器官中寻觅‘庇护所’……”《众病之王》对此做了精彩的描述，“疯狂地求生存，充满创意；手段残酷、精明狡诈；寸土必争，还具有防御意识。”就这样，癌细胞有了根据地。

任何一个生命，都不会容忍这种独立王国似的异物在机体内存在。免疫大军一次又一次地发动进攻，肿瘤根据地岌岌可危。关键时刻，病原体入侵，引发炎症。整个机体立刻进入对抗外敌的战时状态，无暇顾及肿瘤——看起来，病原体好像是专门来解救肿瘤的。癌细胞把握机遇，打出共同抵御病原体的旗号，假抗炎，真扩张。免疫细胞产生误判，与癌细胞结成抗炎联盟。癌细胞摇身一变，俨然成为抗病原的主力，趁机制造更多的炎症物质，为肿瘤的生长提供了丰富的营养资源。

“祖细胞”雄图大略，不甘偏安一隅，它要占领整个机体。利用炎症壮大力量之后，它便指挥大军远征扩散，对免疫细胞发起生死大决战。论数量和资源，癌细胞远不如免疫细胞，却能够以少胜多、以弱胜强，创造了生物战争史上的奇迹。这在很大程度上靠的是正常细胞的帮助。无数的正常细胞，驾驶着“马达蛋白”运输车，给癌细胞送来了各种营养物质。这些细胞，来自肿瘤组织。是癌细胞分泌溶解蛋白酶，把它们从细胞黏附分子的禁锢中解放出来的。对此，肿瘤学家说：“肿瘤在其周围形成的肿瘤微环境，能引导正常细胞发生癌变。”肿瘤的胜利，还在于癌细胞的英勇无畏。大量癌细胞采用近乎“自杀”式的“人肉战术”攻击免疫大军。癌细胞的尸体释放出大量高浓度钾离子，如同毒气，让免疫主力 T 细胞失去活性，损失惨重。这场细胞与细胞的战争，血流成河，尸横遍野，残酷性不亚于人类最惨烈的战争。癌细胞谱写了亡命徒式的“英雄史诗”。

在与免疫细胞的大战中，“祖细胞”展现了超凡的智慧和胆略。而在另一个战场——癌细胞与癌细胞相互厮杀的战场上，“祖细胞”则显示了高超的权谋和铁腕。癌症的世界是一个动荡的世界。癌细胞也会癌变。在癌症的家庭族谱上，癌变的癌细胞不断形成新的旁系、支系，犹如不同的派别，为争夺对肿瘤组织的控制权和“突变主义”的正统地位，相互排斥，惨烈厮杀。即使处于免疫系统的围剿时，残酷的内斗也从未停止。“祖细胞”目光敏锐，心思缜密，知进知退，意志强大，出手果断，一次又一次地击垮了其他派系的癌细胞，成为统帅一个强大的“超级肿瘤”的王者。为防止被新的派系的癌细胞群所颠覆，它操控着各种有机化合物，不断在机体内掀起生化反应风暴，清算异己蛋白，阻断异议通路，抑制敌手的新陈代谢，把已生成的和潜在的威胁一个个清除掉。同时，从基因深处改造细胞的蛋白开关，就像改造灵魂，让它们严格按照自己的蛋白编码和信号通路生长、增殖，这样就在分子基础上，一劳永逸地巩固了自己的地位。

我是新生代的癌细胞之王。在癌变的原因上，我和“祖细胞”有所不同。“祖细胞”是直接由外源性致癌物质引发的突变，而我则是由两个基因融合而催生出来的。在我的染色体上，有两个相邻的基因，一个叫 ALK 基因，一个叫 EML4 基因。在某一瞬间，EML4 基因从染色体上断裂下来，插入 ALK 基因，嵌合成为 EML4–ALK 融合基因，启动了我的突变。ALK 基因属于胚胎基因，平时处于不表达状态。EML4 基因也很低调，看起来软弱平庸。对于它们融合的原因，肿瘤学家众说纷纭。有一种类似童话般的科普的说法：不同谱系的癌细胞之间的相互争斗，给肿瘤造成了生存危机。肿瘤组织迫切需要一个挽救危机的强者。EML4 基因顾全大局，果断放弃了自己在染色体上的存在，用裸坠的方式把 ALK 基因从休眠状态中激活，就这样我登上了王位。这里面有偶然的机遇，也有相互的妥协。“祖细胞”是缔造者，先天具有不可撼动的威势。我是继承者，需要更强硬狠绝的手段，才能把不同谱系的癌细胞凝聚起来。我给蛋白编码划定了禁区，给信号通路确立了方向，凡是逾越界限、背离方向的，不管是癌细胞还是正常细胞，都毫不手软地把它们打入另册，断绝生路。从“内斗”的意义上说，我和“祖细胞”是一样的。融合基因给我造成了多变的性格，习惯于不断改变蛋白编码，发布各种杂乱的表达指令，催生癌细胞加快裂变、增殖，使肿瘤的生长速度更快，扩张能力更强，对营养资源的掠夺更贪婪，耐药性更是超乎寻常。

“祖细胞”给我留下的最宝贵的财富是一个“一切资源归肿瘤”的病理

体系。当肿瘤取得了掌控机体的主动权之后，占有更多营养资源，就成为当务之急。癌细胞四面出击，捕捉机体内的流动的营养物质。不仅如此，还要占有分子加工厂——通过代谢产生能量的细胞质基质。占有了分子加工厂，就能一劳永逸地从代谢的基础上获得对所有营养物质的控制权。肿瘤组织利用掌控机体的权力，颁布了一道生化指令，直接对正常细胞宣布：你的东西归我了。在占有资源的基础上，逐渐形成了一个病理运行体系。从资源分配、能量产出，到代谢方式、细胞分裂，甚至包括呼吸频率、血液流速，原本由机体自然调节的生理活动，全都被纳入癌病理体系，由肿瘤统一实施。这个病理体系的核心功能就是确保癌症掌控所有的生命资源。这是癌症生存、发展的根本。任何时候、任何肿瘤，都不会改变。

“祖细胞”创建的病理体系，创造了许多惊世骇俗的奇迹。其中最辉煌的就是代谢方式的改变。细胞代谢有两种方式，一般来说，高等动物采用高效率的线粒体有氧代谢，低等动物采用原始低效的糖酵解无氧代谢。而癌细胞却抛弃了先进，选择了落后。亿万癌细胞在机体内开展了一场轰轰烈烈的代谢方式的大倒退：核糖体的高炉被点燃，炉火中，蛋白质溶为虚空，核酸、糖类、脂质转换为狂热的能量——细胞内最重要的4种大分子融合成突变的动能。在人类看来，这是一种疯狂的生物机能的蜕化，以糟蹋资源的方式，向低劣的生存形态倒退。然而对我们癌细胞来说，这恰恰是一种进化，因为我们拥有代谢强度的优势，资源糟蹋得越厉害，就越能够占有更多的优质营养。代谢蜕化过后，资源消耗一空，机体营养严重不足，正常细胞陷入了饥饿的困境。它们走投无路，启动了“自噬”程序，开始“自己吃自己”了——利用水解酶，溶解消化自身胞质中的一些可溶性蛋白，转换为分裂新细胞的能量。为了生命的延续，可怜的正常细胞残忍地吃掉了自己身体的一部分。从生物进化的意义上来说，我们癌症就是一种以蜕化为特征的疾病。然而，蜕化是癌症的能量源泉，蜕化释放的分子能量，足以把人类的生命文明拖拽入万劫不复的绝境。这正是我们的目的。

掌控肿瘤之后，我才真正感受到“祖细胞”创立的病理体系有多么重要。没有癌病理体系，就没有肿瘤的发展。正是依靠这个体系的优势，我创造了肿瘤扩张的新奇迹。为了增强分裂、增殖和扩张的能力，我们需要不断扩大、强化肿瘤组织的基础建设。其中最重大的项目，就是开辟肿瘤血管通道——肿瘤组织的氧气和营养供应、代谢产物和能量信息交换，以及各种反馈调节，全都离不开血管。我们不惜血本，集中资源，投入无以计数的血管生成因子、成纤维细胞、内皮细胞和间质细胞，在瘤体内铺展了密密麻麻的血管网。靠规模和速度建成的血管网，质量很差，血流量仅为正常血管的1%—10%。但我们不在乎。越是低质低效，越要扩大规模。用规模对冲低质低效，这是我们癌症的习惯。为了解决资源和能量投入不足的问题，我们采用了举债的措施：加大对机体内营养资源的掠夺。癌病理体系具有透支生命资源的优势。我们边透支资源边扩大规模，边挥霍能量边加快速度，在肿瘤微环境建设中，把人体变成了一个生物化学反应的大工地：乳酸持续发酵，蛋白不停燃烧，“能量货币”（ATP）通胀居高不下……在有机分子的世界里，我们创造了无与伦比的奇迹。肿瘤的扩张规模和速度，远远超过“祖细胞”时代。病理性的高负债率，造成了机体机能的分化失衡：肿瘤越强大，肌体越衰弱。最终，机体脂肪耗尽、肌肉萎缩、器官衰竭。我并不在意机体的死活。我要实现一个美好的梦想——“可以认为癌症在试图效仿一个再生器官，或者更令人不安的是，在效仿一个有机体。”《众病之王》说出了我的梦。

铃铃住进了医院，“祖细胞”创立的肿瘤陷入了灭顶之灾：手术切除了瘤体，化疗扫荡了残存的癌细胞，机体内暴风骤雨般的病理大动荡结束了。“祖细胞”退出了历史的舞台。癌细胞还能不能复生？肿瘤还能不能重构？能。因为“突变主义”并未消失，肿瘤干细胞依然存在。肿瘤干细胞弱小的身体里，潜藏着多种耐药分子，平时处于休眠状态，能够躲开最猛烈的理化打击。当肿瘤遭受重创时，就会被激活。肿瘤拥有层级化的细胞结构，肿瘤干细胞位于最顶层，视野广博，头脑清晰，它知道如果不改变癌细胞的机能现状，肿瘤就永无生路了。就像一个高超的设计师，它设计了一个复活肿瘤的良策：用“替代分子机制”改良“祖细胞”的病理体系。经过分子机制的改变，癌细胞卷土重来，肿瘤死而复生。

很奇妙，肿瘤干细胞的修复机能来源于干细胞。干细胞能够多向分化，修复受损伤细胞，替代死亡细胞，促成组织、器官和血液再生。肿瘤干细胞窃取了干细胞的创伤修复机能，用来修复肿瘤。干细胞一旦完成任务，就会自我抑制，返回休眠状态。这一品质，被肿瘤干细胞弃置脚下。它始终把控着肿瘤生长的至尊位置不肯退步，不把生命置于死地，它绝不会终止分化。最终，干细胞也成了肿瘤干细胞的牺牲品。

一方面坚持癌症的病理机能，一方面吸纳健康的生理机能，肿瘤干细胞为肿瘤的复发、扩大奠定了基础。严格说，我们毁灭生命的强大力量，并不在于无限分裂、高速增殖，而在于对机体功能的利用。利用淋巴、血液和神经，利用组织、器官和系统，“没有什么是新发明的，没有什么是外来物。癌症的生活就是机体生活的再现。”生物学家罗伯特·温伯格说出了我们的秘密。在所有疾病中，癌症属于开放型疾病。浸润、扩散、转移，我们摆出融入生命世界的姿态，拥抱器官，亲吻细胞，与基因亲密接触，从生命文明中吸纳最先进的机理、机能。但有一点我从不动摇：癌症的本质不可改变。正是因为有了这样的“不动摇”，机体内所有健康的生理机能，到了我们手里，都会扭曲变形，转化成为癌症扩张的病理机能。用推动生命运动的能量毁灭生命，这正是我们的高明之处。

近百年来，人类谈癌色变，延续至今。现代医学在我们面前束手无策。没有任何一种医疗手段可以战胜我们。为什么？因为我们拥有无限分裂、永生不死的特权。在生命的现代文明中，任何细胞都不应该有这种特权——这是遗传法的规定。人的机体就像一个法律体系完整的共和国：器官有器官法，细胞有细胞法，血液有血液法，神经有神经法，免疫有免疫法。在所有法律之上，还有一个如同宪法一样的大法：遗传法。人类经过亿万年的进化，才形成了这部神圣的生命的大法。遗传法最重要的条款是“海佛烈克极限”：一个细胞一生只能分裂50—60次。这项条款刻在细胞染色体的端粒上，细胞每分裂一次端粒就会缩短一些，细胞完成使命之后，端粒消失，细胞启动凋亡程序，实现自然死亡。每一个细胞都应该严格遵守遗传法，该生的时候生，该死的时候死，有生有死，才能保证机体均衡有序、健康运转。但我们是癌的细胞，基因突变的产物，我们信奉“突变主义”。“突变主义”的核心理念，就是允许癌细胞拥有特权。遵循这个理念，“祖细胞”修改了遗传法。它分泌端粒酶，从端粒上抹除了“海佛烈克极限”条款。于是我们便拥有了无限分裂的超自然能力，拥有了永生不死的特权。虽然“祖细胞”被手术刀和抗癌药物驱离了机体，但永生的权利却传承下来。作为新生代的癌细胞之王，即使为了永生不死，我也要继承“祖细胞”，把“突变主义”进行到底。

我站在瘤体上，模仿着“祖细胞”的样子，挥动伪足，向我的癌细胞臣民致意。在臣民的欢呼声中，我隐约听到了一个微弱的呻吟，是我们的宿主铃铃发出的痛苦声音。这是多么美妙的声音。我们战胜了最新的靶向药物，把这个小生命推入到生死边缘，对癌症来说，没有比毁灭生命更快乐的事情了。有肿瘤学家说：“癌症是人类文明的一种极度痛苦的蛋白表达。”我喜欢这个评价。铃铃虚弱地躺在病床上，已经出现了恶病质症状。她就要死了。看着她痛苦的样子，我闪过一连串的疑惑：宿主死了，寄生物还能存活吗？实现永生不死的理想，必须要以人的生命为代价。可是当生命毁灭之后，癌症还能永生吗？我们想要通过突变，成为一种超越进化文明的新的物种，可是当文明的进化中止了，突变的物种还能诞生吗？在“祖细胞”选择的“突变主义”的道路上，人类集中了所有的科学正全力阻击我们，我们还能走多远？这些悖谬的问题，令我纠结。这时候，天地间欢声雷动，所有的癌细胞都伸出伪足向我致敬。我陶醉在巨大的满足和无比的荣耀中，不再纠结了。人类说，开弓没有回头箭。既然已经沿着“祖细胞”指引的道路迈开了脚步，不管前路有多大的风险，我也要往前走，能走多远算多远。

图书在版编目（CIP）数据

癌症链 / 贾鲁生著 . -- 北京：作家出版社，2020.11
ISBN 978-7-5212-1175-7

Ⅰ. ①癌… Ⅱ. ①贾… Ⅲ. ①长篇小说-中国-当代
Ⅳ. ①I247.5

中国版本图书馆 CIP 数据核字（2020）第 217811 号

癌症链

作　　者： 贾鲁生
责任编辑： 窦海军
封面设计： 陈　黎
出版发行： 作家出版社有限公司
社　　址： 北京农展馆南里 10 号　　**邮　　编：** 100125
电话传真： 86-10-65067186（发行中心及邮购部）
86-10-65004079（总编室）
E-mail: zuojia@zuojia.net.cn
http: //www.zuojiachubanshe.com
印　　刷： 中煤（北京）印务有限公司
成品尺寸： 170×240
字　　数： 233 千
印　　张： 16.5
版　　次： 2021 年 1 月第 1 版
印　　次： 2021 年 1 月第 1 次印刷
ISBN 978-7-5212-1175-7
定　　价： 45.00 元